LÉON CLADEL

BONSHOMMES

PARIS

CHARPENTIER, ÉDITEUR

BONSHOMMES

.Y²

ŒUVRES DE LÉON CLADEL

LES MARTYRS RIDICULES. . . . . 1 vol.

LE BOUSCASSIÉ . . . . 1 vol.

LA FÊTE VOTIVE DE SAINT-BARTHOLOMÉE
    PORTE-GLAIVE . . . . 1 vol.

LES VA-NU-PIEDS. . . . . 1 vol.

L'HOMME DE LA CROIX-AUX-BŒUFS. . . . . 1 vol.

PETITS CAHIERS DE LÉON CLADEL . . . . . . 1 vol.

BONSHOMMES. . . . . 1 vol.

OMPRAILLES LE TOMBEAU-DES-LUTTEURS. 1 vol.

Sous presse :

CRÊTE-ROUGE . . . . 1 vol.

N'A-QU'UN-ŒIL. . . . . 1 vol.

En préparation :

PARIS EN TRAVAIL. . . . . 2 vol.

Paris. — Imp. Vve P. Larousse et Cie, rue Montparnasse, 19.

BONSHOMMES

PAR

LÉON CLADEL

PARIS

G. CHARPENTIER, ÉDITEUR

13, RUE DE GRENELLE-SAINT-GERMAIN, 13

—

1879

Bonshommes

Titi Foÿssac IV, *dit la République*
et la Chrétienté

Dux

Mère-blanche

Titi Foÿssac IV

dit

la République & la Chrétienté

à

la très cordiale Madame Alice Lockroy

&

à mon cher confrère Édouard Lockroy

L. Cl.

TITI FOŸSSAC IV

DIT

LA RÉPUBLIQUE & LA CHRÉTIENTÉ

— Neuf heures...

— Et demie!

— Oui, pardienne. En retard, lui? c'est fort surprenant! Ordinairement, c'est nous qui le faisons attendre.

— Il viendra, soyez tranquilles, compagnons; il viendra!

— Peut-être; hier, on a vu les Pouqueyrol, père et fils, sortir d'ici bras à bras à la brune, y rentrer ensemble avant minuit, et, le jeune comme le vieux, ils branlaient la tête en silence. Ah! mauvais signe quand ils ne bavardent pas, les médecins!

— Sang-dieu! ceux-là surtout qui verboieraient sous l'eau! Mais dis donc, toi, le bien renseigné, saurais-tu à qui ces noirs visiteurs tâtèrent le pouls dans cette maison?

— Nenni.

— C'était sans doute à la Tôn! Elle a beaucoup vieilli, la sacrée garce, et tout le monde trouve qu'elle décline à vue d'œil.

— Las! elle enterrera son maître, allez, cette patarine-là qui...

— Chut! chut!... elle arrive en tortillant son chapelet.

Toute l'assemblée, ouvriers et paysans, se tut, dans cette vaste pièce du rez-de-chaussée, où, sous un de ces amples manteaux de cheminée comme il y en a tant encore dans les antiques bâtisses à ventre bombé des villes françaises du Midi, fumait un maigre feu de souches encore vertes et d'escarbilles, tout à fait insuffisant par l'humide et froid décembre d'alors; et chacun s'empressa de se ranger de chaque côté du vantail de la porte grande ouverte, pour livrer passage à la dévote créature annoncée.

— Écoutez, dit-elle, après avoir silencieusement traversé la salle et recouvert de cendres quelques tisons enflammés, écoutez-moi, gens: on vous recommande de ne pas trop assourdir aujourd'hui celui qui s'intéresse à vous plus que de raison. Il est très mal en point, et si vous le tourmentiez, suivant votre coutume, par d'interminables doléances, il en pâtirait, et, plus tard, vous en pâtiriez aussi ; donc, attention !

A ces paroles sèches et dures, un tollé général s'éleva.

— Malade, lui !

— Depuis quand ?

— Et qu'est-ce qu'il a ?

— Dégoise vite !... Est-ce toujours sa goutte qui le tracasse ?

Au lieu de calmer par un mot, un seul, les inquiétudes manifestes de tous, la vieille fille, interrogée ainsi, s'entoura lentement le cou du rosaire qu'elle avait *égrené*; puis ôtant de son tablier de lustrine noire un coin de bas, et de son chignon un jeu d'aiguilles, indifférente et glaciale, elle se mit à tricoter...

— Rosse ! murmura non loin d'elle un nerveux comtadin ; on sait très bien ici, comme autre part, que tu ne vaux pas les quatre fers d'un chien ; ah ! béguine !...

En effet, gourde, engoncée et les mains rêches comme les cailloux de sa moraine natale, cette rustaude, au moins sexagénaire, vêtue ainsi que les forestières de Montcuq en Haut-Quercy d'une robe brune montante, et coiffée à l'instar d'elles d'un sombre madras à carreaux, sentait encore le cloître

de nonnes où, jadis, en son adolescence, elle avait
été, disait-on, tourière ; aussi, tout gravé de va-
riole, encadré de cheveux grisâtres, scindé d'une
large bouche aux lèvres blêmes et minces, son
jaune visage, où rien ne bougeait hormis deux
yeux inquiets en trous de vrille, semblait-il pé-
trifié, mort, éteint, aboli, « clos et forclos, » selon
la glose monastique.

— *On* vient, soupira-t-elle sans relever la tête ;
ayez soin de vous rappeler ce que je vous ai dit,
quand *on* sera là !

Cet *on* valait, ma foi, tout un poème ; mais personne n'y prit garde, habitué que chacun était,
d'ailleurs, à de telles façons de langage, et tous
les cous s'allongèrent vers le corridor attenant où
s'était produit un ballottement assez singulier qui
durait encore.

— Est-ce que monsieur viendrait en voiture ?
ah çà ! mais...

Soudain le bruit grandit, et, dans l'encadrement
de la porte, s'engagea, poussé par un domestique
mâle aussi louche que la Tòn, une sorte de fauteuil à roulettes, sur lequel gisait, chargé de couvertures de laine et de mols édredons, un bout
d'homme assez replet et souriant, qui paraissait
ensommeillé.

— Monsieur Titi ! Monsieur Titi !

S'étant péniblement accoudé sur son mobile grabat, le valétudinaire examina d'un regard rapide ceux qui le saluaient avec tant de cordialité, puis, ému :

— Merci, mes enfants ! Vous êtes tous là ? bien ! fort bien !

Et se tournant vers l'aigre cagote qui n'avait pas sourcillé :

— Pour l'amour de Dieu, mie, attise le feu qui se meurt ; on gèle ici ; ces braves doivent avoir l'onglée, pécaire !

L'antipathique prude, en rechignant, obéit, ou plutôt fit mine d'obéir, car si quelques javelles furent par elle jetées sur les landiers, ses mains avares en écartèrent en même temps une bûche à demi consumée.

— A présent, ça flambe ; êtes-vous content ainsi ? grommela-t-elle en se repliant sur un escabeau ; voilà !

— Parfait, miette, parfait !

— Ensuite, quoi ?

— Rien, Nini.

De quel ton affable on susurra cette réponse et de quel geste plus doux encore elle fut soulignée ! Ils révélaient, geste et paroles, l'infinie bonté de ce vénérable sage qui méditait, étendu... Jamais, en vérité, plus bénigne figure ! Avec ses traits frustes, incorrects, un peu gonflés par les insomnies, ses yeux bleus d'ouaille résignée à tous les sacrifices, son gros nez bifurqué comme celui des caniches ; ses rares frisons tout givrés, se recroquevillant sous une sorte de bourguignote en velours noir, assez semblable à celle des ecclésiastiques du dio- cèse, et sa barbe chenue, longue de trois jours au moins, qui mettait comme une couche de neige sur ses joues très sanguines, et ses lèvres assez lippues distillant encore plus de miel que celles de sa gou- vernante ne secrétaient d'absinthe, il rappelait, cet affectueux vieillard, certains types chrétiens légen- daires et populaires, entre autres l'image si rus- tique et si paterne du célèbre saint Vincent de Paul.

— Le temps passe, monsieur ; à dix heures pré- cises, il faudra vous oindre d'huile camphrée ; or, si vous m'en croyez, pas trop de verbiages qui vous mettraient à quia ; le meilleur, pour vous, serait, puisqu'il est ici, d'en finir vite avec tout ce petit monde-là.

— Ce « petit monde-là, » nul n'en ignore, Tô- nine, est le mien. Apporte-moi donc les registres, méchante ; et toi, Sulpice, les monnaies qui sont dans ce bahut.

Tout en maugréant à part soi, la pieuse enju- ponnée alla vers un coffre solide encore, quoique vermoulu, l'ouvrit, en retira deux grands livres à fermoirs d'acier comme il y en a chez la plupart des gros bonnets du négoce, les transmit à l'espèce de grimaud en culottes courtes, son acolyte, attifé comme un valet de sacristie, et celui-ci, déjà nanti de plusieurs sacs en toile d'emballage, bondés de numéraire, charria le tout sur une table à six pieds qu'il avait préalablement dressée auprès du perclus.

— Avancez, mes amis, approchez-vous de moi, dit alors l'aimable maître du lieu; plaidez à tour de rôle, et, comme à l'ordinaire, que le plus ou le moins âgé d'entre vous commence; orez, mes enfants, orez.

Imberbe, et verdâtre comme les riverains fiévreux des paludes du Rouergue, un farinier de seize à dix-huit ans, en béret blanc, saye et grègues bises, rompit les rangs, et, le premier, exposa ses infortunes :

— En dépit de tous vos soins, charitable bourgeois, et malgré les savantissimes docteurs que vous avez envoyés de cette ville à notre secours, tous mes proches, anciens, jeunes et jeunets, à l'heure qu'il est, tremblent, ainsi que nombre d'habitants des campagnes d'alentour, la *tierce* et la *quarte;* il n'y a plus un seul liard dans nos limandes, et, pour comble, notre unique vache s'est dessolée en labourant, et Bubu, notre âne, a le vertigo. Telle est notre misère, que je suis venu céans sans y avoir été mandé : vu votre bonté, j'espère, honorable monsieur Foÿssac...

— Cap-de-Diou! mieux vaut tenir qu'espérer, et tu vas recevoir, séance tenante, mon pauvre ami ; dame secrétaire, inscrivez celui-ci pour cent livres, et toi, porte-chausses, mon serviteur, compte-les lui.

— Hé! s'écria la Tôn hors d'elle-même, cent livres! ah çà! mais vous n'y pensez pas ; oh! pour le coup...

— Paye et tais-toi.

— Seigneur, ô seigneur Dieu!

Comptée et recomptée par les distributeurs fort moroses, la somme d'argent accordée au quémandeur ivre de joie fut par lui bel et bien empochée ; puis, après un moment de silence attendri, la voix amène et grave du donateur se fit entendre derechef :

— A d'autres!

— Honnête citadin, geignit alors un agricole aussi roux que ses bœufs, vous à qui ma famille doit le pain qu'il lui faut, il m'est tout à fait impossible de solder les intérêts des cinq cents francs que, sur votre garantie, il y aura trois ans pleins aux fèves de mai, le nommé Coco Gargane, huissier à

Saint-Taldy, me prêta. Je crains les frais plus que la grêle et l'eau. Si moi, malheureux laboureur, je ne puis les arrêter en m'acquittant après-demain dimanche, on me poursuivra lundi sans rémission aucune ; et celle qui me persécuta dès mon berceau, la misère, s'installera pour toujours, peut-être, sous notre chaume, hélas ! où ma femme allaite son dernier-né...

— Dieu vivant ! ta vaillante compagne, ami, doit manger soir et matin force assiettées de soupe de viande afin que son fils suce un bon lait ; allons, sois calme ; on a cure de tous ici, ton enfant en paix tettera. Combien te faut-il au juste pour satisfaire ton créancier ?

— Oh ! beaucoup ; une demi-douzaine de pistoles au moins.

— Et pour réparer ton épouse ?

— Autant.

— Tu toucheras le double de ce que tu demandes, et sur l'heure ; oui, trésorière ; oui, caissier, j'ai dit le double, nonante écus ! A qui le tour, maintenant ?

Trois ou quatre haillonneux levèrent simultanément la droite ; et ce fut un forgeron, noir de limaille, en veste de basane et les bras nus, qui sanglota :

— Nous, c'est le fisc qui nous taquine ; on lui

doit toutes les impositions de l'année passée et deux trimestres de celle qui court. Avertissements et commandements nous sont tombés dessus, et je n'ai plus guère que vingt-quatre heures pour parer à la saisie de ma forge et de la paillasse qui forme, avec quatre chaises boiteuses, un trépied, deux billots et le cul d'une marmite, tout mon riche mobilier.

— Roi du ciel, il y a longtemps que les maigres artisans seraient dispensés de l'impôt, si les gouvernants étaient équitables et si les gouvernés n'étaient pas si commodes... Offre, intendante, offre à ce maître ouvrier qui m'est connu, de quoi se soustraire aux garnisaires.

— O divine Trinité! C'est bien entendu! vous voulez vous ruiner et périr à l'hôpital, ainsi que les frères Badoû-Gérose, ces nigauds qui, comme vous, ont dévoré les trois quarts de leurs biens, un million et plus.

— *Sufficit!* A toi la parole, Henriquard! Eh mais, tes yeux sont bien rouges; as-tu du chagrin, camarade?

— Oui, je pleure et pleurerai jusqu'à trépas celle qui n'est pas encore enterrée, ma moitié, ma chère moitié, laquelle, morte, attend sur le lit où, ce matin même, au point du jour, elle rendit l'âme entre mes bras, que j'aie recueilli les quatre sous

qui me manquent pour décider le titulaire de notre
paroisse urbaine à dire une messe basse au profit
de la défunte.

— Explique-toi; t'aurait-on refusé de réciter
pour le repos de son âme les prières prescrites par
notre religion?

— Oui, le curé m'a signifié qu'il ne saurait
officier gratis.

— Sainte Croix! en quel siècle vivons-nous!
O Christ! ô Marie! quel est cet apôtre? Parle,
nomme-le devant tous; il m'entendra demain, sinon
aujourd'hui.

— C'est l'abbé...

— N'accuse personne, taillandier du vieux faubourg, ou prends garde à toi; c'est la Tòn qui te
le prédit.

— Assez, femme! et laisse ce croyant dénoncer
le prêtre indigne qui vend son Dieu. C'est l'abbé,
disais-tu, toi, l'abbé?...

— Noubélô.

— Mon confesseur! Il ne me verra plus au tribunal de la pénitence, et je m'adresserai désormais
à d'autres que lui. Va, toi, pleure, puisqu'en si
grande affliction les larmes seules peuvent soulager
un peu. Quant au reste, hausse ta main; accepte de
moi, je t'en conjure, le prix de vingt grand'messes,
afin que, ta vie durant, tu sois à même de faire prier

à ton gré pour l'âme de la vertueuse chrétienne qui
fut ta joie et ta consolation en ce bas monde, où,
qui que nous soyons, nous souffrons tous, selon
l'humaine loi. Jésus ! il est donc vrai, tes ministres
aujourd'hui !...

Tant de tristesse et d'indignation émanait de ces
paroles proférées avec une chaleur vraiment com-
municative que personne ne souffla mot, pas même
la quinteuse en train de ravauder ses bas. Ah !
c'est que jamais, jamais ce débonnaire rentier
n'avait eu le verbe si haut, et certes, pour qu'il se
fût exprimé de la sorte, une bien vive passion devait gronder en lui, dont la patience était proverbiale, et que nul, parmi ses nombreux pauvres,
n'avait vu céder à la colère.

— Attendez un peu, je n'ai pas fini, ne vous en
allez point.

On fit aussitôt volte-face, et ceux qui déjà même
avaient quitté la salle d'audience y retournèrent.
En vain la grêlée joignit-elle des doigts suppliants,
son esclave révolté la cloua d'un œil impérieux
sur son escabelle et, quand toutes les oreilles atten-
tives se furent tendues vers lui :

— Mes frères, ajouta-t-il d'une bouche moins
vibrante et plus dégagée, quoique toujours solennelle, c'est peut-être aujourd'hui la dernière fois
qu'il m'aura été donné de faire pour vous ce que

notre Père à tous veut que chacun de nous fasse pour son prochain. Il m'est doux de croire et je crois fermement que parmi vous il n'est personne qui, dans ma position, et moi dans la sienne, eût, à mon égard, agi différemment que je ne l'ai fait envers lui. Donc, nous sommes quittes! Si pourtant, après m'avoir ouï, quelqu'un ici se considère toujours comme mon débiteur, eh bien! il se libérera plus tard de sa dette en assistant autrui. Je tenais, avant que nous nous séparions, à vous dire cela; puis ceci : Bientôt, quand sonnera ma dernière heure...

Intense et douloureuse, une clameur interrompit ce pronostic inattendu; mais, encore que très touché des alarmes évidentes de tous et des marques de sensibilité qu'on lui prodiguait à l'envi, le vieux et bon pasteur, ayant, d'un signe plein de simplesse à la fois et de grandeur, apaisé son houleux troupeau, poursuivit :

— ... On est averti par cette voix infaillible, qui prêche au dedans de nous tous avec tant d'autorité; c'est bien fini. Je sens, je sais, je vois que cette année, et voici qu'elle s'achève! il me faudra sans faute aller rendre compte de mes actions à celui qui nous mène et laisser gérer par d'autres ma maison. Ne craignez rien, amis; aucun de vous ne sera lésé; mes écrits sont en règle, et j'espère que celle à qui sont adressées mes instructions saura les remplir à mon gré...

Tous les yeux se fixèrent avec terreur sur l'ex-nonnain.

— Non, non, reprit sans hésiter le parfait évangéliste, ce n'est point celle-ci que je chargerai de veiller sur vous, mes agneaux, mais celle-là qui s'approche...

Étonnés au plus haut point de ces paroles-là, car l'imposant discoureur qui les avait prononcées tournait le dos à l'entrée et nul de ceux dont il était entouré n'avait perçu le moindre pas dans le couloir d'à côté, tous ces braves gens braquèrent leurs regards vers la porte qui s'ouvrait et virent s'avancer, sur la pointe des orteils, la plus délicieuse enfant de la cité.

— Mademoiselle !

Un bouquet de fleurs hivernales à la main et quelques myosotis entre les lèvres, elle rayonnait du feu de ses vingt ans, cette exquise créature qui, sous une royale couronne de boucles blondes, s'avançait gracieuse et pensive, en son ondoyant peignoir de cachemire bleu, si léger, si diaphane et si limpide qu'elle semblait être vêtue d'un pan d'azur.

— Oncle, dit-elle en offrant ses fraîches fleurettes au goutteux qui la baisa tendrement au front,

admirez; comme elles sont belles! je les ai cueil-
lies pour vous tout à l'heure, au bord du vivier,
dans notre jardin.

Il prit les gerbes qu'elle lui présentait, en huma
les vifs parfums; puis souriant, non sans quelque
malice, aux clients qu'il avait harangués, il les
congédia par ces mots:

— Salut, amis, et, désormais, reposez-vous en
toute confiance sur cet ange gardien à qui je vous
lègue...

— A quel propos leur dit-il donc cela, ma bonne
Tôn?

— Est-ce que je sais, moi; demandez-le-lui!
riposta la hargneuse, qui, toute verte de rage, roulait des yeux désorbités; il erre et rabâche tant et
plus!

— Ho! vilaine! oser parler ainsi de votre maître!

Et la jeune fille, qui s'était assise devant le feu
mourant, se leva, froissée, et, comme pour mieux
châtier la grossière servante, alla s'appuyer au
dossier du grand fauteuil où M. Titi, la main droite
arrondie autour du lobe de l'oreille gauche, semblait écouter les claquements produits sur les dalles du couloir par les galoches des petites gens
qu'il avait si bien reçus.

— Simplice, ordonna-t-il à son domestique aussitôt qu'il n'entendit plus leurs pas et que les lourds battants du portail extérieur se furent bruyamment refermés sur la place du Moustier où l'habitation était sise, emporte-moi d'ici; suis-nous, nièce, et toi, grognon, ne t'ingère pas de venir nous troubler en mon cabinet, tandis que nous causerons, elle et moi.

— Fort bien; on est d'accord, et nous ne vous dérangerons que quand bon vous semblera; mais vos frictions?

— On les fera plus tard.

— A votre aise.

Et, pendant que le tortueux valet de chambre, auquel elle avait trouvé moyen de lancer plusieurs coups d'œil d'intelligence, entraînait la mobile chaise longue où, très absorbé, le bonhomme songeait, les prunelles fixées sur la mélancolique vierge marchant à côté de lui, l'avaricieuse et revêche guenon, ayant jeté quelques potées d'eau sur les cendres fumantes du foyer, secoua les épaules et, tout hérissée, ses poings campés sur ses hanches, grommela :

— Cette mignarde jouvencelle, il y a bien longtemps que je le pense, est une *démone* des enfers qui perdra ce maniaque à bout d'ans et de vertu...

La chère âme fulminait encore, que ceux contre

qui s'exerçait sa bile avaient déjà pénétré dans une claire et froide pièce du premier étage, aussi peu tapissée que celle du bas et carrelée de tuiles bis-cuites, dont tout l'ameublement se composait de plusieurs sièges surannés, datant au moins du vert-galant le prince Henri; d'une non moins an-tique bibliothèque fort pansue, encombrée de vieux tomes reliés en cuir de veau; d'une paire d'énormes pupitres qui n'eussent pas figuré trop mal au lutrin de la cathédrale métropolitaine et portant, l'un une Bible in-folio, l'autre un Évangile à peu près du même format; d'un secrétaire chargé de lettres et de paperasses diverses; puis, de quelques images, fortement enluminées, récemment enca-drées, suspendues aux parois et représentant, celles-ci le *Massacre des Innocents* sous Hérode, celles-là le *Supplice des Montagnards* au 9 ther-midor, et, finalement, d'une sorte de guéridon, re-couvert d'une plaque de marbre blanc, sur lequel, chose encore plus étrange, hurlant d'être ainsi confondues, s'embrassaient étroitement deux feuilles parisiennes, ennemies au couteau, le *Rap-pel* et l'*Univers!*

— Sieds-toi, dit après d'assez profondes réflexions le bonasse impotent à sa nièce, qui se demandait peut-être pourquoi sur la même tablette fraterni-saient ensemble les œuvres de Voltaire et celles de Veuillot (Louis); sieds-toi là, mignonne, et donne-moi tes mains.

Elle se prêta volontiers aux caresses paternelles et blêmit un peu sous les yeux du vieillard qui, tout en la dardant, semblait chercher des formules diplomatiques...

— Auriez-vous, oncle, l'intention de m'endormir en me magnétisant ?

— Hé ! peut-être oui ; mais réponds-moi, petite, tu négliges beaucoup tes oiseaux, à ce qu'il paraît ; hier un pinson et deux serins, aujourd'hui des sansonnets et des calfats, ont été trouvés morts dans la volière.

— Ils avaient la pépie.

— Oui-da ! les plantes de la serre souffrent aussi du même mal, et toi, négligente, tu ne les arroses pas ?

— Elles aiment la chaleur, à ce qu'assure Albéri, notre pépiniériste.

— Albéri, sans doute, a raison, et je ne vous réprimanderais plus si je n'avais d'autres griefs contre vous, entre autres celui-ci : voilà trois dimanches de suite que vous oubliez, soir et matin, de vous rendre aux offices ; or, c'est très laid, cela ; qu'avez-vous à dire pour votre défense ? On vous écoute, mademoiselle, jasez ; s'il y a lieu, l'on vous absoudra.

— Père, voici : d'abord j'ai des migraines extraordinaires depuis le coup de soleil que j'attrapai
cet automne aux moulins de Cantaloup ; puis, vous
ne l'ignorez pas, on est très frileuse, et, dès que
je mets le nez dehors, le froid me transit ; ensuite il m'ennuie de sortir et de vous laisser seul
ici ; car, si preste jadis, la Tôn, aujourd'hui, ne
se remue guère : elle est un peu sourde, d'ailleurs,
et ne répond pas toujours à votre sonnette ;
quant à Simplice, s'il prime en tant que som-
melier, c'est tout ; hors de la cave, il n'est utile
à rien ; enfin, que voulez-vous? je suis un peu
sauvage !

— Oui, j'entends, il te plaît mieux de rester ici,
tu peux m'être nécessaire ; et puis, aussi, n'est-ce
pas? quelqu'un qu'on ne voit plus depuis quelque
temps sous nos médiocres lambris pourrait y repa-
raître à l'improviste.

— Oh! non, non, non, ce n'est pas cela, vrai!
je vous...

— Si tu mens, nous ne serons plus amis, nous
deux !

— Oncle !

— Eh bien, quoi? nous sommes donc bien indiscret? Il faut que nous sachions. On est vieux,
vois-tu, très vieux, soixante-dix ans, moins quelques
mois!... et, dame! ce serait vraiment un tort grave

que de ne pas profiter de ce qu'on se trouve encore
là ! Voyons, sois franche, et parle-moi comme tu
dois, Marianne.

— Ah ! vous m'avez appelée Marianne, en un
seul mot, comme Lui !

— Qui, lui ?

La naïve imprudente rougit jusqu'aux oreilles ;
deux grosses larmes lui jaillirent des yeux et s'ac-
crochèrent, pures comme le cristal, aux longs cils
de ses paupières.

— Oh ! répondit-elle en voilant à deux mains son
visage empourpré de tout le sang de ses veines,
vous savez bien...

— Non pas.

— Si, père.

Atteint à son tour jusqu'aux moelles par le sanglot étouffé qui s'échappa de la poitrine grosse de
pleurs de cette chaste et suave jeunesse, étoile et
soleil de ses vieilles années à lui, qui se fussent,
à défaut d'elle, tristement écoulées sans lumière
et sans feu, l'infirme tressaillit de la tête aux pieds
sur le banc de douleur auquel il était rivé depuis
tant d'hivers, et l'on ne sait quelles flammes généreuses soudain illuminèrent son front chauve, sillonné de rides.

— Si tu larmoies encore, bambine, reprit-il en
essayant de sourire, moi, je larmoierai certaine-

ment aussi ; veux-tu que je pleure, à mon âge, dis, ma reine, dis ?...

— Oh ! non !

— Eh bien, alors, pas d'enfantillages. Sois courageuse ! On n'a pas de temps à perdre ; et nous ne sommes point ici pour nous attendrir... Apprends-moi comment tu l'as aimé ; parle-moi comme tu parlerais au bon Dieu.

Marianne ou Marie-Anne, en deux mots, séduite par cet accent d'incomparable tendresse et forte de tant d'indulgence, ouvrit de grands yeux bleus, ravis.

— On t'écoute ; va, mon enfant, ma chère enfant ; va.

Complètement vaincue, elle s'agenouilla devant la chaise du paralytique, qui, recueilli, le menton appuyé sur ses doigts gourds, tordus par le mal, interrogeait sa conscience, et, les mains jointes ainsi que toute pénitente aux pieds du confesseur, elle fit le cruel et doux aveu :

— Voici quatre ans bientôt que, par une nuit de mai, le mois de Marie, un rossignol chantait dans les ramures de notre jardin, d'une voix plaintive et si perçante qu'il m'éveilla. Curieuse de découvrir le tendre oiseau qui se lamentait ainsi, je me levai. Tous les astres brillaient là-haut, et, criblée de clous d'or et d'argent, la voûte du ciel était si belle

que, ne pouvant me lasser d'étudier la lune ronde
et blanche qui roulait comme une boule au milieu
de l'azur enflammé, je m'oubliai jusqu'à l'aurore à
ma fenêtre. Heureuse de voir lever le jour, moi qui
ne connaissais guère que les couchers de soleil, je
regardais pâlir les dernières étoiles, quand un grand
éclat de voix attira mon attention vers la place du
Moustier où, sous l'arbre de la Liberté qu'on y
planta quelques jours après la chute de Napo-
léon III, et tout contre ce buste de la République
qui, de même que le peuplier, a disparu l'an passé,
j'aperçus un groupe de ces jeunes désœuvrés que,
dans notre ville, on appelle « sang-blancs » s'es-
crimant à couvrir de boue, à l'aide de leurs cannes,
cette magnifique figure de marbre qui, selon vous,
père, ressemblait à la Vierge Marie, telle que la
représente dans plusieurs de ses tableaux, orne-
ment de notre musée, feu l'éminent peintre notre
compatriote. Indignée de ce spectacle et me rappelant tout à coup ce que vous me disiez si souvent,
alors que j'étais toute petite, ce que vous me ré-
pétez quelquefois encore à présent que je suis
grande : « Aime d'un égal amour la religion et la
République ! » j'allais interpeller ces profanateurs,
lorsque, au coin de la rue des Consuls, un chevalier parut...

— Un chevalier ?

—Ah! du moins, je le pris pour tel, et c'est un preux digne de ce nom. Mince et pâle, il avait sur sa capote d'uniforme, aux manches galonnées d'or, un bout de ruban rouge et portait le bras droit en écharpe. « Hé quoi! s'écria-t-il à l'aspect des sacrilèges, vous osez!... » Et, sans hésiter une seconde, il courut se placer devant la sainte effigie. Intimidés un moment, les insolents firent mine de se retirer vers le plateau que couronne la statue de Jacques Dupuy; mais le plus bruyant de la bande et le plus effronté, revenant sur ses pas, s'approcha du buste vénérable et le souffleta... L'outrage fut aussitôt vengé. Mes yeux virent la main du justicier s'abattre sur la face du coupable. Mais quelle honte! ils virent aussi ces infâmes se ruer tous à la fois sur le vaillant qui les affrontait et le frapper jusqu'à ce qu'il tombât. En se renversant, il rougit de son sang le piédestal de celle qu'il avait défendue, et, comme les autres, croyant peut-être l'avoir tué, s'enfuyaient, il se souleva sur sa main valide, oh! je l'entends encore! et leur cria ceci : « Lâches! vous êtes bien les fils des assassins de la Saint-Barthélemy; vous êtes bien la graine des parricides de Thermidor et des transfuges de Waterloo! lâches! lâches! » Ah! mon père, je descendis à la hâte afin de le secourir...

—En quoi, ma fille, tu ne fis que ton devoir!

et je t'approuve! Ainsi, jadis, Jésus de Nazareth,
notre modèle, en agit envers le bon Samaritain
aux portes de Sion!

—...Il rouvrit les yeux, tandis que j'étanchais
avec mon mouchoir le sang perlant de la blessure
qu'en sa chute il s'était faite au front; et ses regards éperdus se reposèrent sur moi. Dans son
égarement, me prenait-il pour un ange? il étendit les
bras, et tout l'azur du ciel passa dans ses prunelles
extasiées. Une rumeur sourde, qui venait des faubourgs voisins, le rendit tout à coup à lui-même,
et, s'efforçant, il se leva. « Voici le jour, dit-il; les
gens matineux parcourent déjà les rues, et je distingue là-bas, vers le boulevard Chamier, de lourds
équipages qui s'avancent; il sied que vous me lais-
siez là; merci, merci! Si je connaissais votre nom,
mademoiselle, je ne l'oublierais jamais et le pro-
noncerais souvent en me rappelant votre généreuse
pitié... » — « Je m'appelle Marie-Anne! » — « Ah!
s'écria-t-il en embrassant le buste de marbre em-
brasé par les premiers rayons du soleil, comme
elle, alors! comme elle, à qui j'ai dévoué ma vie;
ô Marianne! Marianne!...

—En un seul mot! On comprend à présent ta
préférence. Et puis?

—...Il me baisa la main, et je rentrai. De ma fenêtre, je l'aperçus encore à la même place et les

yeux fixés sur notre maison. Enfin, il se traîna, brisé, vers des rouliers qui passaient, et, ceux-ci l'ayant recueilli dans leur charrette, il disparut presqu'aussitôt avec elle, au tournant de la corne Mont-Auriol.

— Après, mon enfant, après ?

— Huit à dix semaines s'écoulèrent sans que j'entendisse parler de lui. Parfois vraiment je me figurais avoir rêvé, lorsqu'un matin, chez Mme la chanoinesse de Vitroïlles, à qui, la Tôn et moi, nous étions allées porter de votre part les secours que vous réservez chaque trimestre aux orphelins en bas âge de la cité, je sus qu'à la suite d'une provocation publiquement adressée à M. le marquis de Tremblebœuf par un capitaine de la garde mobile naguère revenu de Suisse, où, lors des désastres de l'armée de l'Est, il s'était réfugié, ledit gentilhomme, après avoir fait feu sur son adversaire, avait été gracié par cet officier, qui, paraît-il, excellent tireur, et le tir ayant eu lieu seulement à quinze pas de distance, aurait pu le tuer sur place, s'il avait voulu... Divers autres propos tenus à ce sujet en ma présence par des visitandines qui survinrent dans le salon de votre noble amie me renseignèrent plus abondamment et m'apprirent que, dans ce duel, le trop clément vainqueur, c'était Lui, et le vaincu tant humilié, ce vil et brutal patricien qui l'avait frappé devant moi. Je revins toute troublée ici, mon père, où, jugez aujourd'hui de mon saisissement que vous ne vous expliquâtes pas alors, se trouvait, vous offrant ses économies pour vos pauvres, le cœur loyal, le cœur d'or, unique cause des alarmes qui m'agitèrent en cette journée-là, comme des soucis que j'ai depuis qu'il ne vient plus chez nous...

— Sang-du-Fils! il y reviendra bientôt, où j'y perdrai mon âme! Achève, ma fille, achève ta confession.

— Eh! que vous dirai-je encore, que vous ne sachiez mieux que moi? Dès ce jour, vous vous en souvenez bien, notre maison lui fut ouverte, et vous eûtes en lui, pour vos bonnes œuvres, le plus zélé des auxiliaires. Oh! comme il accourait ici joyeux d'avoir rempli les missions saintes à lui par vous confiées! Et combien, moi, j'étais heureuse, grand Dieu! d'admirer la patience avec laquelle ce soldat, qui, dans vingt batailles, avait abordé l'ennemi, se pliait aux difficiles et minutieux travaux de la charité. Je l'entends et je le vois encore là. Ces petits sourds-muets, qui, prétendiez-vous, eussent découragé l'abbé de l'Épée lui-même et dont vingt fois, vous, si fraternel pourtant aux malheureux, vous fûtes sur le point d'abandonner l'éducation, il les forma selon vos vœux, et voici qu'aujourd'hui ces déshérités, à qui le verbe et l'ouïe manquent, ont, grâce à ce tenace instructeur, du pain sur la planche et vivent du salaire des fonctions auxquelles, à force de fermeté, d'application et de douceur, il parvint à les rendre aptes...

— Oui, j'en conviens, c'est un homme ! il vaut mieux que moi ! Mais, réponds encore à ceci : Pendant les trois années où notre toit devint presque le sien, ne te fit-il point part, bellotte, des sentiments qu'il éprouvait pour toi ?

— Non.

— En vérité ?

— Mon Dieu ! je voyais si bien qu'il m'aimait que je ne lui demandai jamais de me le dire. Oh ! je n'eusse pas osé d'ailleurs. Il était si farouche ! et j'aurais eu trop peur de le perdre ! Oui, pour un rien, j'en suis sûre, il se fût envolé.

— Le brave garçon !

— Nul n'est à la fois plus indulgent et plus sévère. L'année passée, en avril...

— Eh bien ?

— Assis tous deux sous la charmille du jardin, nous suivions des yeux le vol tournoyant des hirondelles, et, charmés de la beauté des cieux, nous rêvions en silence. « Oh ! cette guerre ! murmura-t-il tout à coup, cette guerre !...» Interrogé par moi sur les carnages dont il avait été témoin en Franche-Comté et sur la Loire, il mordit si fièrement les rois, toujours prêts à sacrifier leurs peuples à leurs caprices et poussa, dans son courroux contre la tyrannie, une telle plainte en faveur des opprimés que, d'un mouvement involontaire, je saisis sa main comme pour l'appuyer à mes lèvres; mais il la retira vivement, s'en alla sans mot dire et demeura fâché tout un grand jour.

— Étant si digne de l'être, il sera ton époux; il le sera! j'en fais ici, nièce, le serment sur ta tête blonde!

— Oncle! oncle! oncle! vous êtes le bon Dieu même!...

Et, dans son ivresse, la radieuse amante, oubliant le caractère quasi sacerdotal du doyen, à qui, craintive, elle avait révélé le secret de ses pieuses amours, se redressa tout éjouie, et, comme une enfant qu'elle était encore, elle baisa mille fois, derechef, espiègle et familière, le front ravagé de celui qui, jadis, ainsi qu'une mère, l'avait bercée sur les genoux.

— Assez, Roussette! assez comme cela! chut! tu me manges!... Et puis, il ne faut pas encore chanter victoire, on ignore s'il acquiescera. La chose est épineuse, et je prévois force difficultés auxquelles tu ne songes point... Ah! ne te rembrunis

pas, elles s'aplaniront, je l'espère, oui! mais on
désire réfléchir un tantet; or, laisse-nous; évidemment, c'est convenu, tu m'adores et je te le
rends bien! n, i, ni, fini!... pars!

Éblouie et flottante comme si des brises l'eussent
portée, Marie-Anne s'enfuit à petits pas, se retour-
nant sans cesse afin d'envoyer du bout de ses
doigts fuselés, à l'un desquels ses yeux voyaient
déjà briller l'anneau nuptial, une myriade de baisers au septuagénaire providentiel, qui, dès qu'elle
ne fut plus là, redevénu plus grave que jamais, se
prit à répéter sur tous les tons ces paroles sérieuses :

— A toi, caduc! à toi! ciron! l'heure est venue
de faire des prodiges, s'il en est temps encore, et
que Dieu le veuille!..

Eut-il, pendant l'âpre et poignante méditation
dans laquelle il s'abîma tout à coup, des doutes
sur l'issue des desseins par lui caressés? une
tristesse noire l'envahit bientôt, et, s'emparant des
deux journaux, si différents, sinon par l'air, du
moins par la chanson, qu'on avait placés à proxi-
mité de sa main, il en fit sauter les bandes encore
intactes et, machinal, il y jeta les yeux... Oh! oh!
que contenaient dans leurs colonnes ces feuilles
de la capitale? A peine eut-il parcouru les pre-
miers-Paris de l'une et de l'autre que sur son vi-

sage, si placide d'ordinaire, éclata la plus violente
tempête et que ses regards étincelèrent furieux. Il
lut, relut encore, encore, et vers deux heures de
l'après-midi, quand la Tòn, toujours rebourse et
furtive, entra, suivie d'un gras tonsuré qui souriait cauteleusement, elle recula, terrifiée de voir
le grabataire, qui, condamné depuis trois mois
au repos le plus absolu, n'avait pas même essayé,
pendant ce laps de temps, de quitter la position
horizontale, debout à cette heure, debout, tout
frémissant sur ses jambes cagneuses aux orteils
difformes.

— Eh bien, quoi? cria-t-il, en la rebouffant, qui
t'a sonné! hein! que veux-tu? nous n'avons ici
nul besoin de toi. Qu'y viens-tu faire? ah ça!
répondras-tu?

— Ce n'est pas moi, riposta-t-elle éberluée des
interrogations sourdant tumultueusement de la
bouche du pacifique que durant trente années con-
sécutives elle avait cruellement harcelé sans qu'il
proférât jamais contre elle ou quiconque un mot
plus haut que l'autre; ah! ce n'est pas moi, c'est
M. le recteur de notre paroisse, qui...

— Noubélô?

— Lui-même, oui.

— Qu'il vienne, on l'attend; qu'il se montre, il
sera reçu!

La servante s'écarta, refoulée, et le prêtre apparut.

— Très cher frère, agréez mon bonjour! et qu'avec vous soit Dieu! murmura-t-il incliné, feignant de ne pas avoir entendu les grondements insolites de son paroissien; oh! ce n'est pas en vain, et j'en suis ravi! que notre édifiante sœur, votre gardienne, a fait brûler ces jours-ci tant de cierges en la chapelle votive de Notre-Dame-de-Bon-Secours!...

— Seyez-vous, l'abbé, répliqua sèchement M. Titi, dont les joues enflammées s'éteignirent soudain et contractèrent une rigidité de marbre; oui, là, près de moi.

Loin de s'émouvoir d'un tel accueil, l'homme d'église, aussi quiet que dans sa sacristie et du pas tranquille d'un important personnage qui se sent bien chez soi, gagna le siège qu'on lui désignait et s'y laissa choir, après avoir trouvé moyen d'avertir sa docile pénitente qu'elle eût à décamper incontinent.

— On vient de remplir un pénible devoir, reprit-il aussitôt qu'elle se fut éclipsée, et nous nous en sommes acquitté de notre mieux, avec les égards que nous avons pour tous nos fidèles et notamment ceux que vous sanctifiez par votre protection. Henriquard, c'est de lui que je parle, a perdu sa compagne ; en étiez-vous instruit ? et c'est elle, la pauvre femme si méritante ! que tout à l'heure, ayant dit les prières d'usage, nous avons accompagnée à l'asile où, grâce à notre divin auteur, elle puisse dormir en paix son dernier sommeil !...

Impassible et froid comme glace, Titi Foÿssac ne bougea.

— Dans cette circonstance, poursuivit, patelinant, le tonsuré, il m'a particulièrement plu de me départir de la règle, un peu rigoureuse, il est vrai, qui régit en pareille matière les conditions de la cérémonie, et, prenant vis-à-vis du vicariat général une telle infraction sous ma responsabilité, moi-même j'ai chanté gratis une grand'messe mortuaire au maître-autel de ma succursale et conduit gratis moi-même le corps de la défunte au cimetière.

— Et gratis encore, vous l'avez inhumée, bénie vous-même, ô monsieur le desservant !

— Ah ! soyez certain, invariable ami, que, si j'avais voix au chapitre, il y a beau jour que non seulement le clergé du diocèse, mais encore celui de partout ailleurs, exonérerait de toute contribution aux frais du culte les petites gens qui pâtissent d'avoir à nous payer pour le baptême, le mariage et, sinon pour l'extrême-onction, du moins pour l'enterrement de leurs proches, ascendants, descendants ou collatéraux. Oui, oui, j'en tombe d'accord avec vous, plusieurs de nos routines sont condamnables et devraient d'autant plus être abolies, qu'elles nous déconsidèrent singulièrement et permettent à nos ennemis, si divers et si perfides, de nous peindre sous les plus fausses couleurs. Il faut que ça cesse. Un jour ou l'autre, à l'Évêché, l'on m'entendra ! Si la chose ne dépendait que de notre auguste prélat !... Il est bon comme l'hostie et si vigilant qu'il ne perd jamais de vue, ce digne pasteur, aucune ouaille de son bercail ; eh ! tenez, la semaine passée, était-ce mardi ? non, c'était jeudi dans la matinée, il m'accueillit à bras ouverts, m'entretint, avec quelle bénignité ! du petit troupeau paroissial que je pais, humble berger, sous la protection de sa grande houlette ! Au cours de notre conversation (il s'agissait de certaines œuvres pies patronnées par de puissants fonctionnaires et nombre de défenseurs de la foi), votre nom fut prononcé, naturellement ; et monseigneur, en parlant de vous, qu'il cite parmi les meilleurs, s'écria : Celui-là, celui-là, c'est un saint !...

— En vérité ? quoi !... l'on a daigné ! je suis confus...

— Seulement, ajouta Sa Grandeur avec la man-

suétude et la perspicacité qui le distinguent entre
tous les princes de l'Église et lui valent constamment des marques insignes de l'affection toute
spéciale dont l'honore le chef suprême de la catho-
licité; seulement, entre nous, ici, monsieur l'adju-
teur, je regrette que votre respectable administré,
de qui je proclame les rares vertus, soit trop souvent réfractaire à la discipline apostolique et se
comporte, à son insu sans doute, en irrégulier de
la charité !

— Réfractaire ! irrégulier ! ah ! ça mais, en vérité, qu'est-ce à dire ? et pour qui me prend-on ? on
ne conçoit pas bien.

— Eh ! mon Dieu ! c'est pourtant très simple :
une bouche trop zélée peut-être, mais non mal in-
tentionnée assurément, a cru devoir informer nos
chanoines...

— Allez donc !

— C'est un point assez délicat et très difficile à
déduire. Il est vrai qu'un juste tel que vous, ayant
sa place préparée en haut, à la droite du Saint des
Saints, ne saurait envisager avec crainte la fin de
sa vie mortelle, et qu'on peut devant lui s'exprimer
en toute franchise à l'égard de ses dispositions
testa...

— ...mentaires, oui ; continuez de grâce et ne
me célez rien.

— Eh bien ! voilà : D'après ce rapport très récent, et probablement erroné, vous auriez résolu de donner la majeure partie de votre fortune aux nécessiteux de la cité, ce qui, certes, serait fort souhaitable, mais d'en confier l'administration à des laïques ! ce qui le serait moins, selon notre vénéré pontife Oscar-Rémy, lequel, en son impeccable sagesse, estime et croit fermement que les mains de l'Église, notre infaillible mère, seraient propres à la gérer, mieux qu'aucunes autres, tant dans l'intérêt spirituel du donateur que dans l'intérêt temporel des donataires.

— Entendu ! compris !

— Si donc, au préalable, vous invoquiez la lumière divine, il est constant que Notre Père n'en est point avare pour ses élus ! elle vous éclairerait à ce sujet, ainsi que naguère elle éclaira quelqu'un d'ici...

— Voyons ça.

Le négociateur tâta de son regard oblique le visage gelé du vieillard et, d'une voix mielleuse, continua :

— Se sentant mûr pour le ciel, Eudes-Stylite-Omer-René-Georges-Henri de La Croix-Xonâ, chevalier de Bolissens-Subduy, dernier rameau de l'arbre des Zullé, qui furent grands maîtres de l'ordre de Malte et barons du Saint-Sépulcre, im-

plora le Créateur, et celui-ci se révéla manifeste-
ment à sa créature...

— En quoi ?

— Voici : le moribond, en butte à de louables scrupules, se demandait depuis longtemps si lui, veuf
et sans enfants, devait léguer sa riche hoirie à
quelques germaines, ou si, sacrifiant deux ou trois
sœurs charnelles à ses innombrables frères en
Jésus-Christ, il ne serait point préférable d'en pourvoir la tutrice naturelle de tous les déshérités ; et
telle fut la réponse du Seigneur que les consan-
guines de ce gentilhomme, inopinément touchées
par la grâce, entrèrent dans les ordres, enlevant
ainsi par leur mariage avec le Verbe tout prétexte
dilatoire à leur cousin, qui ne tarda pas à mourir en
odeur de sainteté, bien convaincu d'avoir conquis,
en se dépouillant ainsi, l'éternelle béatitude, objet,
mon fils, de vos vœux les plus fervents et de vos
plus ardentes aspirations.

— Sans conteste, oui ; donc, si je ne m'abuse ici,
les soins dont vous m'entourez, pour mon salut,
sont tels, mon père, que vous m'engagez de toutes
vos forces à tenter, par une conduite à peu près
semblable à celle de feu M. de Bolissens-Subduy,
d'en gagner autant que lui-même ?

— Évidemment.

— Très bien ! or, au cas où j'aurais assez de

mérite pour, en quelque sorte, imiter ce zélateur
des malheureux si hautement récompensé, car il
est en paradis aujourd'hui, n'est-ce pas? en faveur
de qui pourrais-je tester?

— En faveur de qui?...

— Dame! vous le savez, en soi l'Église est inha-
bile à recevoir, et j'appréhenderais en agissant à
votre gré....

— N'appréhendez rien; elle a des prête-noms
qui la couvrent.

— A merveille! et me serait-il permis, au moins,
si j'accédais à vos désirs, de laisser à quelques
personnes, en particulier, un témoignage de ma
gratitude?...

— Oh! qu'à cela ne tienne! Il y a chez vous une
digne femme, ou plutôt une sainte fille, à qui sont
bien dues quelques largesses, et je puis vous être
garant que vous seriez fort applaudi d'avoir renté
suffisamment cette incomparable servante qui vous
a consacré tant de veilles; son auxiliaire, votre
intègre officieux, ne devrait pas non plus, à mon
avis, être oublié...

— Simplice aussi! Rassurez-vous; ainsi que la
Tòn il aura son lot, et j'espère qu'ils seront tous
les deux assez contents de moi; mais ma nièce,
monsieur le curé, ma nièce?

Au lieu de riposter à ce coup droit qu'il avait

imprudemment et trop tôt provoqué, Noubélô, quelque peu déconcerté, tira de sa poche l'un de ces grossiers mouchoirs de poche en cotonnade de couleur, fort appréciés des priseurs de pétun, le déploya, s'y moucha, s'en essuya la face, le jeta dans son tricorne posé sur ses genoux ; après quoi, prenant tout son temps, il défit trois ou quatre boutons de sa soutane ; et puis ayant ôté de sa poitrine deux carrés d'étoffe superposés, à peu près larges comme la main, il sépara pieusement ces morceaux de drap aux bords dentelés, et, baisant les images dont ils étaient, l'un et l'autre, intérieurement garnis, séraphique et touchant, il murmura :

— Seul, le Très-Haut inspire les hommes de bonne volonté. C'est à lui qu'il appartient, et non pas à moi, son très humble chantre et bien indigne représentant sur la terre, d'ouvrir votre âme aux purs rayons de la vertu. C'est à lui, fidèles, à lui seul qu'il faut demander les palmes glorieuses du martyre et la sainte audace des sacrifices. O mon ami, priez-le, et souvenez-vous que nul n'invoqua jamais en vain Celui de qui tout part et vers qui tout retourne. Ici-bas, lui complaire doit être notre unique loi. Pour une obole dont on se prive pour l'Église de son Fils, notre immaculé Sauveur, il nous concède, lui, le Père, tous les trésors de l'éternité. Que le Saint-Esprit vous visite, mon frère, et

vous élève jusqu'à Dieu ! L'exemple de M. de Bo-
lissens est là, songez-y...

— J'y songerai, monsieur.

Et le riche citadin en prononçant cette brève parole émit un tel regard que l'insidieux agent épiscopal, dont les momeries n'avaient pas eu tout le
succès attendu, perdit le fil de ses homélies et
resta coi...

— Bien ! oui c'est cela ! balbutia-t-il en rentrant tout penaud son scapulaire dans l'efficacité
duquel il avait trop compté ; d'ailleurs, rien ne
presse, il n'y a point péril en la demeure, et,
grâce à la Madone du ciel, vous ne nous serez pas
de sitôt ravi.

— J'espère, en effet, que je vivrai, sinon encore
de longs jours, du moins assez d'heures pour remplir mon devoir ; et, si cette espérance n'est point
déçue, soyez bien convaincus, vous et les autres,
que je le remplirai.

Pareille réplique parut si peu rassurante au
fourbe que, rompant derechef, il s'empressa de défiler un autre chapelet :

— Tout est dit, tout, excepté l'unique cause pour
laquelle aujourd'hui je suis venu céans et que voici :
Les murailles de notre cité, toutes les murailles du
Cours à la Laque, du Moustier à la Maladrerie, de
la Corne-Montmurat à la contrescarpe des Trois-

Tours sont revêtues d'affiches ou bleues, ou rouges,
ou blanches, quelques-unes tricolores, et chacune
d'elles stimule, prônant tel ou tel candidat à la dé-
putation, nos concitoyens, électeurs urbains ou
ruraux. On prévoit dès aujourd'hui que la lutte
sera chaude et d'autant plus que jamais intérêts
supérieurs ne furent engagés. Il y va pour nous,
soutiens de l'ordre et conservateurs de la propriété,
de la famille et surtout de la religion, « pierre angu-
laire de l'édifice social, » il y va de notre légitime
influence sur l'exécutif, façonné si péniblement à
notre image, et nous ne voulons pas être battus.
Si, que Dieu nous garde de cette calamité ! le suf-
frage universel, ici comme ailleurs, transgressant
nos... avis, envoyait encore du renfort aux trop nombreux démagogues siégeant à Versailles, il ne nous
resterait d'autre ressource que de détruire cette
institution néfaste qui nous est éternellement un
obstacle, et nous l'abolirions sans pitié ; mais, et
vous discernerez pourquoi, mieux vaudrait pour
nous, honnêtes gens, tenir du scrutin l'autorité nécessaire que d'en être redevables à la main du
pouvoir. Il faut que, le moment venu, nous ayons
le droit de dire à la nation : « Ne te plains point,
ton gouvernement émane de toi-même, et puisque
tu ne reconnais pas d'autre loi que celle du nombre,
incline-toi devant la majorité. » Tel est le plan que

nous avons conçu ; pour en seconder l'exécution et
pour qu'il aboutisse, nous comptons sur l'actif concours de tous les citoyens que les doctrines sub-
versives n'ont pas encore gangrenés, notamment
de ceux qui, loin d'être pervertis par elles, en sont
les intrépides contempteurs et, quoique un peu
trop démocrate, vous êtes l'un de ceux-là. Dans
notre ville, ici, vous ne l'ignorez point, trois indi-
vidualités considérables sont en présence, et chaque champion, en ce combat qui sera peut-être décisif, dispose de forces diverses : il y a, primo,
M. Viggal du Puy ; les calvinistes du centre et des
faubourgs porteront tous, ça va de soi, leur coreligionnaire, orléaniste comme eux et comme eux prêt
à tout pour l'exaltation des princes usurpateurs de
la branche cadette ; en second lieu, le nommé Bru,
mécréant s'il en fut, et fils du régicide de 93, lequel
s'appuie sur tous les impies du département et
prêche cyniquement la croisade rouge ; enfin, notre
homme à nous est le vicomte Onfroy de La Moli-
nairie ;… oui, je connais l'objection, il fut candidat
officiel sous l'Empire et passa comme tel en 1868 ;
est-ce à croire pourtant qu'il soit bonapartiste ?
Aucunement. Tout entier à l'Église et lui subordon-
nant même les sentiments de fidélité qu'il garde
au dernier-né de la Maison de France, il applaudit
le Bonaparte de décembre tant que celui-ci marcha

d'accord avec le clergé ; mais plus tard, du haut
de la tribune, au Corps législatif, il s'éleva contre
les ministres de l'empereur et leur déclara que
le pays ne les suivrait pas s'ils abandonnaient le
Saint-Père au spoliateur de Savoie qui s'intitule
aujourd'hui roi d'Italie. En somme, il n'est qu'à
nous, ce bien pensant, et de même qu'autrefois, s'il
recevait le mandat que pour lui nous sollicitons, il
marcherait sous notre drapeau... Ce que j'exprime
en toute sincérité devant vous, le répéter aux paysans d'alentour, inféodés à la dynastie napoléon-
nienne et d'ailleurs si travaillés par la propagande
radicale qu'ils s'imaginent être menacés d'un retour
au vieux régime par eux exécré, serait, vous le
sentez, une sotte imprudence ; aussi, sachant cela,
manœuvrons-nous à la sourdine et nous bornons-
nous à leur promettre une diminution d'impôts
qu'ils réclament et l'abrogation de la dernière loi
militaire ; ayant été trop belliqueux jadis, ils ne le
sont peut-être pas assez aujourd'hui ; cela se conçoit après Metz, Sedan et les déroutes successives
du signor Gambetta... Bref, pour en revenir à ce
qui m'amène ici, d'un pointage on ne peut plus minutieux auquel les Révérends Pères de la Compagnie de Jésus procédèrent naguère en présence
des membres du Comité préservateur, il résulte
ceci, que, grâce aux éléments dont seront com-

posés les bureaux électoraux et grâce aux mesures
prises pour le dépouillement des bulletins qui seront
mis dans l'urne au jour assigné, la victoire couronnerait assurément nos efforts si quelques centaines
de voix flottantes nous étaient acquises; selon notre
calcul, la plupart d'entre elles appartiennent aux
gens de la plus basse classe, et nous nous flattons
que ce petit monde pourrait nous être aisément
gagné. Quoi! vous en douteriez? Ayez la bonté de
réfléchir, et la moindre réflexion vous convaincra;
tenez, votre clientèle, par exemple, oui, vos pauvres entre autres, un mot de vous, un seul ne suffi-
rait-il point pour qu'il votassent en chœur et con-
formément...

— Assez et trop jasé; silence, misérable!

Et, révolté, Foÿssac, qui tremblait de tous ses
membres, se lança comme un fou sur le prêtre et,
l'empoignant au collet ou plutôt au rabat, il le
traîna, tout abasourdi, devant un grand crucifix
apposé sur une crédence.

— Hé quoi! qu'avez-vous, mon frère? O Seigneur; ô Jés...

— A genoux, blasphémateur; à genoux, hypo-
crite, et demande ici pardon au supplicié que voilà;
vite, à genoux!

— Souffrez, de grâce, que j'expli...

— Rien! Nous savons aujourd'hui ce qu'est pour

vous Celui du nom de qui vous avez toujours la bouche pleine, un tambour, un simple tambour de bas-
que, où vous tapez, charlatans, au risque de le crever. Regarde ce juste ! Il y aura tantôt mil huit cent
soixante-treize ans que vos prédécesseurs de Jérusalem, infâmes alors ainsi que vous l'êtes aujour-
d'hui, telle est la vérité, le livrèrent au bourreau.
Ce mort-là, vous autres de Rome vous l'assassinez
sans trêve; oui, tortionnaire, oui, les tiens et toi,
vous reclouez tous les jours sur son arbre patibu-
laire le divin crucifié.

— Comme lui, nous pardonnons à ceux qui nous
ont offensés; et comme lui...

— Mensonge ! elle est connue votre clémence, et
nous savons ce qu'en vaut l'aune, imposteurs aux
paroles melliflues. O saints N'y-touche! Il y a longtemps, si vous aviez pu, que vous eussiez rétabli
l'inquisition! et je crois bien que vous ne deman-
driez pas mieux que de voir sur des bûchers pareils à ceux où périrent Hus, Savonarole, Jeanne
Darc et tant d'autres, agoniser et se tordre dans
les flammes une bonne moitié du genre humain...
En voici la preuve; éclaircissez cela, voyons,
parlez, allez-y.

Vainement l'ecclésiastique tenta de s'esquiver;
ressaisi par les mains brutales du laïc, qui, l'ayant
lâché dédaigneusement, était revenu sur lui comme

la foudre et lui fourrait sous le nez les deux feuilles parisiennes froissées et déchirées, il fut contraint à les lire à la muette d'abord, puis à haute voix.

— Eh bien ! essaya-t-il de dire, atterré, c'est un tort, un très grand tort, oui ; mais je n'en suis pas responsable, moi.

— Si.

— Comment ?

— En ne trouvant pas un cri pour répudier cette bande infernale !... Ainsi donc, à Lyon, un bienfaiteur de l'humanité, Dorloy, Mathieu Dorloy, rend son âme au créateur, que chacun a bien le droit, j'imagine, d'adorer selon sa conscience ; et parce que ce philanthrope, qui, l'hiver passé, sauva la vie à dix mille canuts sans ouvrage, en leur fournissant du pain pendant trois mois, a cru devoir se dispenser d'appeler à son lit de mort un clerc ; parce que ce généreux philosophe, si digne de sa popularité, décède sans se dire apostolique, catholique et romain, romain surtout ! toute la séquelle dont vous êtes s'agite, intrigue, circonvient le préfet du Rhône ; et celui-ci, séide de Rome, ordonne que le libre-penseur défunt sera enfoui dès l'aurore. Or, tout s'exécute ainsi que les vôtres en ont décidé ; l'aube paraît : un triste convoi, suivi de cent mille travailleurs, se dirige à travers des rues désertes et mal famées vers le cimetière, et là, c'est

le comble du beau ! nombreuses escouades de sergents de ville et force soldats de cavalerie se jettent
sur la foule pacifique et recueillie à qui l'on interdit
l'accès du champ funèbre ; et le cadavre est inhumé
sans discours subversifs, en l'absence de tout ami,
devant ces musqués de la police et ces militaires, instruments stupides de l'autorité ; voilà,
voilà ! lisez Veuillot : Il applaudit tant et plus à ces
gestes et s'enroue à force de vous crier bravo ! Gardez son *Univers ;* on n'a nul besoin ici de sa feuille
et je vous en fais volontiers cadeau. Jour de Dieu !
pour que de telles horreurs soient possibles, en
quel temps vivons-nous ! Si c'est par de semblables
traits que vous espérez ramener les cœurs et raf-
fermir la foi !.., vous n'êtes que des buses, sinon
des coquins ; oui, l'un ou l'autre, il n'y a pas de
milieu, choisissez !

— Hé quoi ! Parler ainsi, vous, si modéré, monsieur Titi, vous qu'à cause de vos bonnes œuvres
on surnomma *La Chrétienté.*

— Monsieur, on m'appelle aussi Foÿssac la *Ré-*
publique ! et je tiens également à ces deux surnoms. On naquit chrétien et chrétien on mourra ;
libéral nous commençâmes et libéral nous finirons,
oui ! car, selon nous, les devoirs civiques et les
devoirs religieux ne sont pas inconciliables. Si,
vous autres lévites, vous avez tout fait pour les

rendre tels, et si, par le temps qui court, on ne remplit, en général, les uns qu'au détriment des autres, prenez-vous-en aux éternels réacteurs, vos dociles élèves et vos zélés disciples, surtout à ceux par qui vous gouvernez aujourd'hui. L'ordre moral, est-il permis de s'intituler ainsi quand on est le désordre et l'immoralité! l'ordre moral, abbé, vous a ruinés dans l'esprit du peuple, et voici maintenant où nous en sommes, grâce à ces gens-là : le SYLLABUS, ce funeste *Syllabus* qu'ils ont tenté d'imposer à la France, ce fatal *Syllabus* a détruit en nous ce qu'il y restait de foi. Sur mille individus qui naguère encore croyaient à la parole divine, il en est à présent neuf cent quatre-vingt-dix-neuf au moins qui ne croient plus qu'aux Droits de l'Homme. A qui la faute? à qui? si les choses en sont venues à ce point que partout on se défie de qui vous hante? Oh! cela devait tuer ceci; voyez donc un peu! c'est ceci qui, contrairement à vos prévisions, a tué cela. Ventrebleu! si vous pâtissez jamais, ne vous plaignez point; tout ce qu'il vous adviendra, vous ne l'aurez pas volé! Qui se masque trop se dévoile; or, vous avez si bien ourdi dans l'ombre, que toutes vos trames sont percées à jour et que les plus naïfs, les plus simples vous connaissent à présent sur le bout du doigt, vous les retors et les compliqués! On n'est plus dupe de vos artifices de lan-

gage ; aussi nul n'ignore-t-il à cette heure que la
religion n'est pour vous qu'un manteau sous lequel
vous briguez moins le spirituel que le temporel et
que tout dictateur vous est bon pourvu qu'il soit
votre complice ou votre victime. Ah ! mes maîtres !
si vous enseignâtes l'histoire sainte au public,
celui-ci pourrait à son tour vous renseigner sur
l'histoire profane. On se souvient que, si vos mains
furent assez sévères pour anathématiser Voltaire,
excommunier Rousseau, flétrir Pascal, elles furent
assez clémentes pour absoudre Borgia, Louis le
Tigre et Louis le Porc. Chers anges ! on vous a vus
sacrer Bonaparte après Capet, encenser Philippe
après Charles, saluer si bas Eugénie la fille et Ver-
huell l'escroc, qu'on en conclut que vous seriez
fort capables de vous accommoder du Prussien, pour
peu que celui-ci, Fritz ou Karl, fît mine de s'incliner devant la tiare, symbole de l'omnipotence clé-
ricale et non papale, car votre souverain pontife,
idole de chair et d'os, le pape-roi que vous portez
aux nues, ne le renieriez-vous pas demain si, par
hasard, il contrariait vos rêves de domination universelle ?...

— Oh ! vous vous méprenez en arguant ainsi ;
notre Église, l'Église française...

— Il n'y a plus de gallicans, c'en est fait des franchises nationales ; les Romains l'emportent, et quels

Romains ! Eux, vos ennemis, ils vous ont séduits,
englués, et vous les subissez. Soit ! tant pis pour
vous, aveugles séculiers qui suivez ces réguliers
avides ! Sachez-le, ils vous égareront, ils vous ont
égarés déjà, ces superbes qui prêchent l'humilité,
ces sensuels qui recommandent l'abstinence, ces
insatiables qui font vœu de pauvreté. Perdus, vous
êtes perdus et nous tous peut-être avec vous qui
ne pouvez plus vous dire Français, puisque vous
vous êtes faits ultramontains ; ah ! vos plus anciens
fidèles, quantité d'honnêtes citoyens sont navrés de
votre désertion et la blâment hautement, eux qui,
pour votre salut en ce monde et dans l'autre, eussent voulu vous voir aimer d'un amour égal la République et Dieu !...

— La République !

— Oui, la Ré-pu-bli-que ! et moi qui vous parle
ici, je crois avoir bien mérité de mes deux patries,
la céleste et la terrestre, entendez-vous, monsieur
le bénisseur des peupliers de 48, quand, en 51,
à la tête de quelques inflexibles et sans autres
armes que le texte de la Constitution à la main,
je marchai sur les sicaires du parjure qui s'étaient
rués avec leurs fusils et leurs canons sur notre
paisible cité.

— Nous eûmes vent de votre folie ! et si le prince
d'alors, cette Majesté qui n'est plus que pous-

slère aujourd'hui, daigna vous la pardonner, à qui donc en êtes vous redevable, si ce n'est à l'un des nôtres, Son Éminence Monseigneur...

— Ruberle ! Il n'était pas encore cardinal à cette époque, et si, grâce à mon aîné, Fabrice Foÿssac, il plaida ma cause en cour et reçut un peu plus tard le chapeau, savez-vous bien ce qu'il nous en coûta ? La bagatelle de trois cent mille francs ! pour les pauvres ? oh ! que nenni ! Notre argent alla grossir cette fameuse caisse de réserve dont le porte-clefs est de l'autre côté des Alpes, sur les bords du Tibre, au Gesù ! Vous le voyez, il n'y a pas lieu vraiment de vanter outre mesure le désintéressement du mitrophore en question. Il nous servit, on le paya ; nous sommes, ce semble, quittes envers lui.

— Quel langage ! il n'est point de vous, il est d'un insurgé !

— Tout beau ! Les insurgés sont ceux qui, comme vous, abbé, fauteurs de discordes, sans vergogne enseignent à leurs paroissiens la désobéissance aux lois du pays et fomentent l'incendie ! Ah ! çà, mais qui nous prône ici ? Par quel sage sommes-nous chapitré ? par Noubélô, qui pendant vingt ans fut mon commensal et pendant vingt ans me flagorna ; Noubélô, le curé Noubélô qui refuse d'abord d'enterrer gratis les corps des manants et qui, prévenu de nos indignations par notre domesticité, se hâte de réparer sa faute, afin de mieux nous piper à l'avenir ; oui, le digne Rufin Noubélô qui, se targuant à l'évêché de nous mener par le bout du nez, s'en vient chez nous et nous propose dans la même séance : 1° de déshériter notre nièce au profit des jésuites ! 2° de déshonorer notre nom et de nous avilir en poussant notre pauvre clientèle à voter pour les tyrans ! Une captation d'héritage, un achat de conscience, et cela le même jour. Il est vrai qu'il y a quelque urgence ! On craint de nous voir partir trop tôt et l'on se hâte de travailler le moribond ! Oh ! oh ! si fin diplomate qu'on puisse être, on échoue souvent en pareil cas, et Jean s'en va comme il est venu ! Grand Dieu ! quand on assiste à tant d'impostures...

— O mon frère, ô mon vieil ami, rentrez en vous-même et vous jugerez plus sainement nos intentions, qui sont pures, nettes...

— ... autant que les sentines publiques ! Allons ! on vous connaît ; trêve aux pasquinades et, s'il vous plaît, moins de componction ! « Nous, nous, dites-vous sans cesse, et pourvu que nous soyons gras et dodus, que tout crève, États, peuples et Dieu !... » Fi ! pharisiens, fi ! fi !

— Calmez-vous ! souffrant comme vous l'êtes, il y a péril pour votre âme et pour votre corps à s'ou-

blier jusque-là ; puis, qu'il nous soit permis de vous
rappeler, en pleurant sur vos erreurs et sur les
nôtres, hélas ! aussi, que la colère est un énorme
péché.

— Péché, cordieu ! que vous ne commettez pas
souvent, vous autres du sanctuaire ou plutôt de la
fabrique, car il n'y a plus de sang en vos veines,
ou, si, par hasard, il y en reste encore quelques
gouttes, il est blanc comme celui des limaces et des
chenilles...

— Oh ! monsieur, monsieur Titi, mon cher monsieur Titi !

— Cher !...

Heureusement pour l'abbé, qui, malgré tout son
front, avait totalement perdu contenance et ne
savait plus comment se tirer de là, Simplice entra
sur la pointe des pieds et remit à son maître irrité,
dont la bouche s'apprêtait à lancer des apostrophes
plus sanglantes encore, une carte de visite, sur laquelle il abaissa les yeux, et qui le surprit à ce point
que tout son courroux, à l'instant même, tomba.

— Que faut-il répondre de la part de monsieur
à cette personne ?

— Introduis-la sur-le-champ.

— Pardon ; avant d'obtempérer à monsieur, je
lui représenterai qu'il n'a presque rien avalé d'aujourd'hui...

— File !

— ... et que le consommé !...

— Va, va.

— ... mijote et...

— Une syllabe de plus, et je te chasse à jamais d'ici.

— ... fond.

Et comme le valet de chambre, déjà sorti, descendait quatre à quatre les marches d'un escalier vermoulu, Foÿssac se retourna tout d'une pièce et, de l'index, montra la porte au Basile, qui, furtif et ratatiné, la prit aussitôt en balbutiant, du ton le plus piteux un : au revoir ! entremêlé de l'invocation suivante :

— Ayez, Seigneur, pitié de lui !

— *Comediante !* On ne te dit pas au revoir, entends-tu, l'on te dit adieu !

Puis, après cette éclatante parole dont les voûtes étonnées de la silencieuse maison retentirent toutes et qui poursuivit le drôle exécuté jusqu'en bas, à l'extrémité du corridor, l'honnête exécuteur chut, épuisé, sur son fauteuil d'infirme et fixa des regards presque anxieux sur le seuil de l'appartement, où bientôt apparut, triste et vêtue de fins habits de deuil comme les veuves de sa classe, une dame âgée, d'une physionomie à la fois très avenante et très austère.

— Oh! merci, dit-elle avec dignité, de votre accueil empressé, merci!

— J'allais vous écrire, madame, à l'instant même. Attention, ne vous placez pas là! non, pas là; ce siège est chaud encore de la peau de Rodin; ici, près de moi, sainte femme.

Elle s'assit à la place indiquée, et s'exprima non sans quelque gêne :

— *Il* m'envoie; *il* souffre!

— *Elle* souffre comme lui! Je souffre comme eux et comme vous, mais que faire? il est calviniste, elle est catholique.

— Hélas!... il m'a tout révélé.

— Tout?

— Oui.

— Donc, vous savez sa belle conduite! Il y avait longtemps déjà que je m'étais aperçu de leur amour; aussi m'attendais-je chaque soir à ce qu'ils s'en ouvrissent à moi; ce fut par un soir pluvieux d'automne, oh! je ne dors plus depuis ce soir-là! ma nièce venait de se retirer, et votre fils, madame, ayant donné sa leçon quotidienne aux sourds-muets, tisonnait mélancoliquement; tout à coup il se redressa, je vis dans ses yeux une inexprimable angoisse. « Oui, murmura-t-il, oui, c'est vrai, je l'aime! et j'ai mesuré les obstacles invincibles qui nous séparent; elle ne peut et je ne puis abjurer;

il faut rompre et mourir peut-être de la rupture. »
Il se leva là-dessus et m'embrassa. Nous pleurâmes
ensemble, et, comme je m'efforçais de lui adresser
de vaines consolations, il partit très affligé, je ne l'ai
plus revu ; voilà deux mois ! serait-il de retour, enfin ?

— Hier, il est rentré.

— Calme ?

— Aussi calme qu'au départ, mais mourant, et
me voici...

Les deux graves interlocuteurs échangèrent un
regard aussi profond que leurs pensées, aussi loyal
que leurs âmes ; après quoi, lui, l'homme au déclin
des ans, s'écria :

— Cette union est-elle donc réellement impossible ? et faudra-t-il que ces deux êtres adorés de
nous qui se cherchent soient condamnés à toujours
se fuir ?

Elle, la femme aux cheveux gris, soupira, puis
branlant la tête :

— J'en ai peur ! Écoutez et jugez : Saül, le premier qui me soit connu des aïeux paternels de mon
unique enfant, fut massacré le jour de la Saint-
Barthélemy, sur le corps de l'amiral, et son fils
Joas, après avoir contribué de son sang à l'avènement du Béarnais, expira, jeune encore, laissant
deux héritiers en bas âge : Anne, qui devint
l'épouse d'un frère puîné de Daniel Chamier, lieu-

tenant du grand consul Jacques Dupuy, et Jean, lequel, atteint sur les remparts de notre ville en 1621 du même coup de canon qui tua ce ministre de la Religion, vivait encore non seulement en 1685, lors de la révocation de cet édit de Nantes que son propre père avait vu signer par Henri de Navarre, mais aussi dix ans plus tard, quand les Camisards commencèrent à se soulever dans les Cévennes, où ses descendants tombèrent tous, sauf un seul, Martin, qui languit pendant un quart de siècle au bagne, où l'avaient conduit les dragons de celui qu'on ose appeler le Grand Roy. Pasteurs au *Désert*, Paul et Pierre, frères jumeaux issus du forçat, y prêchèrent courageusement leur foi jusqu'à la veille de la Révolution, dont leur unique successeur Romuald fut l'un des héros ; gloire qu'il expia, car, banni comme régicide sous la Restauration, il dut, octogénaire, prendre le chemin de l'exil, abandonnant en France son petit-fils Albin qui, quoiqu'à peine adolescent, combattit ardemment les Bourbons en juillet et fut déporté sous Bonaparte, en 51, avec Arnaud, son enfant, mon mari, le plus malheureux peut-être de cette malheureuse famille, puisqu'il est mort à Cayenne, sans m'avoir revue et sans avoir revu non plus le dernier de sa race, hélas ! mon fils, Gaspard, dont la bravoure brilla, vous le savez, n'est-ce pas ?

pendant la guerre prussienne, en Franche-Comté.
Dites, dites, se pourrait-il que le rejeton de tant
de huguenots, conquérants de la liberté de conscience, mère de toutes les autres libertés, se fît
apostat et reçût la bénédiction nuptiale de la main
peut-être de l'un des neveux des bourreaux fro-
qués qui vouèrent ses impeccables ancêtres à la
corde, au fer, au feu?

Le vieux théophilanthrope, un peu déconcerté,
ne répliqua d'abord que par un geste assez vague
à cette question jaillie toute brûlante des entrailles
de la sévère épouse de l'évangéliste qui, si digne de
ses prédécesseurs naturels, avait été l'un des plus
glorieux martyrs de la Liberté ; puis, s'étant remis
enfin, il fouilla dans sa mémoire et repartit ainsi :

— Confidence pour confidence. Agréez, s'il vous
plaît, madame, que nous vous parlions à notre
tour de nos devanciers. Si nous ne sortons pas,
nous, d'une lignée illustre, on n'en est pas moins
fier toutefois des humbles très méritants par qui
nous fûmes engendré. Mon père bien regretté,
Bruno Foÿssac, connu jadis en Lomagne sous ce
sobriquet-ci : l'*estamaïré* (étameur), était, paraît-
il, l'unique fils d'un certain Yon, berger, qui, des-
cendu des Pyrénées en l'an du sacre sous Louis XVI,
s'établit à Mousclâs, sur les bords du Gers. Si ce
pâtre, originaire des montagnes frontières, assez

farouche et fort taciturne, en savait long sur les siens, il n'en souffla jamais mot à personne; aussi nul n'est-il mieux instruit que nous à cet égard et, sans nous piquer de remonter plus haut, bien que les mortels procèdent tous, selon les Saintes Écritures, d'Adam et d'Eve, tenons-nous ce montagnard dépaysé pour le premier de notre race. A peine âgé de quarante ans, ce bon sournois de qui nous procédons mourut à la fin de l'autre siècle, d'un refroidissement attrapé, ce semble, un mois d'hiver qu'il sauva trois maquignons précipités d'un bac avec leurs chevaux dans les Mares-Grises; et sa femme, poitrinaire depuis plusieurs années, s'endormit pour toujours quelque temps après lui, se demandant, la pauvre, avec désespoir ce que deviendrait leur orphelin? Un curé comme il n'y en a plus, hélas! se chargea de Bruno, qui, grandissant dans le presbytère où, dolent enfançon, il avait été recueilli, vécut là jusqu'à l'âge de dix-huit ans; et, quand son bienfaiteur eut rendu l'âme à qui de droit, il apprit, lui, pecaïre, ignorant tout excepté comment on sert la messe, il apprit d'un Auvergnat ambulant à rétamer chaudrons, poêlons, casseroles, etc., puis, ayant amassé sol à sol un modeste pécule, se maria. Quatre mâles lui naquirent en l'espace de cinq ans et demi: Fabrice, l'aîné; Secondat et Jérôme, les cadets; enfin le dernier éclos; moi-même, Augustin, qu'on appela d'abord Tintin, ensuite Titi, petit nom qui m'est resté. Misérables, nous poussâmes côte à côte sous les yeux de nos parents, qui travaillèrent à l'envi tant qu'ils purent, afin de nous assurer le pain de chaque jour; et l'heure vint bientôt, car qui peine trop s'use vite! où ce fut à nous, marmaille, de pourvoir à leurs besoins. On s'ingénia de son mieux à cet effet, et, toute réflexions faites, on œuvra. Beaucoup plus robuste que nous tous, l'aîné pio- chait, bêchait sans cesse les quelques lopins à nous appartenant; et, tandis que les anciens, usés à force de travail, s'occupaient tant bien que mal du ménage, mes deux autres frères gardaient les ouailles dans les friches d'alentour; quant à moi, très débile et que le moindre labeur avait vite essouf- flé, je songeais seul, la plupart du temps, entre les quatre murailles nues de la chaumière natale. Ah! l'on a bien raison de dire que souvent viennent à qui pâtit des secours de plus faible que soi! Malingre, il me fut octroyé par la Providence d'as-- sister les forts de ma famille qui succombaient à la tâche, et voici comme; entendez cela : Toujours rêvant et toujours priant, car le père, dévot aux pratiques de sa jeunesse ainsi qu'à l'homme de Dieu qui l'avait abrité jadis, nous inculqua de bonne heure sa piété; toujours rôdant inactif aux

abords de notre maisonnette, je finis par remarquer que les routes et les chemins de nos régions,
si mal entretenus à cette époque-là, foisonnaient
de détritus de toutes sortes, os, carcasses d'animaux, papiers de rebut, chiffons hors d'usage, fer-
railles, et cætera. Cette découverte ne m'eût pas
servi certainement à grand'chose sans un conducteur des ponts et chaussées qui séjourna quelques
jours dans notre piètre hameau. « Vrai ! s'écria-t-il
une fois que je le guidais charitablement à travers
nos landes désertes, si quelqu'un songeait jamais à
ramasser tout ce qui traîne ici dans les campagnes,
il serait bientôt riche, celui-là, pour sûr ! » — « Eh !
comment ça ? » — « Comment ça, petit nigaud ?
me répliqua cet observateur avisé, c'est bien
simple ! en transportant ailleurs toutes ces saletés ;
on achète fort cher dans nos villes, et notamment
à Montauriol, dont c'est le commerce principal, les
vieux fers et les vieilles nippes ; et, pardienne ! il
n'en manque pas en ce pays. Souviens-toi de ceci,
mon mignot, tôt ou tard on exploitera cette mine,
et l'entrepreneur, si maigre qu'il soit au début,
aura bientôt pris du ventre, oui-da ! » Ces paroles,
dites avec une conviction qui m'avait frappé, me
restèrent si bien en l'oreille qu'elles y bruissaient
sans cesse ; et, voyez comme tout s'enchaîne : un
soir, alors que je revenais des Bourgs-Francs,

chargé de provisions et pensant toujours à ce que
j'avais entendu, voilà qu'un gémissement pitoyable
sortit de l'un des fossés de la route royale. Aussitôt
je m'approchai du talus et vis au fond du creux
un assez gros âne, étendu les quatre fers en l'air,
et qui me regarda comme ceux qui sont sur le
point de sombrer regardent le nageur qui s'élance
à leur secours. « Attends! lui criai-je comme s'il
avait pu me comprendre ; attends un peu, nous te
tirerons de là ; je reviens! » Et je revins bientôt,
en effet, avec Secondat et Jérôme, munis de cordes et d'un cric. Ce ne fut pas sans peine, allez,
que nous hissâmes le vieux bourriquet à demi
mort de faim et de soif et tout déhanché, qui,
replanté sur ses sabots, nous lécha les doigts
comme un vrai chien, en remuant ses longues
oreilles chauves. « Il s'agit, mes frères, à présent
qu'il est debout, de l'amener à la maison! » — « Eh !
que veux-tu faire de cette bête fourbue? me ripostèrent les deux cadets ; es-tu fou? Ce grison ne vaut
pas deux liards, et si ceux qui l'ont sans doute
abandonné là ne l'ont pas achevé pour l'écorcher,
c'est que personne n'eût voulu de sa peau, plus re-
prisée que la souquenille d'un mendiant. » — « On
vous prie de m'aider ; aidez-moi donc et ne plaisan-
tez plus, méchants. » Ils se turent, et nous voilà
partis. Oh ! la tâche ne fut pas facile, et, pour ma

part, je n'ai jamais tant sué que cette nuit-là! Mais
enfin nous arrivâmes chez nous avec l'âne, à qui
j'offris sur-le-champ toutes les croûtes moisies que
je pus récolter en notre habitacle et quelques brin-
dilles de foin prises à la crèche de notre unique
vache, car l'autre, une génisse, sa compagne de
trait et de bât, était morte depuis plusieurs semaines, et nos moyens ne nous avaient pas encore permis de la remplacer. « Ah çà, me dit mon père dès
le lendemain matin, nous sommes aussi touchés que
toi de la détresse de ce vieil ouvrier à quatre pattes;
mais tu le sais, enfant, il faudrait le nourrir, et nos
ressources sont, hélas! beaucoup trop minces pour
cela. » — « Laissez-le-moi, je m'en charge; et vous,
père, remerciez le bon Dieu! » — « Pourquoi, fils,
pourquoi donc? » — « Ah! parce qu'il a daigné, lui,
le miséricordieux, exaucer nos prières et qu'il nous
sauve tous aujourd'hui! » — « Perds-tu l'esprit? »
— « A genoux, parents; imitez-moi! » Fort effrayée et
très marrie aussi de mon exaltation qu'elle ne s'ex-
pliquait point, toute ma tribu tenta, sans y parvenir,
de me dissuader de mon dessein. « Nenni, nenni!
c'est pour votre bonheur, répétais-je invariablement; ayez un peu de patience, vous verrez cela! »
Vous le sentez, madame, j'avais déjà mon plan; et
ce plan-là (Dieu veuille que le dernier que je forme
ait autant de succès!) fut suivi sans fléchir. On

oignit d'abord les paturons endoloris du roussin avec du suif et de la graisse extraite des moyeux des roues de toute charrette qui s'arrêtait à notre porte, où, pour un sou, nous donnions la goutte aux rouliers, aux porteballes, ainsi qu'à tous autres passants; ensuite on battit la contrée, de l'aube à la brune; et, chaque soir, à la tombée du soleil, les vieux disaient quand je rentrais, bâté comme une mule : « Eh! mon Dieu, notre Titi, qu'est-ce qu'il a donc à charrier ainsi sous notre toit toutes les chiffes qu'il glane en pleins champs? « On le sut enfin ce que j'avais, un beau matin, en me voyant charger tout ça sur le dos cicatrisé de la bourrique, que pendant trois mois j'avais nourrie d'herbes arrachées aux bords des prairies, et si bien frictionnée que ses articulations ankylosées s'étaient assouplies et qu'elle était en état de filer. Eh! nous filâmes ensemble, elle et moi, pour le Bas-Quercy. Quel voyage! on s'en souvient, et, tant que nous respirerons, on s'en souviendra! Lorsque, un mois et quelques jours après notre départ, nous reparûmes en bonne santé tous les deux en Lomagne, on nous accueillit chaudement à la maison; et, tandis que ma bête se régalait à bouche que veux-tu de grains de mil et de grains de blé, moi, force embrassades données et rendues : « Oyez et voyez, parents! m'exclamai-je en jetant un gros rouleau

de numéraire sur la lourde table de chêne où nous
prenions nos repas quotidiens; il y a là près de
cinquante pistoles en écus de six livres et pièces
de trente sols ! » Si l'on ouvrit de grands yeux,
imaginez ! Et quand on se fut bien extasié, les
explications eurent lieu, de telle sorte que, la semaine d'après, ce n'est plus un seul âne qui mâcha
du vert et du sec sous notre chaume, mais quatre,
dont trois fiers baudets du Poitou, lesquels n'é-
taient pas couronnés, eux, comme mon pauvre
trotte-menu; quatre qui ne boudaient point à la
crèche, oui, quatre ! un pour chacun des gars du
vieux Bruno ! Le pays, sacrebleu, fut tôt fouillé
d'amont en aval, et, loin de se contenter de cueillir
sur les routes ainsi qu'autrefois, on entrait dans les
bordes, et l'on payait comptant aux métayers
toutes les vieilleries dont ils n'avaient que faire et
qu'ils nous eussent cédées gratis, si nous en avions
voulu, nous autres, à ce prix-là ! Puis, la nuit
tombée, on haltait n'importe où, soit dedans, soit
dehors, sans oublier jamais de s'agenouiller, avant
de s'endormir, aux pieds du crucifix de fer qui
nous suivait dans tous nos pèlerinages, et dont
nous ne nous fussions point détachés pour rien au
monde; car il nous venait de notre père vénéré,
lequel l'avait reçu, lors de sa première communion, du noble desservant son sauveur. Eh ! que

vous raconterais-je encore, ô chère madame? On
s'était démené tant et tant que nous éprouvâmes
le besoin de reposer un brin, et, ma foi, vers la fin
de la Restauration, nous nous assîmes tous les
quatre à Montauriol, où nos affaires prirent une
extension telle que l'unique maison de gros Foÿssac Major et Frères se dédoubla, que dis-je donc?
se déquadrupla! mais jamais associés ne se quittèrent meilleurs amis, et ce furent nos anciens eux-
mêmes, encore vivants en ce temps-là, qui prési-
dèrent à la liquidation de la société. Fabrice eut en
partage les papiers, Secondat les chiffons, Jérôme
les os, et moi les fers. Ah! les beaux jours enfin
avaient lui; notre prospérité ne s'arrêta pas là. Si
nous avions, unis, monté; séparés, nous ne décli-
nâmes aucunement. Tout nous réussissait, tout;
et chacun de notre côté, de même qu'ensemble autrefois, nous fîmes florès. Il n'était question que de
nous en Quercy. « Ce sont des intègres! s'écriait-on
de toutes parts; ils achètent plus cher et vendent
meilleur marché que quiconque! » Or, c'était vrai.
Comment tel résultat avait-il été par nous obtenu?
La chose est fort simple et s'explique de soi. Nés
dans le dénuement et par conséquent très sobrement
élevés, aussi sobrement vécûmes-nous au comble
de l'opulence; et cela nous permettait d'acquérir à
des taux assez forts les matières premières que

nous fournissions, sans écorcher personne, à la plupart des peaussiers, raffineurs de sucre, fabricants de papiers, maîtres de forge et autres usiniers du Midi. Bref, notre clientèle augmenta de jour en jour et notre trafic également ; à telles enseignes qu'à la fin nous ne savions plus où donner de la tête. Et c'est alors que, pour me distinguer de mes homonymes, autrement dit de mes aînés, avec qui souvent on me confondait, tous les négociants de la ville ajoutèrent, sur leurs livres de commerce, à mon nom patronymique, un chiffre romain, IV, auquel bon nombre de mes concitoyens crurent devoir joindre, à la suite de certaines circonstances dont votre fils, madame, vous a peut-être parlé, plusieurs autres désignations que je finis par adopter... Oui, vraiment ! et voilà pourquoi la griffe que j'appose depuis vingt ans sur tous les actes est celle-ci, qui, je ne sais trop pourquoi, prête à rire à tous les muscadins du négoce aujourd'hui : « Titi Foÿssac IV, dit *la République et la Chrétienté.* » Que les mirliflores de la cité s'égayent à mes dépens autant qu'il leur plaira, je ne renoncerai pas à ces deux titres, qui sont mes croix d'honneur, à moi ! Nous pensons, d'ailleurs, les avoir bien méritées l'une et l'autre, oh ! mais, passons ; il s'agit à cette heure moins de moi que de votre enfant et que du mien, oui, certes, du mien ! car l'unique héritière... (ah! le vieux Bruno, qui supposait avoir fait souche à jamais, serait bien surpris, s'il était toujours là, de voir sa déshérence tomber en quenouille, une quinzaine d'années après lui!)... l'unique héritière des quatre va-nu-pieds dont je viens de vous narrer brièvement l'histoire, et qui, trois du moins! sont morts encore millionnaires, bien qu'ayant répandu des cent et des mille sur tous les meurt-de-faim de ce pays-ci; ma petite nièce, enfin, il m'est bien permis, n'est-ce pas, de l'appeler ma fille? Elle l'est! Ayant à peine connu les siens, attendu que sa mère s'éteignit en lui donnant le jour, et que son père, seul fils de mon brave Secondat, trépassa, tué par le chagrin, au bout de trois mois de veuvage, elle m'aime, la chérie, autant que si je l'avais faite, et franchement, ne l'ai-je pas faite un peu? Tout le monde le remarque : elle pense absolument comme moi; nos goûts sont les mêmes, ainsi que nos idées, et quand elle parle je m'entends parler. Riche de tous les biens acquis par ses ascendants, les quatre garçons de son pauvre aïeul, ce qu'elle prise dans la richesse, c'est surtout la faculté de secourir ceux qui n'ont rien, en cela semblable à votre fruit, honorée madame, à qui sa fortune, non moins considérable que celle dont ma mignonne jouira prochainement, très prochainement! accorde le privilège de soulager tant de souffrances.

Oh! ces petits, ces petits, s'ils pouvaient s'appartenir l'un l'autre, qu'ils seraient heureux! et comme leur bonheur adoucirait l'amertume de notre dernière heure! Pourquoi faut-il, Seigneur que la religion à jamais les sépare! On est de votre avis; ils sont condamnés, ces amants, à mourir de leur mutuel amour; et par qui? par nous surtout qui ne respirons que pour eux et qui verserions à l'instant tout le sang de nos veines, n'est-ce pas? pour qu'ils fussent époux et vécussent ensemble une délicieuse et longue vie! Avec vous, sage mère, je le reconnais, il ne saurait, lui, le rejeton de tant de héros de la Réforme, immolés pour leur foi, s'agenouiller aux pieds d'un prêtre papiste; et, d'un autre côté, elle ne saurait, elle, la descendante de tant d'humbles serviteurs de la croix expirés en en confessant la miraculeuse vertu, se prosterner devant un ministre huguenot; et nous ne saurions permettre, nous autres deux, qu'ils soient, elle et lui, flétris éternellement du nom de renégats! Ah! madame, en vérité, je vous le jure, en présence de l'Agneau qui se meurt là sur cette croix, si je ne croyais à la toute bonté de celui qui nous créa, je blasphémerais Dieu!

— Ne le blasphémez pas! s'écria la noble veuve, étrangement remuée; oh! ne l'objurguez point! implorez-le plutôt!

Titi Foÿssac, à ces profonds accents de piété
qui le matèrent, abaissa ses mains menaçantes et,
désarmé, confus, honteux de sa révolte, il les tendit
à la sévère protestante, qui d'un seul mot avait
figé sur ses lèvres à lui tout un flot d'imprécations
sacrilèges.

— Oui, ma sœur, vous avez raison ! et je vous
remercie de m'avoir rappelé si dignement à l'ordre.
Il sied de prier l'arbitre suprême de nos destinées,
et non pas de se répandre en folles paroles contre
lui ! Qu'il daigne m'absoudre et que chacun de
nous, avec les formules apprises au berceau, le
conjure de nous prendre en pitié, vermisseaux que
nous sommes !

Sérieuse et recueillie, elle se leva, s'approcha
du bonhomme qui, s'étant dressé tout tremblant,
avait joint ses doigts déformés ; et, debout tous les
deux, elle, la rigide hérésiarque qui pour rien au
monde n'eût apostasié, lui, l'inquiet orthodoxe,
encore si discipliné, s'adressèrent en même temps
à l'Éternel :

« *Entends le cri de ta servante, père*, disait-
elle en français, *et tourne tes regards favorables
vers moi !* »

— *Parce*, scandait-t-il en latin, *parce, Domine,
parce servo tuo !* »

Puis ayant achevé, qui le psaume biblique et

qui l'hymne romain, ils se rassirent simultanément, très émus, très pâles, atteints d'on ne sait
quel frisson...

— Il n'est qu'un Dieu ! déclara-t-elle en rompant
enfin le silence ; un seul, également secourable à
tous les mortels, ses fils ; israélites, musulmans,
réformés ou catholiques, sa droite s'étend impar-
tiale sur tous, même sur ceux qui l'ignorent encore
ici-bas !

— Sans doute, il doit en être ainsi. Que de fois,
elle et lui, l'ont dit ici devant moi ! Chers cœurs, si
bien faits pour s'entendre ; aussi tolérants l'un que
l'autre, affamés de justice, épris de vérité tous les
deux !

— Et chrétiens !...

— Oui, mais point de la même communion, et
c'est bien là ce qui cause mes tourments et les
vôtres. Elle, j'en suis convaincu, l'aimerait assez
pour le suivre en tout lieu, jusque dans une syna-
gogue ou dans une mosquée ; et lui, si les préjugés
n'étaient là...

— Les préjugés ?

— Hé ! certes, oui ! Libéral comme il l'est et nòn
moins affermi que les plus lucides philosophes,
n'en a-t-il pas déjà subi plusieurs fois le trop cruel
despotisme !

— En quoi ?

— Vous l'avez donc oublié! N'appela-t-il pas naguère un ennemi sur le terrain, lui qui cependant improuve le duel? Il est vrai, m'objecterez-vous, que, pour être conséquent à ses principes et concilier avec eux sa conduite qui les démentait en cette circonstance, il s'abstint, après avoir reçu le feu de son adversaire, un fieffé croquant, entre parenthèses, ce marquis-là!...

— De grâce, ne me parlez point de ce jour mortel!

— Oui, laissons cela; mieux vaut chercher ensemble un moyen qui nous permette de combler leurs vœux réciproques sans froisser la conscience de l'épouse ni celle de l'époux.

— Un moyen, il n'y en a pas, hélas! il n'y en a pas!...

— Si, peut-être, interrompit-il, le front auréolé comme l'ont ceux qu'une lumière visite; il en est un! oyez-moi; Dieu, que nous avons supplié, m'éclaire et m'inspire. Il est bien entendu qu'elle ne peut aller au temple?

— Et que, d'autre part, lui ne doit point entrer dans une église?

— Hé! sans doute; or, étant donnée cette double impossibilité...

— Continuez.

— On proclame à mes alentours que je suis un

brave homme, et vous me tenez pour tel, n'est-ce pas ?

— Assurément.

— Eh bien ! donnez-moi carte blanche, et je vous réponds sur ma caboche déplumée, qu'avant un mois d'ici...

— Vous me faites peur.

— ... ils seront mariés !

— Elle et lui ?

— Mais ! et de telle sorte que personne ne pourra gloser sur leur union. Est-ce conclu ? M'autorisez-vous à marcher ! oh ! je marcherai, quoique invalide, et l'on verra que les moins ingambes, quand ils s'en mêlent, sont capables de fournir une belle course. Un mot, et c'est fait ; topez là, madame !

Et, dans un délire sacré, le petit bourgeois, à la bouche de qui refluaient les mille et mille expressions triviales dont jadis il avait tant usé parmi les plébéiens de la campagne, au temps de sa rude et pauvre adolescence, avançait naïvement sa main droite, à l'instar d'un paysan qui propose un marché...

— C'est convenu, répliqua-t-elle avec non moins de cordialité, je vous remets tous mes pouvoirs ; seulement, avant d'agir, ne faudrait-il pas le consulter, lui ?

— Si fait ; ah ! diantre... où donc est-il à cette heure ?

— A deux pas d'ici.

— Fort bien ; nous allons le mander à l'instant même.

Et le vieil enfant de la Lomagne, alerte, comme s'il eût tout à coup retrouvé son agilité d'antan, bondissait déjà vers un cordon de sonnette, lorsque le grimaud qu'il avait naguère tant rabroué reparut tout ébaubi.

— Monsieur ! il y a là vos médecins ordinaires et même un autre avec eux, celui qu'on intitule l'Athée.

— Où sont-ils ?

— En bas, avec mademoiselle qui leur montre ses vers à soie et ses oiseaux.

— A merveille ! tu les prieras d'attendre au salon, et, cela fait, tu prendras, s'il te plaît, tes jambes à ton cou...

— Pour aller ?

— Ayez, bonne madame, l'obligeance de lui désigner où.

— De l'autre côté des Quinconces, au Jardin Botanique.

— Et là ?

— Vous vous mettrez en quête de mon fils, qui s'y promène.

— On le trouvera.

— Puis, l'ayant abordé, vous l'engagerez de ma part et de celle de votre maître à se rendre immédiatement ici.

— Bien.

— Et quand il sera dans cette chambre avec nous, ajouta M. Titi, qui tremblait d'impatience, tu n'en diras rien à notre nièce... houp là, va donc, cours !

Simplice, encore plus ahuri, déguerpit en toute hâte, et huit à dix minutes après, un pas sûr et vif effleura les vieilles marches branlantes de l'escalier contigu.

— Déjà !

Trois petits coups furent frappés à la porte de l'appartement au fond duquel, muets et graves, songeaient face à face les deux irréprochables complices...

— Serait-ce lui ?

— C'est du moins sa manière.

— Entrez.

Il entra.

Mince, grand, élancé, correct, très jeune encore et réfléchi comme un doyen, il était bien tel que l'avait dépeint celle qu'il chérissait et dont il était lui-même chéri. Ses façons élégantes et sobres, son profil à la fois ascétique et militaire, tout en lui, depuis ses yeux profonds emplis d'on ne sait quelle flamme jusqu'à ses noirs cheveux drus, coupés en brosse et jusqu'à sa barbe brune assez clairsemée et fort échancrée aux joues d'un teint mat et bis, évoquait le type à peu près disparu de ces incorruptibles et farouches sectaires d'un autre âge, lesquels, si crédules pourtant, restaurèrent, au prix du meilleur de leur sang, le trop souple Béarnais qui, vrai gascon, à peine intronisé, brûlant sans vergogne ce qu'il avait adoré, jugea que Paris valait bien une messe et les trahit tous en abjurant.

— Enfin, on se retrouve, dit-il d'une voix chaude et contenue où saignait l'intime blessure ; ne m'en veuillez pas ; si je m'étais obéi, vous m'auriez revu dès hier matin ; oui, je serais venu sous votre toit avant que votre excellent cœur m'y eût rappelé ; oh ! laissez-moi serrer vos mains ? et permettez-moi...

— Sur ma poitrine ! oui, viens, approche, déserteur !

Et Foyssac, ouvrant tout grands ses bras séniles, s'offrit heureux aux baisers du revenant, qui l'ayant étreint à plusieurs reprises, s'écria transfiguré :

— Mère, ô mère, il faut que je vous embrasse aussi....

— Fais, et puis écoute-nous : il s'agit d'elle et de toi.

— Parlez.

— Hé bien, fils, intervint le vieil homme qui, lui, se possédait moins que ce sage damoisel, en trois mots, voici ; tu répondras simplement : oui, si cela t'agrée ; et non, dans le cas contraire ; y es-tu ? je pars...

Et sans tergiverser, visant au but, Titi, d'un geste net et d'une langue précise, eut vite instruit le prétendant des honnêtes trames ourdies fraîchement en la maison ; après quoi, celui-ci, redevenu pensif, répliqua :

— La plus droite femme que je sache, c'est ma mère, et le probe par excellence, c'est vous, monsieur ! Aussi, dès aujourd'hui, disposez d'elle et de moi, j'y consens !

A peine ce dernier mot eut-il résonné que la porte grinça lentement sur ses gonds, et, stupéfaite d'avoir ouï la voix du bien-aimé, l'angélique amante apparut.

— Enfle tes ailes, pâlotte, tu triomphes ! lui cria son oncle éperdu, voici celui qui dans trois semaines sera ton mari.

— Père...

— Oh ! pas de bouleversement, on a commencé son devoir ; reste à le remplir, et je n'en ai que le temps;... allez causer un peu loin d'ici, vous trois, car vous devez avoir beaucoup de choses à débattre ; allez, et dites en passant à ces messieurs de la Faculté que je les attends ici, de pied ferme ! Envoyez-les-moi subito, presto ! qu'ils grimpent ; allez donc !

Comme ils demeuraient là, ravis, immobiles, éblouis, il les poussa dehors tout doucement, oh ! très doucement, et, debout sur le seuil, il les regarda descendre, pas à pas, se tenant par les mains : la mère et la fiancée aussi délicieusement troublées l'une que l'autre, et lui, le fils reconnaissant, le futur époux, radieux au milieu d'elles et leur parlant tour à tour :

— Ah ! qui l'eût cru !... Ce matin, on ne prévoyait pas cela ! n'est-ce pas, maman ? N'est-ce pas... mademoiselle ?

Entrelacés, ils atteignirent tous les trois le bas de la rampe ; alors le généreux magicien auquel ils devaient tant de joie, et qui ne les avait pas quittés de l'œil, se retourna, pleurant de belles larmes joyeuses qui perlaient sur ses joues et rejoignit son fauteuil en se frottant les mains... Une telle félicité ! c'était trop à la fois, et, pour peu qu'elle durât, il y succomberait... « Tubleu ! mais qui donc le guettait tout là-haut ? ah ! ça ! quels yeux étaient témoins de son allégresse ? » Et, colère, il menaça du poing la vitre cannelée d'un œil-de-bœuf derrière laquelle il avait vu bouger une vague face lunaire, toute renfrognée.

— Hé, que fais-tu si près du plafond, toi ! s'écria-t-il en la remettant, est-ce le Noubélô, par hasard, qui te paye pour ce métier-là, Tôn ? Arrière, gagiste de Tartufe ; arrière, espion des serpents ; sauve-toi, blafarde et cafarde !

Aussitôt, un corps haut juché dégringola dans la pièce voisine et rampa lourdement vers le palier d'à côté, d'où partirent, tout à coup, force soupirs et ce cri :

— Damnés ! il y a du soufre et du feu dans l'enfer ! il y en a !

— Tant mieux ! au moins, on n'y gèlera point, comme chez nous.

Et, nullement effrayé du sinistre horoscope que venait de lui tirer sa surveillante, le bonhomme assujettit sur son crâne sa bourguignote de velours et, content comme un roi, se mit à virer dans sa chambre, où les docteurs annoncés le surprirent en train de chantonner autre chose que le fameux cantique : *Sauvons Rome et la France au nom du Sacré-Cœur !*

— A la bonne heure ! exclama l'un d'eux, octogénaire rose et poupin aussi chauve qu'un genou ; parlez-moi de ça ; pour un malade qui se croit toujours au bout de son rouleau, vous dansez fort bien !

— On dansera mieux encore quand votre confrère aura prononcé !

Cette riposte de leur client ne fut que très médiocrement goûtée des Pouqueyrol ; le père, interloqué, se rengorgea fièrement dans son faux col à la Joseph Prudhomme, et le fils, aigre grison au nez crochu, chargé de lunettes d'or, entreprit en vain de rire et, les lèvres pincéees, mâchonna ceci :

— Vous avez raison de vous en rapporter aux lumières de M. Râb ; bien que nous soyons, nous, spiritualistes, ainsi que tous nos illustres maîtres de la Faculté de Montpellier, et qu'il ne le soit point, lui, de même que la plupart des anciens élèves de celle de Paris, où l'on a d'autres principes que ceux toujours professés par mon père et par moi, nous avons lieu d'espérer que notre savant... *ami* sera de notre avis sur le caractère de votre affection, ainsi que sur le traitement auquel nous vous avons soumis pour la combattre et qui finira par en avoir raison...

— On va voir ça ; donnez-vous la peine de vous asseoir, messieurs, et permettez-moi de m'étendre sur mon grabat, car je me trouve, à présent, un peu fatigué.

Les trois augures prirent place autour du goutteux, et celui-ci, s'étant allongé, poursuivit en ces termes :

— Un souffreteux âgé comme je le suis et n'ignorant pas ce qu'entraînent la plupart des maladies chroniques, et surtout celle qui me travaille depuis vingt-cinq ans, s'abuserait étrangement, à mon avis, s'il ne s'avouait point in petto toute la gravité de son état ; aussi, n'est-ce pas pour recevoir de vous, messieurs, des assurances auxquelles il me serait très difficile d'ajouter foi, que je vous ai réunis céans aujourd'hui ! mais afin que vous éclairiez avec franchise, et j'ajouterai même sans ménagement aucun, ainsi que vos devoirs professionnels l'exigent en certains cas, un homme préparé de longue date à tout, et cependant désireux de ne point laisser inachevée ici-bas une tâche qui lui tient à cœur. Est-ce entendu ? Comprenez-vous ? Il m'importe de vivre encore plusieurs semaines, un mois environ ; n'adoucissez rien, ne me leurrez pas, je veux savoir si je puis compter sur un pareil laps de temps.

— Un mois ! se récrièrent ensemble les deux familiers, un mois ! en vérité, vous n'êtes pas exigeant, vous !

— Hé ! je le suis peut-être trop ! Pardon, vous autres ; excusez-moi ! Nous avons des relations

amicales assez suivies et, par bonté d'âme, vous
vous astreindriez peut-être à me dorer la pilule ;
apprenez que vous me rendriez le plus mauvais
service du monde en me la dorant, et, permettez-
moi de m'exprimer en toute liberté, c'est parce que
j'ai craint de mettre à trop rude épreuve votre
amitié pour moi que je vous priai hier de vous
adjoindre un éminent auxiliaire, que je n'avais pas
l'honneur de connaître personnellement, il y a dix
minutes à peine, et qui, si j'en crois sa réputation,
ne me fardera pas la vérité, lui !

Ce disant, Titi Foÿssac attachait ses yeux incisifs sur le troisième médecin, lequel n'avait pas
encore soufflé mot, et qui, pris à partie ainsi, s'inclina, puis répondit :

— A vos ordres, monsieur ; rien ne me satisferait
autant que de justifier votre confiance en ma personne...

— Eh bien ! donc, examinez à la loupe ce
quasi-cadavre et me dites, sans la moindre réti-
cence, après examen, ce que vous pensez de mes
tristes os.

S'étant aussitôt levé, malgré les œillades impro-
batives de ses assesseurs, singulièrement vexés du
rôle assez effacé qu'ils allaient jouer là, « l'Athée, »
on appelait ainsi dans la ville ce Parisien aux
libres allures, si mûr dans sa trentaine, qui ne

portait pas, lui, le collier de barbe traditionnel chez les praticiens de province, mais des moustaches ainsi que les lions, ce révolutionnaire! et qui, dans maintes circonstances, s'était élevé contre certains remèdes empiriques en faveur dans la cité vraiment superstitieuse, où, grâce à des cures réputées impossibles, il avait en peu de temps acquis une notoriété qui contre-balançait déjà celle du célèbre professeur toulousain Nelly; l'Athée, ou plutôt M. Râb explora minutieusement, sans intermédiaire d'abord, ensuite au moyen d'un stéthoscope, la poitrine du sujet, auquel, les auscultations immédiate et médiate achevées, il fit subir cet interrogatoire en présence des deux animistes qui riaient jaune :

— A quelle époque remontent, je vous prie, vos derniers accès ?

— Si la mémoire ne me blouse, à cinq semaines aujourd'hui.

— Furent-ils plus aigus que ceux qui les avaient précédés?

— Au contraire; et je constate même que depuis lors tous mes membres ont repris une certaine élasticité; mais, voilà le hic! d'autres symptômes ont paru.

— Des maux-d'estomac, sans doute, des nausées, des crampes?

— Oui.

— N'avez-vous point aussi des étouffements après vos repas ?

— Si fait, et c'est même cela qui m'inquiète ; il me semble parfois que je ne retrouverai plus mon haleine.

— Et le cœur, en souffrez-vous ? Un peu, n'est-ce pas ?

— Un peu beaucoup.

— Assez fréquemment ?

— Très souvent, et surtout après avoir dormi, la nuit.

— Et les douleurs que vous y ressentez ne se prolongent-elles point dans le bras ?

— Si ! si !

— Cela peut-être au moment où se produisent les suffocations ?

— Oui, mais de tels accidents sont fort rares, et je m'en suis d'ailleurs assez peu préoccupé, ces messieurs m'ayant affirmé que c'étaient là de simples phénomènes nerveux n'offrant pas la moindre gravité... ¬

Froid et calme, le diplômé de la Faculté de Paris hocha le front, tourna lentement ses regards vers les Montpelliérains, qui grimaçaient à l'envi tous les deux, et dit :

— Il y a lieu d'insister là-dessus !... et je regrette

de ne pouvoir partager en ceci l'opinion de mes confrères.

Aucune objection n'ayant relevé ces paroles significatives, M. Titi, qui, du reste, avait déjà remarqué le singulier embarras de ses infirmiers ordinaires, ouvrit l'œil :

— Le fait est donc que, selon vous, expert, cette chaleur lancinante au bras gauche, et pendant les crises d'asthme, serait... ?

— Oui, confirma d'un signe de tête le grave consultant qui ne laissa pas achever la demande, oui !

C'était un arrêt de mort, et pourtant le condamné ne sourcilla pas.

— Oh! j'entends! seulement, ayant toujours aimé qu'on mît les points sur les i, vous m'obligeriez infiniment en vous étendant un peu sur ce chapitre. Inutile de chercher les mots, s'il y en a de bons, le plus catégorique est le meilleur ; on ne craint pas le coup : parlez à votre avis et comme si je n'étais pas là ; voyons, sabrez !

Ainsi sommé, mis au pied du mur, le juge hésita, se recueillit un instant, qui parut long comme un siècle aux deux comparses qui l'assistaient ; ensuite, d'une voix non pas impassible, mais neutre, il prononça cette sentence-ci :

— La goutte régulière ou plutôt celle qui, pério=

diquement, attaque les articulations des pieds et
des mains est une maladie qui, si cruelle qu'elle
soit, n'empêche pas ceux qu'elle tourmente d'atteindre à la plus rare longévité ; mais la goutte
anormale, en d'autres termes celle qui se manifeste
accompagnée des désordres ici reconnus, est un mal
dont il faut prévoir la dernière atteinte à bref délai...

— Bref délai ? Qu'est-ce à dire ! Un mois ? une
semaine ?

— Huit jours, peut-être ; un mois, c'est possible ;
plus, non.

— Ah ! voici, corbleu ! le saint Jean Bouche-d'Or
que j'avais rêvé ! s'écria Foÿssac ; que pensez-vous
de ça, vous deux, qui jasez pour ne rien dire ?
Opinez à votre tour ! ripostez, s'il vous plaît, à cet
orateur ; allez-y.

— Moi, glapit enfin le vieux Pouqueyrol en regardant le ciel d'un œil illuminé, j'estime qu'il y a
là-haut quelqu'un qui se moque de tous les calculs
humains.

— Et qui seul, ajouta l'autre avec emphase, a
la vertu de rendre le mouvement aux perclus et de
ressusciter les morts.

— Il ne s'agit pas de ça ! Me croyez-vous aussi
détraqué qu'on vient, à ma prière, de me le déclarer en votre présence ?

— Oui, mais tout homme se trompe, et Dieu, qui

n'erre pas, seul peut prédire à chacun de nous l'heure de la mort, toujours subordonnée d'ailleurs à sa volonté souveraine; oser conjecturer comme on l'a fait ici, c'est usurper sur lui! Priez-le! invoquez-le et sa droite confondra les impies en vous rendant la santé.

—Nous n'admettons ni ne nions Dieu, riposta froidement l'imperturbable positiviste; on l'ignore, et tant que la science n'aura découvert aucune trace de lui, nous prétendrons que, dans l'ordre de choses qui nous occupe, on ne saurait tenir compte de ce facteur-là!

—Quelle indignité! fulminèrent ensemble les deux mystiques; quelle audace! Ah! c'est révoltant, insensé, malsain! notre piété dont on se raille, ainsi que notre patience dont on abuse, ne nous permettent pas d'en entendre davantage; à bon entendeur, salut!...

Et, spéculant peut-être sur les dédommagements que cet éclat leur vaudrait ici-bas, sinon là-haut, ils se retirèrent en brandissant au-dessus de leurs têtes élues leurs cannes à bec-de-corbin et leurs chapeaux gibus à larges ailes, à peu près pareils aux sombreros encore en usage *tra los montes* sur les rives du Tage et du Guadalquivir, où fleurissent toujours et plus que jamais, comme partout ailleurs, Basile et Figaro...

— J'espère, monsieur, reprit leur dédaigneux antagoniste aussitôt que leurs souliers à la Molière eurent cessé de remplir de craquements insolites les corridors de la tranquille maison où, père et fils, ils avaient si longtemps régné, j'espère que vous n'êtes pas mécontent de moi ; vous avez fait appel à ma conscience, et ma conscience vous a répondu.

— Merci ! Vous êtes, vous, un gaillard, un môssieu, de qui je me souviendrai jusqu'à mon dernier soupir.

Ils se serrèrent la main avec effusion, et le scrupuleux médecin, sur le point de quitter le ferme vieillard auquel il avait dû signifier un si fatal pronostic, ne put réprimer cet aveu :

— Quoique assez nouveau dans la carrière où le sort me poussa, j'ai déjà vu bien des malades, aucun de votre taille !

— Eh ! ne me vantez pas, je suis tout, tout, tout petit !... A propos, quel régime croyez-vous le plus propre à me soutenir jusqu'au bout de l'extrême délai que vous m'avez assigné ? j'ai besoin de ce temps-là, sans en excepter un quart de seconde ou de tierce...

— Alimentation très légère, et nulle émotion, nul transport !

— Très bien ! on suivra vos prescriptions à la

lettre, en aveugle ; est-ce là tout ce que vous m'ordonnez ?

— Oui, tout.

— Eh bien !... adieu.

— L'on se reverra.

— Quand ?

— Demain... et les jours suivants, si tel est votre désir.

— Oh ! certes...

— Soit.

Ils se séparèrent enchantés l'un de l'autre, et, dès qu'il fut seul, le courageux bonhomme, édifié sur son état ainsi qu'il avait voulu l'être, œuvra sur-le-champ. Pas une minute à perdre... et surtout pas d'agitation ! aussi, quand Simplice reparut avec une tasse de bouillon au bout des ongles, fut-il accueilli sans la moindre humeur et reçut-il l'injonction de ne laisser entrer personne. Elle fut exécutée, au grand déplaisir du couple enamouré, cette sévère consigne ; et grâce à quoi, lorsque, à minuit sonnant, ainsi que c'était entre eux convenu, le valet pénétra de nouveau chez son maître, afin de le déshabiller, celui-ci, qui n'avait pas été dérangé, put remettre à celui-là bon nombre de missives écrites à la hâte.

— A la poste, illico !

— Bon.

Et l'affidé de la Tôn obéit cette fois sans regimber tant soit peu ; puis, dès qu'il fut revenu, tout chaud, tout bouillant, Monsieur, ayant récité sa prière quotidienne, se coucha paisible en son grand lit à baldaquins, où l'aurore le surprit dormant du sommeil des justes.

— Si pendant trente jours ça roule encore ainsi, l'on arrivera !...

Telle fut, entre huit et neuf heures, sa première pensée en passant ses culottes en peau de chien ainsi que sa vaste robe de chambre en flanelle, et diligent, âpre, absorbé comme un jurisconsulte, il griffonna derechef jusqu'à midi ; puis, ayant déjeuné d'un œuf à la coque et de quelques mouillettes de pain bis, il se reprit à la besogne... Une heure, deux heures, trois heures, quatre heures, cinq heures, six heures sonnèrent sans qu'il entendît seulement râler sa vieille pendule dont le balancier strident eût écorché les oreilles d'un sourd ; et ce n'est qu'à la brune, au moment même où les divers carillons des églises circonvoisines tintèrent tous à la fois, que son infatigable plume s'arrêta d'elle-même au bout d'une page, et qu'enfin il s'avisa de la présence des tourtereaux, entrés chez lui sur la pointe des pieds depuis une grosse demi-heure au moins.

— Oh ! pas de ça ! Lisette, pas de ça ! dit-il, en

promenant les mains sur ses poumons ; on m'a re-
commandé le plus grand calme ; et puisque vous
m'aimez autant que je vous aime, ne me faites plus
de ces surprises-là, qui, si douces soient-elles, me
révolutionnent un peu.

Fort effarouchés de ces tendres reproches, et
craignant d'ailleurs de l'importuner en ce moment-là, les futurs se disposaient à redescendre
au rez-de-chaussée, où leur mère, assise au coin
du feu, lisait le résumé d'une récente controverse
entre molinistes et jansénistes sur la Grâce, la
Prédestination et la Foi ; mais alors, lui, essuyant
deux claires larmes qui riaient entre ses cils, une
de chaque côté :

— Vous n'êtes pas de trop ici, jeunesses, on ne
vous chasse point ; tenez-moi compagnie pendant
que je souperai.

Quelques goujons et la moitié d'une aile de
poulet, arrosés de plusieurs verres d'eau, nourri-
ture des moins lourdes, suffirent amplement à le
restaurer, et, ce maigre festin achevé, l'on causa,
puis on rêva... Lui, l'ancien, tandis que les nouveaux, sous la molle clarté de la lampe qui les bai-
gnait de lumière tous les deux, s'entre-regardaient,
timides, en soupirant, il caressait, lui, le cœur à la
fois gonflé de joie et d'amertume, un bel angora
qui ronronnait sur ses genoux et semblait étudier

avec on ne sait quelle inquiétude la marche indé-
cise et gourde d'une très belle tortue que, depuis
longues années, après chaque repas on lui plaçait
sous les yeux, au milieu de la table.

— Hé ! qu'avez-vous, père ? est-ce nous qui vous
affligeons ?

— Il y a sept ans aujourd'hui que l'aîné, de qui
me vient cette bonne bête-là, s'éteignit en parafant
son grand livre ; oui, c'est une chose à noter que,
chez nous autres, aucun membre de la famille ne
dépassa jamais la septantième année, et je songe à
ceci que moi-même...

— Allons donc ! quelle superstition, vous, monsieur Titi !

— D'abord, pour toi, je ne suis plus monsieur Titi ;
tâche, garçon, de m'appeler autrement à l'avenir ;
et toi, fille, ne te rembrunis pas !... Sambleu, c'est
ma faute aussi ! les caducs sont insupportables. Au
diable ces hargneux-là ! Voyons, un peu de gaieté !
L'épinette qui se trouve à ma gauche est muette
depuis bien longtemps ; secouez-la, petits, et for-
cez-la, qu'elle le veuille ou non, à chanter un vieil
air.

Aussitôt ils se levèrent et s'approchèrent du
poudreux clavecin qui, sous les doigts légers et
magnétiques de Marianne, exhala plusieurs phrases
langoureuses.

— Une vilanelle, une cavatine ou bien une ariette? interrogea-t-elle en penchant son exquise tête bouclée avivée d'étincelles; on vous servira, choisissez, oncle.

— Eh! que sais-je, moi? roucoule une romance, bien vieillotte.

— *Arsinoé?*

— Non; c'est pleurard, douceâtre, et ça finit trop mal.

— *Le Comte Guy?*

— Dans ce goût-là!... quelque candide et pimpant duo.

— J'y suis : SERF ET CHATELAINE! Oh! c'est votre morceau favori! Mais il faudrait que mon...sieur me donnât la réplique!

— Il te la donnera, morbleu! n'est-ce pas, Gaspard?

— Avec plaisir, au gré de ma...demoiselle votre nièce.

Elle préluda par quelques accords fuyants, semi-plaintifs, semi-gais, fort tendres, et la voix mâle du promis, sérieux comme s'il eût psalmodié le Choral de Luther, s'éleva :

> Regardez, princesse,
> Me voici!
> Soupirant sans cesse
> Par ici!

D'un timbre grêle et frais fut lancée la repartie,
qui voltigea, subtile, vive, pure comme une brise
de mai :

> Berger des montagnes,
> C'est donc toi;
> Toi qui m'accompagnes,
> Blême et coi?

Lui :

> Perle des grand' villes,
> Je gémis
> Sous mes hardes viles,
> Si mal mis!

Elle :

> Tu seras des pâtres
> Le plus beau,
> Si tu m'idolâtres
> Ès tombeau.

Pieux, il poursuivit :

> Dessus, dessous terre
> Mêmement,
> Je ne saurais taire
> Mon tourment.

Émue, elle ajouta :

> Brun pasteur d'agnelles,
> Admiré
> Des amants fidèles,
> Dis=tu vrai?

Con amore il reprit :

> Tant blonde madame
> A l'œil bleu,
> Pour vous, ma pauve âme
> Est en feu !

Ravie et d'un ton résolu :

> Prends ! ma main princière
> Est à toi !

Passionné :

> Vous !... vous, ma bergère !

Maligne :

> Oui, mon roy !

Ensemble :

> Un enfant nous mène
> Tour à tour ;
> Que douce est la chaîne
> De l'Amour !

Ils s'étaient tus depuis assez longtemps déjà que Foÿssac, charmé, se figurait les entendre encore, et lorsque enfin il s'aperçut que leur chanson ne vibrait plus autour d'eux, il n'osa les prier de la redire, tant il eut peur de voir s'évanouir le vivant tableau qui lui frappa la vue : à demi-penché sur la musicienne, l'amant la respirait comme on hume une fleur, et son visage pâle et mat, rehaussé de teintes ardentes, semblait éclairé des reflets d'un profond incendie, ainsi que, dans les temples, tel de ces vases où brûle un feu sacré; mains jointes et lèvres décloses, elle, la vierge, se pressentant peut-être épouse, invitait les lèvres du futur, et, tournée vers lui, savourait, innocente, une voluptueuse angoisse.

— Allons, enfants, maintenant laissez-moi dormir! Nous avons besoin de réparer nos forces afin d'être à même de vaquer dès l'aube à nos affaires quotidiennes.

En même temps, ils redescendirent d'on ne sait quel paradis, et, après avoir baisé au front leur vieil ange gardien, ils s'en allèrent tout doucement, ainsi qu'ils étaient venus, et lui, pendant ce, murmurait à part soi :

— Si tu t'étais écouté, tu les aurais contemplés toute la nuit; égoïste, va!...

Brave cœur! dix, quinze, vingt jours de suite, pendant lesquels ses fondés de pouvoir agirent, il s'adressa chaque soir le même reproche et, quoi qu'il en eût, commit, à la même heure chaque soir, le même péché. « Que voulez-vous? on n'est pas de bois, se disait-il en tâchant de s'absoudre; on n'est pas un saint, et d'ailleurs, où donc est celui

9

qui saurait, à ma place, résister à cette tenta-
tion-là! » Puis, s'abandonnant tout entier à son
bonheur, il écoutait extasié ces babils sans suite
et presque enfantins qui s'échappent des lèvres des
plus virils comme de celles des plus alanguis, alors
qu'ils sont férus d'amour; et, dans son ravisse-
ment, où perçait parfois une pointe de mélancolie,
il s'attendrissait malgré soi, le prud'homme, et
s'accusait de manquer de sagesse. « Il me faut du
calme, beaucoup de calme, et je me tourne les
sens à toute minute de la journée. Holà! téméraire,
prends garde à toi, gare la faucheuse!... » Ainsi se
morigénait-il en silence, une certaine après-midi
qu'il faisait collation, assis ou plutôt couché dans
son fauteuil à roulettes, qu'elle et lui, d'eux-mêmes
enivrés, avaient rangé de concert auprès d'une
fenêtre où tremblaient quelques frileux rayons de
soleil, lorsque, inattendue et plus bouffie que jamais, arriva la Tôn :

— Un laid diable habillé de noir, et tout crochu, m'a remis ce grand pli scellé de cinq cachets
de cire rouge.   •

— Ah! fichtre!...

Et, réprimant mal un mouvement de vive
anxiété, Foÿssac IV arracha des mains de l'acariâ-
tre servante, qui dardait sur le couple énamouré
deux prunelles d'inquisiteur, le papier annoncé;

puis, ayant rompu l'enveloppe, il en retira l'écrit et
lut :

« *Tout est en règle, vous pouvez aller de l'avant
quand bon vous semblera !* »

— Bien, reprit-il, tout rasséréné, fort bien ! nous
sommes sauf ; est-ce que le messager est encore en
bas ?

— Oui.

— Qu'on lui baille vingt piécettes.

— Sainte-Crèche ! un louis ?

— Un ! non ; ce serait trop peu, dix écus de trois
livres.

— Eh quoi ! dix ?

— *O bè !* dix pistoles.

— Hé ! mon Dieu ! cent francs ?

— Si tu raisonnes encore, ce sera le double, ce
sera mille ! haïe donc !

C'était clair comme le jour, il débordait de joie :
En vain essaya-t-il d'assombrir sa bouche et de
froncer les sourcils, ses narines riaient et révélaient toutes les fêtes éclatantes que ses yeux un
peu voilés dissimulaient tant bien que mal et dont
son âme était le théâtre !

— Or çà, voyons, s'écria-t-il aussitôt que la pie-
grièche eut tourné le dos ; ourdissez-vous de votre
côté quelque chose, vous autres deux, mes pi-
geons ? Sambleu ! je gage une piastre d'or espagnole

ou trente ducatons de Hollande contre un sou marqué de France que vous n'avez pas encore arrêté votre itinéraire?

Étonnés, ils regardèrent, et ce fut elle qui protesta :

— Notre itinéraire?

— Oui, car nous pensons qu'après votre mariage, il vous faudra voyager un brin; on ne doit pas être là le lendemain des noces... entendez-vous? il me semble que je m'explique suffisamment ainsi.

Lui, le soupirant, après l'avoir interrogée de l'œil, repartit :

— Il nous paraît bon, à nous, de rester en ce nid que vous nous avez préparé; jamais, sachez-le bien, nous n'avons eu l'intention de nous séparer de vous, et si vous exigiez que nous vous abandonnions seul ici, peut-être ne vous obéirions-nous point.

— Ta, ta, ta, tarare! tu plaisantes sans doute, Coligny?

D'ordinaire cette allusion au prénom qu'il avait de commun avec « l'amiral » amenait un sourire sur les lèvres sévères du prétendu; mais, cette fois, elles ne se déridèrent nullement, et, chagrin, il ajouta :

— Vous-même, est-ce sérieusement que vous nous parlez de la sorte?

— A coup sûr, et j'ai, mes chéris, force raisons pour cela.

— Lesquelles ?

— Il importe que je les taise, et vous ne devez pas m'être indociles, enfants. On a réfléchi, mûrement réfléchi. Croyez-moi ; vous conviendrez un jour que votre père fut très bien inspiré. Partir ! On ne quitte jamais sa famille sans en avoir le cœur serré ; parbleu ! c'est su, c'est connu ! ça ; mais quand il le faut...

— Hé ! le faut-il ?

— Oui.

— Mais pourquoi ?

— Parce que ! et si j'étais que de vous, au lieu de virer en Gascogne ou bien en Quercy, c'est à Paris que nous irions tout droit.

— A Paris ?

— Oui, monsieur, oui, *madame ;* en cette capitale à nulle autre pareille, où tous ceux qui cherchent, travaillent, combattent, en un mot l'élite du pays, se rendent tôt ou tard, pour y vivre et pour y mourir. Ah ! si je n'avais pas été si vieux et que mes infirmités me l'eussent permis, il y a beau jour que je t'aurais montré, mademoiselle, cette incomparable merveille. Eh ! tout n'est peut-être pas dit ; on verra !... je ne serais pas fâché de manger un beefsteak en face des Tuileries, ou de ce qu'il en reste, au bord de cette Seine, antique témoin des frasques de tant de princes et de la fin lamentable de Sa triste Majesté le roi Veto. Paris visité, dame, l'on y prendrait un soir le rapide des Indes, et crac! on se réveillerait, après avoir sommeillé en coupé-lit, à Marseille, troun de l'air! à Marseille, où fument toujours des paquebots en partance. Embarque, et vogue la galère! Oh! l'Italie!!... un vieil ami que j'ai perdu n'en parlait jamais sans quiller quatre points d'exclamation après la moitié de chaque syllabe. Une fois là, quelles bordées! Salut, Alexandrie et Milan, Naples, Pise, Florence, Rome, et toi Venezia la Bella, salut à vous! Ensuite, au retour, on traverserait le Tyrol, la Suisse; on parcourrait les cantons avec l'ombre de Guillaume Tell, et le Tudesque ne nous forcerait pas à courber le chef devant le bonnet de Gessler. On séjournerait au moins une semaine à Genève, patrie de Jean-Jacques, ce nigaud, qui, n'est-ce pas? en valait bien un autre; et puis, de Suisse en Gaule, il n'y a qu'un pas; on revient les paupières emplies d'astres, et l'on gagne à petites journées notre Midi; là, petiots, on juge, en passant, si leurs Alpes vont à la cheville de nos Pyrénées. Eh bien, mais, il me semble qu'une telle promenade en wagons, bateaux et diligences aurait du charme, et je m'imagine que vous allez sans tarder vous mettre en route, hein?

— Non.

— Oh ! que si !

— Mille pardons ; un jour peut-être, oui ! pas maintenant.

— Tout de suite ; on vous en supplie, et si mes instances ne suffisent point, on vous l'ordonne ! Ah ! çà, la chose est conclue, allez faire vos malles illico.

— Comment ?

— Illico, vous dis-je ! et certes, il n'est que temps ! Si je ne m'abuse, aujourd'hui, c'est jeudi ; pas vrai, mignons ?

— En effet.

— Hé bien ! écoutez ceci : lundi soir, à pareille heure, à moins qu'il n'y ait d'ici là quelque déluge, un tremblement de terre, de ciel et d'eau, vous serez mariés ! Sapristi, vous pâlissez ! et pourquoi ce trouble ? Ah ! nom d'un chien ! ne me contrariez pas, vous me rendriez encore plus malade, et je ne le suis que trop ! Assez causé, bonsoir, à tantôt ! Ta main, fils, ta main ; et toi, fille, baise-nous un peu... C'est cela ! filez et dites à Simplice de monter, s'il vous plaît.

Abasourdis, stupéfiés, fous, ils sortirent tous les deux en chancelant, et dès qu'ils ne furent plus là, M. Titi, que le docteur Râb trouvait si grand, et qui, lui, se croyait tout petit, larmoya, sanglota,

puis traça sur deux feuilles de papier écolier éta-
lées sur son bureau plusieurs lignes de sa grosse
anglaise tremblée, et l'encre n'était pas séchée
encore que le valet de chambre à la figure en lame
de couteau se présenta :

— Porte sur-le-champ ces lettres à leur adresse,
et reviens-nous avec une réponse quelconque. Aller
et retour, une heure te suffit amplement ; trotte ou
galope, arrange-toi.

Le drôle disparut et s'arrangea si bien qu'au
bout de quarante minutes il reparaissait tout déconfit.

— Oh ! monsieur !...

— Récite.

— Oh ! je ne me hasarderai jamais, jamais à
répéter cela...

— Parle sans respirer, hasarde, et je double tes
gages.

— On est entré d'abord chez M. l'imprimeur de
l'évêché, qui, sans aucun égard pour moi ni pour
vous, s'est exclamé sitôt après avoir lu : « Ton maître est un relaps, et toi, si tu restes à son service,
tu seras mis à l'index comme lui ! » Chez M. l'imprimeur du consistoire, autre scène : on vous a
traité de sacripant, et moi, l'on m'a flanqué la
botte quelque part.

— Ils ont osé ?

— Je m'en ressens encore.

— Il leur en cuira.

— Moins qu'il ne m'en cuit ! Ah ! cette semelle est plus ferrée que celle d'un Auvergnat, et mon croupion en restera marqué.

— Pristi ! Rira bien qui rira le dernier ! Attends un peu. Ces farauds ! Ils percevront mes fredons, puisqu'ils ne veulent pas qu'on lise leurs imprimés. Ah ! nous verrons ! Sais-tu par hasard où demeure Olcla ?

— Le tambour de ville ?

— Oui, m'ami !

— S'il n'a pas déménagé depuis l'autre semaine, il perche encore au même endroit.

— Où ça ?

— Terrasse des Mores.

— Escalades-y ; prends au collet ce dur à cuire et me l'amène ici mort ou vif ; voles-y vite ou j'y rampe, moi, sur le ventre, à la manière des bêtes sans pattes. Hardibleu, les gredins ! les fendants, ils me payeront cela...

Le soir tombait comme un pas lourd et réglé frappa l'oreille de Foŷssac, qui rongeant le frein, maugréait et pestait toujours au milieu de sa chambre, envahie déjà par les ombres crépusculaires :

— Ous'qu'est M. Titi ?

— Céans ; serait-ce toi, Balafré ?

— Je présuppose...

— Assez du toc, toc ; entre d'aplomb et sans plus cogner, l'ami.

— Voilà, présent !

Une loyale figure de grognard à moustaches blanches et toute couturée apparut parmi les rayons lumineux émanant d'une lampe à réflecteur que l'intendante, naguère, avait allumée, et réjouit le vieux morose dont les lèvres pincées se détendirent immédiatement.

— A la bonne heure ! on t'a dès que l'on te requiert, toi ?

— Citoyen ou monsieur, à votre gré, celui que j'ai l'avantage d'être, ailleurs comme ici, se lèvera à votre appel, la nuit, le jour, en hiver comme en été, selon votre bon plaisir. Et maintenant, y a-t-il quelque chose à brasser ? Rieul Olcla, du Puy d'Ardus, ancien tambour maître à l'ex-25° léger, aujourd'hui 100° de ligne, est à vos ordres ; soufflez et je pars.

— Un vrai troupier, c'est toi ! morbleu ! Carré, tu l'es, et rond aussi ; vive toi ! Ton langage est d'un lapin...

— Halte-là ! si, par ainsi, vous entendez un luron à poil, lapin suis ; sinon, nisco, serviteur !

— A poil, mon cher, à poil... La preuve en est

dans ce que j'espère de toi, seul capable de nous épauler, mon brave.

— Y aura-t-il du boucan?

— Il y en aura.

— Nous voici.

— Réfléchis; il se pourrait qu'on te révoquât à la suite de ça.

— Nom de Dieu! qu'on me dégomme, on s'en bat l'œil! La place que j'ai, c'est à vous que je la dois; si vous jugez bon que je démissionne, on obtempérera, quoique je n'aie pas d'autre gagne-pain que mon tambour...

— Ronfle-il encore et manies-tu toujours bien les baguettes?

— Il braille plus que jamais, et je les remue aujourd'hui tout aussi chiquement que je les remuais sur les bords de la Tafna le jour où ce moricaud d'Abd-el-Kader nous fit voir tant de chandelles en plein midi; mieux peut-être qu'en Crimée, à l'assaut de la tour Malakoff, où je reçus ce gros atout qui m'a dévisagé.

— Bon! Et puisqu'il en est ainsi, mon tapageur, ouvre l'oreille. A cinq heures sonnantes, ce soir même, tu prendras le train du Cantal, et tu navigueras jusqu'à Greylux, où dès demain matin, à la première heure, il faut qu'on apprécie ta peau d'âne: Un ran tan plan bien senti! Puis autant à

Saint-Clar, autant à Nègretoile, à Quirenaud, à La
Gauloise, à Fort-Tuiles! et beaucoup plus ici même,
où tu peux être de retour avant le coucher du soleil.

— L'affaire est entendue, on va sangler sa caisse
et l'on s'embarque.

— Attends donc, étourneau! Si tu démarrais ainsi,
que proclamerais-tu dans la banlieue, ainsi que
dans notre cité?

— Rien!

— En ce cas, inutile d'appareiller, reste au
mouillage; et l'expédition est finie avant même
d'avoir levé l'ancre.

— Un finassier et moi, ça fait deux, hélas! mon
capitaine.

— On s'en aperçoit.

— Troun de Diou! Je suis aussi bêta qu'un conscrit... et vexé. De quoi s'agit-il? Lancez-moi ça
comme une bombe!

— Il s'agit, camarade, il s'agit tout simplement
de lire, après trois ou quatre roulements, sur la place
de chacun des chefs-lieux de canton où je t'envoie
en mission, une page de mon écriture; étudie ça,
tiens...

S'étant armé de larges besicles qui lui bou-
chaient l'un et l'autre œil, le vieux troupier épela
quatre ou cinq fois chacun des mots qui s'ali-
gnaient, en lettres inégales et mal formées, sur

deux grossières feuilles rayées, probablement détachées de quelque grand livre ; puis quand il eut tout syllabisé, dame ! il branla la tête et dit, assez soucieux :

— On ne me ménagera pas, si je serine ce morceau ; vous avez raison, après-demain, je serai rasé !

— Reculerais-tu ?

— Milliard de bombardes ! on n'a fléchi ni devant l'Arabe, ni devant le Cosaque, ni devant le Welche, et certes on sera bon là demain envers et contre tous : oblats, greffiers, sergents ou pékins, comptez-y.

— Bravo ! touche là, mon intrépide ! et retiens ceci : nos mesures sont prises afin que tu n'aies point à souffrir de ton dévouement à notre personne ; il paraît que la municipalité te rétribue assez maigrement, la charge, à ce qu'on m'a conté, te rapporte à peine par an une trentaine de pistoles ; sois tranquille ! il y aura pour toi du pain sur la planche après mon départ très prochain ; une rente viagère de cinq à six cents livres au moins, si l'on te moleste, et tu seras molesté ! te dédommagera.

— Merci ! grand merci ! je refuse ; il me plaît de vous servir pour rien, ainsi que vous m'avez toujours servi.

— *Bené!* nous réglerons cela sans toi, puisque tu te cabres ; et c'est à ta petite-fille Emma, dont tu es l'unique soutien et qui ne saurait avoir tes scrupules, cette belle enfant, que nous assurerons de quoi becqueter jusqu'à la fin de ses jours, et même au surplus un douaire. On veille à ta lignée, et vous serez pourvus, elle et toi... Mais laissons ça de côté, s'il te plaît, et reprenons notre fabliau. Donc c'est compris et bien arrêté : tout à l'heure, avec ton instrument, tu décampes, et demain, à cette heure-ci, tu rentres en ville, où tu répands la bonne nouvelle, en train alors de circuler à travers les campagnes. Il faut que ça pète ferme en notre cité ; par conséquent, attention ! ne t'enrhume pas en route, et ménage ton gosier dans les bourgades

— Suffit ! au revoir !

— Une minute ! Écoute bien cette dernière recommandation et grave-la dans ton esprit : Tu débuteras ici par les faubourgs, et, les faubourgs instruits amplement, tu bourdonneras en ville : au Pont, à la place d'Armes, aux Halles, sur le parvis de la cathédrale et devant la statue de M. Ingres, sur le plateau ; puis enfin, à trois pas de ma demeure, entre les deux moustiers : Salut, à présent, et bon voyage !

Ainsi congédié, la vieille brisque, aussi raide

qu'un pieu, marquant le pas du fantassin et sa
droite à la hauteur de l'œil, enfila l'escalier, le
corridor et la rue; ensuite, arpente, tapin, à la
grâce de Dieu!... Ponctuel comme une horloge et
réputé pour tel, il manœuvra si juste, ce retraité,
que le double tour du cadran accompli, quatre
heures sonnant à la citadelle des Anglais, heure
militaire, nom de Dieu! de brusques raflas, si bien
multipliés par l'écho, qu'on eût cru vraiment entendre toute une brigade de tambours, éveillèrent
en sursaut le grabataire, qui, n'ayant presque pas
bougé, depuis la veille, de son fauteuil, y rêvait,
étendu de tout son long et légèrement assoupi. Ran,
tan, plan! ran, tan, plan, rrrrrran! un roulement
de tonnerre! et les battements eurent à peine cessé
qu'une voix rogommeuse, fort enrouée, il est vrai,
mais encore énergique et très vibrante, envoya
dans les oreilles du peuple, en masse accouru, cet
étrange avis :

« ICI, CEJOURD'HUI,

« *Monsieur Titi Foÿssac IV, dit* la République
et la Chrétienté, *mande à tous ses concitoyens que
le mariage de Mademoiselle Marie-Anne Foÿssac,
sa nièce, avec Monsieur Gaspard de Maillebru
sera célébré après-demain lundi, 24 février, en la*

grand'salle de la maison commune de Montau-
riol, et les prie tous de lui faire l'honneur d'as-
sister à la célébration de ce mariage, ainsi qu'au
banquet qui suivra. »

— Bien aboyé! C'est ça, morbleu! c'est parfaitement ça, l'ancien!

Et le rédacteur de la proclamation, ayant applaudi
le crieur public à tour de bras, essayait d'ouvrir
les fenêtres, afin de mieux ouïr les sourdes rumeurs de la foule qui, de la place, montaient jusqu'à lui, lorsque une harpie entra, crins épars et
griffes levées.

— Hé! quoi?

— C'est ainsi.

— Le ciel vous punira, monsieur, et l'enfer sera
votre lot.

— Tu me l'as déjà dit.

— On vous le répète, et je vous le répéterai sans
trêve ni répit, tant que vous aurez un reste de
souffle.

— En ce cas, sache-le, eût-elle un millier de
couplets, ta complainte ne durera guère; car si
ma chandelle n'est pas tout à fait morte, il n'y
a plus de mèche au bout.

— Tremblez! il vous étrillera, celui de là-haut,
ainsi que le cardeur peigne la laine, et puisque

vous l'avez voulu, tant pis! vous gémirez *in sæcula sæculorum.*

— Amen !

— Ici, je vous prédis votre ruine.

— Et moi, je t'annonce, espèce de radoteuse en
mal d'abbé, que vous m'avez assez pipé, tes pareils
et toi, qui mentez comme on respire, égratignez
comme on caresse, et dont je me f...iche aujour-
d'hui tout de go.

— Raca !

— Gratias !

— Ah! je sors à la minute et sans regrets de
cette caverne, où, quoi qu'il advienne, je ne remet-
trai plus les pieds !

— Oh! la bonne parole que tu viens de prononcer et combien elle me soulage! il siérait qu'on te
la payât : évanouis-toi, dissipe-toi, mauvaise peste !
hardi ! déménage !

Et dans une béatitude inexprimable, le réprouvé,
riant comme un bossu, dansant comme un pantin,
accompagna de pincées et de chiquenaudes la
sainte-n'y-touche furieuse jusqu'au palier, où Gaspard, éperonné, botté, cravache en main, arriva
juste à temps pour être témoin de cette pantomime.

— Holà! s'écria-t-il, jovial en flagellant les em-
peignes et les tiges de ses bottes poussiéreuses,
une rixe ici! je m'interpose.

— Accoste, toi, fils, et vite apprends-nous si tu
sais...

— Oui, tout, d'un bout à l'autre! il y a deux heures au plus que, traversant à cheval le hameau de
Tourves-sur-Alôry, je rencontrai votre Stentor; il
a pris là le chemin de fer, et je l'ai suivi de si
près à toute bride que j'ai pu l'entendre derechef
en ville, aux abords de la passerelle du Bro. Mon
bai zain est peut-être fourbu; pauvre bête! ah!
ma foi, j'avais tant envie de vous embrasser sur les
deux joues...

— Selon toi, donc, c'est bien inventé, bien appliqué?

— Certes!

— Sang du Christ! tu me réconfortes, je nage
en plein ciel! On en convient, c'était un peu ris-
qué; mais quoi?

— J'approuve.

— A la bonne heure; un franc libéral, c'est toi!
je le disais encore à ton irréprochable mère ces
jours-ci : Madame, il est de notre siècle, votre fils,
et ce parpaillot-là, je vous en réponds, n'en veut pas
moins à Calvin d'avoir flambé Servet, que moi, catholique, oui, catholique en dépit de tous ceux qui
prétendent l'être et ne le sont point, j'en veux d'a-
voir brûlé la Pucelle à notre... Cauchon!... Un beau
nom pour un évêque, n'est-ce pas? Écoute, enfant,

tout n'est pas fini; tu verras que nous avons encore plus d'une leçon à donner aux faux jacques de mon bord ainsi qu'à ceux du tien, et j'espère que tu m'aideras en cela jusqu'au tombeau. Mais chut, voici mignonne qui monte. Écoute-la! Vraiment, un passereau, voire une aronde, ferait plus de bruit qu'elle. Avancez sur la pointe du pied, fillette, avancez!

Souriante, Marianne passa sa tête par l'entre-bâillement de la porte.

— Oncle, vous m'entendrez donc toujours venir? Et vous aussi, monsieur, vous que je ne soupçonnais pas là?

— Preuve que souvent le ravisseur, au lieu de rôder à travers bois et champs, est embusqué dans le bercail.

— Est-ce que vous me prendriez pour un loup, père? Assurément, mademoiselle ne partage pas votre avis, et je la supplie de déclarer en votre présence qu'elle me tient au contraire pour le chien du troupeau.

— Philosophe, mon ami, que tu dois être heureux pour exhaler de telles bêtises sans pouffer, et que je t'envie, moi qui n'ai pas connu cet oiseau bleu qu'on appelle l'Amour... *Retro, Satanas!* tu nous gênes.

Invité de la sorte et coup sur coup par plu-

sieurs clins d'œil à déployer ses ailes de chauve-
souris, Satanas s'envola docilement, et, dès qu'il
se fut éclipsé, ceux que sa présence aurait embar-
rassés eurent un entretien fort intéressant sans
doute, car, au déclin du jour, la future, en quittant le cabinet du vieil homme qui n'existait plus
que pour elle, était tellement absorbée en soi-même
qu'elle ne remarqua point une figure inhumaine,
assez mal dissimulée pourtant derrière la porte de
l'appartement et qui, furtive, s'étant glissée au
long des escaliers et des corridors, se dressa soudain entre les ifs, au clair de lune, dans la principale allée du jardin.

— Notre-Dame de Bon-Secours vous escorte et
vous protège ici-bas, âme blanche, vouée au malin esprit !

— Tu m'as fait peur, Tôn, avec ta voix creuse
et tes yeux qui reluisent.

— Ah ! mademoiselle, au nom de la glorieuse
Trinité, prenez garde ! un affreux malheur menace
cette maison.

— Un danger ?

— Il est suspendu sur votre crête, et si Dieu,
qu'on afflige, n'a pas pitié de vous, tout est fini,
vous êtes... cuite.

— Hé, mais !

— Si vous en croyez aujourd'hui celle qui vous

mit jadis vos premières brassières et si souvent vous débarbouilla, ne prêtez pas l'oreille au brouillon qui vous tente.

— Explique-toi, ma bonne, un peu plus clairement.

— On tend à vous marier...

— Hé ! quel mal y découvres-tu ? je veux bien qu'on me marie !

— ... au démon !

— Ne plaisante point ; est-ce que tu prendrais Gaspard ?...

— Il s'agit bien de lui !

— De qui donc, alors ?

— Hélas ! de vous et de votre salut. On complote ici ; l'on y trafique de votre innocence, et, prêtes à vous plonger au sein des mares sulfureuses, les noires légions sont là, là...

— Je n'y vois rien.

— Oh ! vous riez ; si vous saviez ce qui se trame !

— Apprends-le-moi.

— Comment ! il ne vous en a pas avertie, ce damné ?

— Quel damné ?

— Monsieur ! il a décidé que vous ne passeriez ni par l'église, où vous avez été baptisée, ni par aucune autre.

— Ah ! j'y suis enfin ! En effet, il a, dans sa sagesse, résolu cela ; lui-même vient de m'en instruire à l'instant.

— Et vous ne vous êtes pas indignée et rebellée ?

— Y avait-il lieu de ne pas se soumettre avec plaisir ?...

— Oh ! comme vous parlez de ça ! Si vous aviez conscience d'une telle gabegie, vous pleureriez à présent toute votre eau, toute votre huile, en suivant, à genoux et couronnée d'épines, le chemin de la Croix où commença l'agonie du Sauveur, à qui, toute petite, vous adressâtes vos premiers pater.

— On le prie encore matin et soir, maintenant qu'on est grande.

— Et, peut-être à votre insu, vous commettez en le priant un sacrilège, qui serait, n'en doutez pas, le plus horrible de tous, si vous consentiez à le trahir ; et vous le trahiriez, entendez-vous, si vous ne receviez pas le sacrement du mariage des mains de ses oints...

— Ses prêtres ! eux seuls ici-bas lui manquent et le renient.

— On vous a fait la leçon, et vous clochez comme votre professeur. Rien n'est plus vrai : Lucifer habite en votre chair, et vous êtes possédée, au point d'en référer aux exorcistes : au secours, anges ! au secours, sainte Vierge !... et toi, divin Agneau.

— Crier ainsi ! perds-tu l'esprit ?

— Il n'y a qu'une folle ici, c'est vous ! qui ne distinguez pas plus ce qui se passe à vos côtés qu'au-dessus de votre front.

Et la vieille bigote, dont la grêle silhouette s'allongeait à travers les haies d'un rond-point éclairé de blêmes rayons, levait ses bras crispés au firmament où, sur la face piteuse de l'astre nocturne à cette heure entouré de nuages aux formes chimériques, et sillonné de stries rouges, semblaient couler des pleurs de sang.

— Grand Dieu ! malheureuse femme, qu'as-tu ? laisse, laisse-moi.

— Vous laisser, lorsque tout m'ordonne de vous arracher au prince des ténèbres, oh ! non ; et d'ailleurs, ne me faut-il pas vous dire ici, de la part des esprits lumineux qui me soufflent toutes les paroles que je vous transmets, comment, si vous cédez aux conseils du Cornu, vous serez châtiée ! aimez-vous, oui ou non, celui de qui vous vous êtes crue si longtemps la fille ?

— Oui, de tout mon cœur.

— Ah ! vous l'aimez !... Eh bien ! il va mourir, il mourra...

— Tais-toi, menteuse !

— Et quand il ne sera plus, souvent vous penserez à lui...

— Toujours !

— Et tout en intercédant pour son âme en peine et sa chair calcinée au fond des abîmes, vous espérerez le revoir un jour.

— Oui, certes, oui !

— Détrompez-vous ! une montagne cent mille fois plus altière que celle dont on aperçoit d'ici les cimes neigeuses du côté des Espagnes perpétuellement vous séparera de lui, si vous ne vous comportez pas sur cette terre en rigoureuse chrétienne ; épousez l'hérétique, épousez le patarin, épousez-le, et, jamais, en ce jardin empli de soleils et d'étoiles d'où nous sommes tous descendus et vers lequel, au moment où le golbe se détraquera, nous remonterons tous, afin d'y être jugés selon nos œuvres, jamais, jamais là-haut vous ne retrouverez le trop faible vieux par vous tant adoré ! jamais plus.

— Si ! je le retrouverai, je le reverrai, le pauvre, au ciel.

— Au ciel, lui, non ! à moins que vous ne résistiez à ses coupables fantaisies... Il est des sacrifices agréables au bon Dieu ; renoncez à cette union contre nature, courbez-vous, repentante ; et, vêtue

de bure, allez en quelque moustier vous offrir au
Verbe si tendre et si beau... ce don de vous-même
et de toutes vos richesses apaiserait peut-être le
suprême arbitre, et, grâce à sa clémence, il vous
serait sans doute accordé de rejoindre celui que la
mort s'apprête à vous ravir ici-bas : seule, seule,
vous pourriez racheter sa faute et le tirer du
gouffre où ses erreurs l'ont précipité déjà ; les
démons le réclament, l'enfer l'attend ; obtenez
par vos pénitences qu'il aille seulement en pur-
gatoire, et, dès lors, il ne sera pas pour vous
entièrement perdu ; le paradis, où vous siégeriez,
s'ouvrirait tôt ou tard devant lui ; choisissez : ou
son irrémédiable supplice et sans doute aussi le
vôtre, ou, pour vous ainsi que pour lui, l'éternelle
félicité !

Cette sotte et barbare admonition, émanant
probablement du cru de l'abbé Noubélô, très fort
en semblables matières, et débitée avec l'accent
prophétique d'un bonze ou d'un uléma par l'idolâ-
tre en jupons, était parvenue à troubler la fiancée
du calviniste, élevée dans certaines superstitions
naguère encore si chères au crédule dernier-né de
Bruno l'orphelin ; aussi ne fut-ce pas sans effort
que, surmontant les terreurs puériles dont l'avaient
comblée les émollientes fantasmagories évoquées
à sous ses yeux, elle articula, devant la vieille en-

doctrinée, ces mots qui coupaient court à toutes autres tentatives :

— Si quelqu'un ici-bas a mérité de Dieu, c'est ce juste que tu n'as pas honte d'accuser en ma présence ! On ne craint rien pour lui, ni dans ce monde ni dans l'autre, et, le connaissant comme je le connais, sachant qu'il n'agit jamais sans avoir tout pesé, je n'aurai point, tant qu'il sera là, d'autre volonté que la sienne.

— Amadouez-vous, endurcie, ou la foudre vous pulvérisera !...

Sourde à ces ridicules et sauvages prédictions, Mademoiselle, enfin revenue à soi, se tourna vers mons Simplice, que les gammes suraiguës de la terrible servante avaient attiré sous les charmilles, et lui dit :

— Aujourd'hui ni demain, on ne recevra personne ici ; rappelez-vous cela, tel est l'ordre de votre maître.

Et, là-dessus, abandonnant bec à bec les deux méchants imbéciles si bien faits pour se comprendre, la naïve enfant pénétra dans la serre où quotidiennement elle venait souhaiter le bonjour et le bonsoir à ses grandes fleurs ainsi qu'à ses petits oiseaux.

— Oh ! mon ami, tout est contre nous, les païens l'emportent !

— Et nous sommes enfoncés, vous, moi, la confrérie et notre recteur, Rome et la chrétienté ! Quelle déconfiture !

— Irréparable ! encore si cette mignarde avait voulu ! mais non, elle est intraitable ; et l'intrigue aboutira.

— Que faire, chaste fille ?

— Écouter, regarder, gentil garçon, et m'instruire d'heure en heure des giries de ce vieux révolté !

— Mes yeux agiront à merveille et mes oreilles aussi.

— Nous nous fondons en toi.

— Fondez-vous-y.

— Va.

— Je vais.

Il alla, revint, monta, descendit, remonta ; mais il eut beau se démener comme un diable, épier comme Argus, il ne vit rien, n'entendit rien d'anormal pendant la nuit du samedi, ni pendant la plus grande partie du dimanche, et ce ne fut que vers la fin de cette journée qu'il put apprendre quelque chose à sa digne acolyte, et quoi ? ceci : personne, hormis la mère du futur et les futurs eux-mêmes, n'était entré ce jour-là dans la chambre du Philistin ; et celui-ci, qui, de l'aube à la brune, n'avait pas desserré les dents, s'était, après avoir rapidement dîné, mis à lire une espèce de missel, relié en parchemin et doré sur tranche.

— Est-ce qu'il lit encore ?

— Oui, toujours ; et telle est son immobilité qu'on le croirait endormi, si de temps en temps il ne tournait les feuillets de ce gros tome placé sur la table à manger entre deux candélabres.

— Sais-tu quel est ce livre ?

— A force d'y couler mes regards, j'ai fini par en distinguer le titre.

— Eh ! piaule donc.

— C'est l'*Imitation de Jésus-Christ ;* oh ! j'en suis sûr.

— Hein ?

— Ainsi.

— Ce pécheur se repentirait-il par hasard et y aurait-il contre-ordre ? A ton poste, sentinelle, à ton poste ! et demeures-y jusqu'à ce que je vienne te relever.

En vain se succédèrent-ils sur le palier et collèrent-ils à tour de rôle leurs prunelles au trou de la serrure, un seul et unique spectacle qui se prolongea toute la nuit, et même très avant dans la matinée du lundi, fut par eux aperçu : le vieillard couché, poursuivant attentivement sa lecture, ou méditant, avec piété, les mains jointes, sur l'in-folio grand ouvert ?

— Tòn !

— Hé !

— Quels sont ces roulages interminables dans la rue ?...

— Est-ce que je sais, moi ? des charrettes ou des tombereaux.

— Il n'en passa jamais tant sous nos fenêtres, et je m'imagi...

— Chut ! on bouge ici ! miséricorde ! il se lève, il s'est levé.

C'était exact ; Titi Foyssac, ayant marqué d'un signet certaine page qu'il avait lue, relue dix fois au moins, était, sans trop de difficulté, venu à bout de se vêtir et marchait vers les croisées étroitement closes, dont les vitres miroitaient derrière des rideaux à demi fermés.

— Eh ! s'écria-t-il en jetant à travers les persiennes un coup d'œil au dehors, eux déjà ?... Mais oui ! je reconnais mes colons de Xerl et mes bordiers du Fau.

Les deux créatures, ayant ouï ces paroles-là, dévalèrent en toute hâte et bondirent côte à côte vers un énorme portail à claire-voie, donnant sur la place du Moustier.

— Aïou ! les gens de la noce ! O Simplice, mon mignon, nous sommes fumés ! ah ! Seigneur : regarde ça !

— Quoi, ça?

— Ce monde!

— Où?

— De chaque côté de la place! Es-tu privé des deux yeux?

— On n'est ni presbyte, ni myope, ni louche, Dieu merci!

— Tiens, il en arrive d'autres, au trot, au galop, et de partout à la fois.

— Oui, des comtadins à cheval, à pied, en tape-cul, en haquets! Si ça continue, elles seront bientôt pleines, les deux auberges rivales qui se font face, à vingt pas de nous. Eh! par ma foi, je vois une file de chars à bœufs chargés de villageois et de villageoises qui s'engouffrent dans la cour du *Coursier-Rouge*, et dix ou quinze montagnards du Rouergue, à califourchon sur des juments, des mulets ou des ânes, se dirigeant tous ensemble vers la *Pique de 92!*

— Ah! mon fils, ce sont les invités de notre vieux fou. Quelle carnavalade, et que va-t-il se passer aujourd'hui devant nous, pauvrets, en cette maison scélérate?... Hélas! il en sort de nouveaux à chaque instant de toutes les ruelles et de tous les carrefours; entends-tu gémir le caillou sous les fers de leurs montures?

— Un vrai bousin! On ne perçoit aux alentours

que grelots et clochettes, et ça n'a pas l'air d'être fini ! Tè ! tè ! Quelle est cette épaisse caravane qui soulève des flots de poussière là-bas, au bout du faubourg ?

— Eh ! là, là ! tous les gueux de la comté dévaleront donc par ici !...

Toute la clientèle du « vieux fou » dévalait effectivement, et, certes, elle était aussi nombreuse que variée ; il y avait là, parmi force bêtes à cornes et force animaux de trait ou de bât, une masse d'âniers, de bouviers, de laboureurs, de carriers, de bûcherons, de pâtres, suivis de maigres chiens bruns à tête léonine, aussi poilus que les ours des Pyrénées, dont le clair soleil illuminait au loin les pointes inégales alignées dans la nue ; et tout ce petit monde, entre lequel erraient des manchots, des muets, des sourds, des borgnes, des aveugles et quantité de bossus, devisant gaiement au milieu d'un cercle de boiteux avec ou sans béquilles, se pressait, virait, tournait, bourdonnait et se montrait l'antique maison aumônière, où si souvent on avait été secouru par la « crème des bourgeois qui, certes, eût bien mérité de vivre autant que le sempiternel ! »

— Hé ! glapit tout à coup un long décharné, fort camus, en indiquant une fringante troupe qui, derrière trois timbaliers et six fifres enrubannés

de pied en cap, débouchait de la rue du Ravelin ;
ohé ! gens, admirez ça !

La corne à bouquin d'un pasteur du mont d'Aoûr
répondit immédiatement aux flûtes ainsi qu'aux
tambourins des survenants, et bientôt les rousses
carmagnoles urbaines se frôlèrent aux blaudes
agrestes qui, grises, ou blanches, ou bleues, et
soutachées de jaune, de vert ou de rouge, s'épa-
nouissaient, toutes bouffantes, sous la brise, ainsi
qu'à travers un champ de sarrasin ou de sainfoin
les tiges aux fleurs multicolores, en la douce saison d'avril.

— Les noces ne seront pas mouillées, s'il plaît à
Dieu ! s'entredisaient en étreignant leurs mains
calleuses ouvriers et paysans ; ô la belle clarté !
quel ciel d'azur ! Il fait bon avaler cet air si frais,
imprégné de rayons ; si ça dure, amis, elle sera
fière, la récolte !

Ah ! la récolte !... On tenait là, pardi, le meilleur
sujet de conversation ; et chacun en glosa peu à
peu, de telle sorte que, pendant une grosse heure
au moins, il ne fut plus question que de raisin et
de blé. Le froment qui fournit le pain, et la vigne
qui donne le vin, et le chanvre dont on tire le
linge, ah ! ce n'était pas une plaisanterie ; et, pour
toute cette plèbe laborieuse qui ne buvait, ne man-
geait jamais tout son soûl, il n'y avait rien au

monde de plus important que le rendement des terres nourricières.

— Il était temps que l'hiver finît ! Encore un peu, tout eût été gelé ; peut-être qu'on s'en tirera ! pourtant, du côté des Mas à Zoé, les souches d'amont ont beaucoup souffert.

— Et beaucoup aussi les maïs, le lin, le tabac et les trèfles d'aval, aux alentours de Saint-Turlû.

— Vraiment ?

— Oui ; mais tout est réparé, grâce aux tiédeurs printanières.

— Il faut se défier du printemps en ces pays d'Oc ! Quand il y chauffe en mars, il y brume, il y grésille en mai ; ce fut ainsi l'an passé, vous en souvenez-vous ?

— Si nous nous en souvenons, hélas ! tout fut noyé chez nous, prés, friches et boulbènes ! oh ! sieurs, attention à l'eau !

— Fort heureusement, habitants des plaines, vous n'avez plus rien à craindre aujourd'hui de ce fléau-là !

— C'est vrai ! Les rus sont endigués ! et les digues sont solides ! une belle chandelle que nous devons là, nous autres riverains du Jyûr et de la Bôre, à nôtre Titi !...

Les langues se turent ; tous ces pauvres gens, ayant entendu prononcer le nom de leur commun bienfaiteur, avaient respectueusement porté la main à leurs chapels.

— A nous aussi, riposta soudain la voix laudative d'un citadin, il fit naguère présent d'un fameux cierge! Oui, terriens, à cette heure-ci, s'il n'avait pas été là, lors du feu qui dévora la grande fabrique de papiers peints des Souliagou Père et Fils Aîné, moi, non plus que tant d'autres qui m'entourent, nous n'aurions pas le plaisir de nous divertir ici.

— Comment ça, donc?

— Ils étaient brûlés, nos patrons, brûlés et carbonisés!

— Eh bien?

— Neuf cents sur mille de leurs ouvriers, sans travail, sans le sou, sans crédit tremblaient de crever la faim...

— Misère!

— ... Alors, lui, dans sa vinaigrette, un soir que le verglas s'ajustait au pavé, vint visiter les cendres de l'usine, et, quand, tout estropié, tout clochant, il en eut parcouru, pécaire, les ruines fumantes, s'appuyant au bras de sa gouvernante, qui l'avait accompagné...

— Coule vite! aucun de nous ici ne s'intéresse à celle-là, qui, chacun en est instruit, ne vaut pas les quatre fers d'un chien!

— ... Il regagna sa chaise en laquelle nous le hissâmes, et s'en retourna, pensant bien qu'on pleurait sous nos toits, et que nous autres, gagne-pain, nous ne savions que dire à nos anciens, qui ruminaient tout hébétés, au coin du feu, ni même à nos ménagères, qui soupiraient en emmaillotant notre graine! Ah! quand j'y songe! une telle calamité pouvait nous abolir! Où serions-nous sans lui?... T'en souviens-tu, Durand, et toi, Pontdevès, et toi, jeune Tarnaud? et toi Môgiron? et vous encore, vieux Laudebat? Aussi quelle joie éprouvâmes-nous en face de l'affiche collée sur toutes les murailles de la cité...

— Quelle affiche?

— Eh! braves campagnols, celle que votre protecteur et le nôtre écrivit, puis fit placarder ici dans toutes les rues : « A dater de ce jour, » y lisait-on, et les lettres en étaient assez grosses pour que chacun de nous pût les distinguer sans lunettes, à cinquante pas de distance « à dater de ce jour et jusqu'au premier janvier prochain, époque à laquelle les travaux suspendus par suite du dernier incendie seront repris dans l'usine reconstruite, les anciens employés sans ouvrage de MM. Souliagou toucheront, quotidiennement, trente sous chacun à la caisse de M. Honorin, notaire, 8, impasse des Estocs! »

— On paya?

— Pardienne?

— Et qui baillait les argents à tant de minables, qui?

— Lui, morgué! lui, car sur cette grosse boule où nous gîtons, il n'y en a pas deux de son acabit.

— O le sans-pareil! La France, notre saignante France aurait bien besoin d'un flot de tels républicains!

— Et le pape aussi, ma foi, de semblables légats!

— Sapristi! nous en convenons! Si ce mitré-là connaissait son devoir, il couronnerait vite un cœur si libéral.

— Les libéraux ne sont jamais récompensés ici-bas!

— Encore s'ils l'étaient ailleurs! ah! par nos vaches et nos porcs! si nous étions le bon Dieu, nous autres...

Une avalanche de rires interrompit tout à coup ce concert de louanges, et les sincères panégyristes en étaient encore à se demander la cause du tollé, qu'ils avisèrent au plus épais de la foule un « Guilleri » habillé de gris, carabi! toto carabo! qui s'efforçait de s'en tirer et répétait sans cesse, en gesticulant :

— Tout est f...ichu, si vous ne me laissez pas passer ! Onze heures sont toquées et c'est pour midi. Place ! il faut que je le rase ; il devrait être rasé déjà.

— Minute, frater, halte-là ! tu le raseras demain matin.

— Ne m'agrippez plus, sacripants, ou je me fâche, et lui vous savonnera.

— Qui, lui ?

— Celui que vos devanciers, il y a vingt ans, après cette peste appelée choléra, baptisèrent : *Tout-aux-Autres-Rien-à-Moi !*

Les plaisantins se mordirent les doigts et, redevenus sérieux, ils livrèrent aussitôt passage au barbier qui, ses rasoirs à la main, s'élança vers la maison du sage, au bord de laquelle, en ce moment-là, s'arrêtaient, attelées chacune d'une paire de magnifiques alezans du Mecklembourg, deux calèches armoriées...

— Serait-ce pas le futur qui descend de carrosse ?

— Eh ! si.

— Très beau brun ! un peu sec et trop rigide cependant !... Est-ce une sanguisorbe qui lui rougit la boutonnière ?

— Il est décoré.

— Décoré ! Pourquoi ?

— Les casques pointus qui se répandirent sur notre sol le savent ; il en a déquillé pas mal pendant cette maudite guerre ?

— Où ?

— Partout où l'on se gourma.

— Vietaze ! alors c'est un crâne ?

— Et de première qualité ! puis, aussi bon que le pain et plus maniable qu'une ouaille, au rapport de nos milices.

— Il ne paraît pourtant pas si commode que ça !... mais quelle est cette douairière imposante à laquelle il offre le bras ?

— Sa mère.

— Et ces deux messieurs qui débarquent à présent ?

— Oh ! ceux-là n'ont jamais entendu la pétarade des bombardes, et si le bourdon de Notre-Dame-des-Glaives meuglait tout contre leurs oreilles, ils ne l'ouïraient pas.

— Sourds à ce point ?

— Et muets comme des tanches.

— Ses amis sans doute ?

— Intimes ! aussi, se feraient-ils, sans barguigner, tuer pour lui.

— Diantre ! il leur a donc rendu de fameux services ?

— A coup sûr !

— Raconte ça.

— Voici !... Figurez-vous que ces deux malheureux, nés à moitié morts, fonctionnent à souhait, grâce à lui.

— Que dis-tu ?

— Je dis que les deux particuliers en question, venus au monde à peu près sans langue et sans tympan, aujourd'hui parlent et perçoivent mieux que nous.

— Avec quoi ?...

— C'est un miracle, un vrai miracle ! avec leurs doigts !

— Sandi ! comment ?

— Ils se font des signes et, par ainsi, leurs mains jouant le rôle de leurs langues empêchées, et leurs yeux officiant à la place de leurs insensibles oreilles, ils en arrivent à se comprendre à merveille, et même, affirme-t-on, à former des élèves, qui plus tard deviennent à leur tour professeurs.

— Explique-nous ce système qui supplée le verbe et l'ouïe ?

— Ah ! je ne suis pas aussi sapient qu'un âne coiffé, moi ; néanmoins, voici, d'après ce qu'on m'a narré, de quelle façon ils procèdent entre eux, ces infirmes...

Soudainement, tandis que le démonstrateur ré-

pétait pour la dixième fois au moins ses explications enchevêtrées, s'évertuant en vain de son
mieux à verser, dans l'esprit des nombreux igna-
res qui l'entouraient, la confuse lumière qui va-
cillait dans le sien, une horloge du voisinage sonna
midi, l'heure solennelle attendue avec tant d'impatience, et le portail de la maison nuptiale s'ouvrit
à deux battants.

— Arrière! gare! ordonnèrent ensemble les co-
chers de l'un et l'autre équipage en tâchant de se
ranger au ras du seuil; arrière! ou tant pis pour
vos cors!

Ils eurent beau vociférer, ces deux marauds en
livrée, on ne les écouta point; et toute la foule,
plongeant ses regards dans un large et long corridor où Simplice, endimanché, se rengorgeait comme
un dindon, n'en continua pas moins à battre les
abords de l'entrée.

— Aïou!...

— Qui miaule?

— Un écrasé...

— C'est le jour où l'on moud le grain; orge, sei-
gle ou bled.

— On étouffe...

— Il fait si chaud!

— Des rafraîchissements?

— En voici...

Les apostrophes qui pleuvaient dru, de même
que des balles sur un champ de bataille, cessèrent
comme par enchantement à l'apparition de la
Nobio...

— Vrai ! souffla-t-on, rien n'est plus affiné que
notre « belle jolie ! »

Aucun poëte n'eût mieux trouvé : ces deux mots,
assez rarement accolés, exprimaient à merveille ce
que chacun avait ressenti quelques secondes auparavant en la voyant émerger du sombre escalier attenant au couloir. Ravissante et sévère dans son
étroite robe blanche de faille mate et sous la guirlande de fleurs naturelles d'oranger qui lui ceignait
les tempes à l'instar de ces couronnes d'hierre et
de gui, visibles autour du front des vierges antiques sur certaines effigies de marbre et de bronze
conservées en dépit des siècles, elle s'avança vers
le peuple.

— Une perruque si blonde, un front si radieux
et l'œil si pur ! pensaient les paysans ; si candide !
on dirait la Madone !

Et les faubouriens de Montauriol, la trouvant encore plus auguste qu'exquise, fredonnaient in
petto :

— C'est Marianne la bien nommée ! Elle ressemble trait pour trait à celle qu'on grave sur nos monnaies !

Aidée de ses témoins, deux modernes patriarches, amis de son oncle, dont l'un, honnête magister, portait sur son frac à queue de morue, datant au moins de 1830, la croix à ruban rouge et bleu des vainqueurs de Juillet, et l'autre, quasi centenaire, ancien volontaire de l'an III, l'uniforme des grenadiers de la Moselle en sabots, elle monta gracieuse en voiture, au moment même où cette brève exclamation jaillit, entrecoupée, de toutes les bouches :

— Il est là ! c'est lui !

C'était bien lui, Titi Foÿssac IV, dit la République et la Chrétienté ! Soutenu sous les aisselles, d'un côté par la mère du futur et de l'autre par le futur lui-même, et de plus s'appuyant sur un gros jonc à pomme d'ivoire, il gagna péniblement le pas de sa porte, qu'il n'avait pas franchi depuis dix-huit mois au moins, et là chacun des invités put contempler à son aise ce grand citoyen dont la taille n'allait pas au delà de quatre pieds huit pouces, si tant est même qu'elle atteignît cette mesure... Ah ! le cher rougeaud ! d'aucuns ne l'avaient pas encore vu debout, et nul ne se souvenait de l'avoir rencontré jamais en habit de gala par la ville ; aussi regardait-on à pleins yeux son chapeau gris vair à vastes ailes et long-poilu, pareil à celui qu'adoptèrent, sous Louis-Philippe, les coqs de la bourgeoisie, administrateurs, savants, financiers et ministres ; ses gants en drap, jaunes et lustrés, sa chaîne de montre à l'ancienne mode, s'enroulant trois fois autour d'une large cravate de batiste empesée, qui lui mordait les lobes des oreilles ; ses souliers de castor à boucles métalliques et que bossuaient ses orteils déformés par la goutte ; enfin, et surtout ! sa monumentale lévite brune à double rangée de boutons, aux jupes plissées, qui lui tombait aux chevilles, et dont le collet, aussi raide que s'il eût été goudronné, lui montait jusqu'au sinciput, tandis que, plaquée au buste, elle étalait de formidables revers un peu piqués des mites et lui dessinant une couple de M majuscules sur la poitrine, couverte, celle-ci, d'un gilet en duvet de cygne à la Robespierre, d'au milieu duquel sortait le jabot ruché d'une chemise en toile de Hollande où brillait en guise d'épingle une croix latine en or bruni, semée de perles et rehaussée d'un diamant parangon... Noble vieux, il paraissait plus vénérable encore sous ces nippes surannées, et qui ne l'eût pas trouvé superbe eût, ma foi, totalement manqué de goût : telle était du moins l'opinion de l'assemblée.

— Amis ! s'écria-t-il, fâché tout rouge de l'ovation muette qu'on venait de lui faire en se courbant un peu trop bas devant lui ; mes petites œuvres ne

valent pas tant de génuflexions, et je m'estime
suffisamment récompensé de mes peines par l'empressement que vous avez mis à vous rendre à mon
appel. L'heure a sonné. Nous causerons plus amplement ce soir ici même, où, s'il plaît à Dieu, tout
ira bien. Ne pouvant maintenant vous serrer la
droite à tous, je touche au moins celle de mon pauvre Jacquinot !

Et plus ému qu'il n'en avait l'air, le nain se
baissa vivement et prit entre les siennes les mains
rugueuses d'un cul-de-jatte qui, s'étant faufilé
parmi la multitude, avait rampé jusqu'aux premiers rangs.

— Saint Titi, sanglota l'heureux misérable; ô
saint monsieur Titi !...

Ce cri du cœur, traduisant si bien la ferveur des
sentiments dévotieux que tous les prolétaires urbains et ruraux réunis là nourrissaient pour leur
constant et révéré protecteur, avait suscité chez
eux ainsi que chez lui la plus vive agitation, et force
larmes en vain refoulées sourdaient de maintes paupières, lorsque le docteur Râb, arrivé dans la rue depuis quelques secondes, se hâta de fendre la foule,
afin de joindre celui vers qui se tendaient tant de
bras.

— Y songez-vous? lui dit-il à voix basse en l'ac-
costant; on vous croyait plus sage! avant-hier en-

core vous me promîtes d'être calme et vous voilà
sens dessus dessous, hors des gonds ; oh! ce n'est
pas bien cela.

— Tancez-moi, piaillez-moi, houspillez-moi, bat-
tez-moi! vous avez raison, mille fois raison, et je
me condamne.

— On vous pardonne ; mais en route tout de
suite, en route!

— Allons!

Et, content d'avoir été grondé, le vieil enfant se
laissa pousser dans la première calèche, où Marianne, assise entre les deux majestueux témoins
des grands actes révolutionnaires, humait, toute
rêveuse, un royal bouquet de lis, et dès qu'il s'y
fut installé, plein de sourires et de rayons, à côté
du jeune mentor qui l'avait si cordialement mori-
géné, Gaspard, sa mère, ainsi que les deux silencieux dont il avait fait la difficile éducation, se
casèrent dans la seconde ; et, sitôt après, celle-ci
comme celle-là s'ébranlèrent simultanément, tandis que derrière se déroulait sur le pavé de la place
l'immense cortège de gueux que le soleil, perpendiculaire et blanc comme au temps de la canicule,
auréolait de prodigieuses flammes.

— Soyez tous excommuniés et tenaillés vifs!
hurla la Tôn du haut des combles où, depuis près de
deux heures, elle avait établi son observatoire et

qu'avant la fin de ce jour-ci la male bête par qui fut imaginé naguère un tel scandale crève céans de male mort!

— Ainsi soit-il! répliqua Simplice surgissant auprès d'elle sous le toit de la maison, et cela pour la plus grande gloire du vrai bon Dieu!

Le valet, aussi bien que la servante, avait été stylé par les jésuites, et, de concert tous les deux, ils s'excrimèrent à vomir un torrent de saintes imprécations.

— Entends-tu? demanda-t-elle tout à coup en passant son maigre corps par la lucarne du grenier, entends-tu?

— Quoi?

— La huée...

— Où?

— ... Qui s'élève et grandit sur leur parcours, au loin.

— Non.

— Eh si!

— Point.

— Tes oreilles sont donc bouchées, cachetées, murées?

— Elles vont bientôt s'ouvrir, je le sens; ôtez-vous de là...

La béguine retira sa tête de l'œil-de-bœuf et le béguin y mit la sienne.

— Eh bien ?

— On crie, et ferme.

— A la bonne heure ! il ne m'avait pas trompée, lui.

— Qui ça ?

— L'abbé...

— Noubélô ?

— Tu l'as nommé.

— Bah ! c'est lui ?...

— Lui-même qui leur a réservé cette surprise, et je note avec plaisir que les bonnes âmes qu'i a choisies à ces fins s'acquittent à merveille de la commission. Ah ! quelles voix richement timbrées ! il y en a qui tonnent et d'autres qui sifflent. Où sont-ils ceux de la noce, à présent ? Toi, dont l'ouïe est si mauvaise, mais dont la prunelle est excellente, les aperçois-tu ?...

— Fort bien ! Ils traversent la place des Arcades, et je distingue l'attelage qui troue la foule à petits pas.

— Une ou deux minutes encore, et quand ils s'engageront sous la voûte du beffroi pour descendre la côte du pont d'Albret, où les nôtres, les meilleurs des nôtres, sont apostés, il y aura là, mon très cher frère, un beau charivari... Tiens, tiens, voilà que ça part !...

Et la vipérine cagote, ivre de joie et plus agile

qu'une chatte furieuse, ayant bondi sur un tas de copeaux rangés contre la muraille, souleva d'un bras nerveux la partie mobile d'un châssis et tendit le cou par l'ouverture, afin de ne rien perdre des bruyantes clameurs lointaines dont l'éclat l'avait fait tressaillir.

— Révérende sœur, si vous vous penchez ainsi, vous cherrez dans la rue.

— Il n'y a pas de danger, les anges me soutiennent!

— Ta ta ta.

— Laisse donc; on les accable de crachats, ces mécréants! on les couvre de bave, ces païens! on les traîne peut-être dans la crotte, et les voilà confirmés à mon gré.

— Gare, une de vos jupes se déchire et je ne vous retiens plus.

— O Marie conçue sans péché, quelle leçon ils reçoivent; on les agonit! hé! ça leur apprendra! Tiens, le tapage redouble. A genoux! garçon, à genoux et remercions ensemble le ciel d'avoir pris fait et cause pour nous!...

Une nouvelle explosion de cris, plus sonore que les précédentes, soudain arriva sur les ailes de l'air au milieu du galetas.

— Simplice!

— Hein?

— N'as-tu pas entendu? n'entends-tu pas cette fois?

— Si, si!

— L'on dirait des vivats?...

— Oui, Tôn, oui.

— Mais, par le Drac! qu'est-ce que cela signifie à ton sens?

— Hélas! on acclame notre patron; on l'encense peut-être.

— O Seigneur, mon Dieu! si c'était, m'est avis que j'en mourrais!

— Idem, moi.

— Ça recommence!

— Hé! non, ça continue.

— Ah! je tombe de mon haut, tout assourdie de ces hurlements.

— Et moi donc, et moi! j'en suis bleu, la cervelle m'en tinte.

— Assez! assez! assez!...

Inutiles adjurations et rage vaine! En dépit de la forcenée, les salves d'allégresse persistèrent au dehors sur la voie publique, et cependant il y avait force mécontents en Montauriol où l'affichage des bans à la mairie avait produit chez tous, petits et grands, une ineffable stupeur. « Hé! quoi, s'étaient d'abord écriés d'un verbe unanime huguenots et papistes, une telle union! est-ce possible? un

protestant épouser une catholique! une orthodoxe
agréer un schismatique! Où donc aura lieu la bénédiction nuptiale? Au temple ou bien à l'église?
Et lequel apostasiera du futur ou de la future? Ah!
pour la première fois depuis des siècles, semblable monstruosité se passera dans nos murs! il
n'y a plus de foi, plus de morale, plus de caractère!
et les horribles temps prédits approchent où l'on
verra les juifs s'accoupler aux chrétiennes et celles-ci concevoir de ceux-là! quelle honte! » Ainsi,
quinze ou vingt jours durant, s'était-on lamenté
dans les deux camps, où florissaient bon nombre
de Jérémies mâles et femelles, dignes de l'antique
et lugubre éploré de Juda; mais ç'avait été bien pis
lorsqu'on apprit d'une manière insolite, par le tam-
bourineur, que le sacrilège mariage annoncé serait
purement civil. « L'abomination de la désolation
prophétisée par Daniel était là; malheur à Jérusalem! malheur à Sion! » En face d'une telle éven-
tualité, devant un tel fléau, les fanatiques des deux
sectes, oubliant pour une heure leurs rancunes
héréditaires, s'étaient souri, puis abouchés, et
des conciliabules furent tenus d'où l'on avait fait
pleuvoir toutes les malédictions évangéliques et
bibliques sur l'insensé déicide qui ne craignait
point de rompre en visière à toutes les idées re-
çues! et voilà que dans cette cité, témoin de tant

de guerres intestines, où si souvent ligueurs et par-
paillots s'étaient tour à tour massacrés au nom du
vrai Dieu, créateur du genre humain, il n'y eut
qu'un haro sur le ver de terre en révolte contre
toutes les reines et tous les rois du ciel! Oui, là
même, en l'enceinte de cette ancienne forteresse au
pied de qui toute l'armée de Louis XIII, dirigée par
le connétable de Luynes et six maréchaux de
France, s'était fondue sous la poix et l'huile bouillantes que lançaient sur elle du haut des bastions
les femmes des dissidents assiégés ; en cette citadelle dont Richelieu, le cardinal rouge, tigre mâ-
tiné de renard, avait, contre la foi des serments,
rasé les remparts si longtemps inaccessibles aux
troupes royales ; en cette métropole, autrefois boulevard du calvinisme, où les haines si vivaces s'é-
taient perpétuées de telle sorte que, malgré les efforts de l'un de ses fils, Jean-Bon Saint-André le
conventionnel, elles ne s'éteignirent aucunement
en 93, et que, de nos jours encore, plus de quatre-
vingts ans après la Révolution, aucune municipalité
n'oserait y permettre la représentation du chef-
d'œuvre de Meyerbeer, de crainte que les adeptes
des deux religions ennemies mortelles ne s'entr'é-
gorgeassent au-dessous des planches où serait
donné le simulacre de la Saint-Barthélemy ; dans
ce chef-lieu de département où, sur les cours pu-

blics, actuellement, il y a, le croirait-on ? des allées
où ne se promènent que les protestants, et d'autres
où ne vont que les catholiques ; en cette ville, où
l'on dit en parlant de tel ou tel honnête particulier :
« Il faut se défier de lui, car il n'est pas de notre
giron ! » en cette étrange ville enfin, où les questions politiques sont à ce point subordonnées aux
questions religieuses que les plus ardents défenseurs du trône et de l'autel aimeraient mieux élire
un progressiste de leur culte qu'un réacteur du
culte adverse, et que, d'un autre côté, ceux de la
religion, partisans du juste milieu pour la plupart, épauleraient plutôt un candidat de leur confession, fût-il légitimiste, qu'un libéral doctrinaire
comme eux, mais baptisé par un ordiné de Rome,
la simple résolution d'un modeste philosophe, frondeur de toutes les intolérances et pourtant chrétien, avait suffi pour rapprocher ces concitoyens
irréconciliables. S'insurger contre les lois divines
èt braver ainsi les prêtres des deux sanctuaires, il
en coûterait cher à l'audacieux ! Et dare dare, les
divers thaumaturges, associant leurs griefs et leurs
bannières, avaient si bien œuvré qu'ils étaient par-
venus à réunir quelques centaines de séides : sa-
cristains, fabriciens, marguilliers et chantres de
l'une et de l'autre chapelle, absolument décidés à
siffler en temps et lieu, *coram populo*, le disciple

de l'homme Voltaire et du singe Littré ! Bonnes
gens !... ils avaient compté sans la « populace. » Or,
celle-ci, composée, il est vrai, de religionnaires
très différents, mais se souciant fort peu des sacro-
saintes menées bourgeoises, souffrirait-elle qu'on
corrigeât ce réfractaire par elle idolâtré? Non,
certes, elle n'eût rien toléré de semblable, et c'est
pourquoi la pieuse horde, au moment d'agir, recula.
Malgré les objurgations des suppôts du prestolet, or-
ganisateur de la cabale, le cœur avait manqué subitement à tous ces conjurés en présence de cette
foule enthousiaste, environnant d'amour et de respect celui qui s'était toujours sacrifié pour elle ; aussi
le rebelle, qu'on devait conspuer sans rémission,
l'impie, acclamé par vingt mille bouches plébéien-
nes, passa-t-il triomphalement entre une double
haie de guizotins et de veuillotins qui ne surent
protester que par leur silence et leur long nez
contre les éclatants hommages rendus à l'ami des
pauvres ! Seule, une rance et goîtreuse haren-
gère aux yeux chassieux, quand il parut en carrosse sous l'arc du beffroi, eut le front de cracher
ceci :

— Voyez, à côté de cette vertu qui se marie sans
abbés ni ministres, et porte tout de même une
croix de brillants au cou, voyez ce joli magot : est-
il vilain et fané !

— Pailles et poutres ! murmura l'immuable débonnaire, à qui ces invectives toutes chargées de fiel étaient adressées ; si l'on nous comparait, ma belle, on verrait peut-être que de nous deux la monine est encore plus décatie que le monin ! Eh ! qu'ès aco ?

Des grondements de colère s'étaient élevés au plus épais de la suite, et, distraite de son rêve, la mélancolique épousée les ouït.

— A qui donc en a le peuple ? interrogea-t-elle ; est-ce à cette revendeuse des Halles qui brandit un parasol ?

— Il se pourrait.

— Et pourquoi ?

— C'est une démente et l'on craint sans doute ses folies.

— Suppliez notre monde, père, de ne pas lui faire du mal.

Le vieil injurié, toujours indulgent, mit sa tête argentée à la portière, et, sur un signe de lui, la foule houleuse, aussitôt apaisée, abandonna la trouble-fête qui s'enfuit en poussant des cris d'aigle et d'oie...

— Aïou, pouf, fit le recommandable magister ; elle s'est étendue de tout son long entre deux flaques de mortier ; et la voici qui roule sur un tas de moellons... houp là, maladroite ! houp, houp, pa-

patine !... elle choppe et retombe encore ; il est vrai que nos carrefours sont tellement encombrés de chevêtres, de soliveaux et de plâtras qu'un équilibriste aurait peine à s'y tenir debout.

— Oui, parbleu ! l'on bâtit et l'on démolit beaucoup trop ici, grogna le chenu légionnaire de l'an III ; si peu que dure cette manie, il ne restera plus bientôt pierre sur pierre de l'antique Montauriol ; on avait pourtant cru que le règne des maçons finirait avec celui du couard de Sedan... Ah ! ce gredin ! Où sont les jours de Valmy, de Fleurus et d'Iéna ?

— Dieu garde qu'ils reluisent ! On s'est assez entremangé, capitaine, en pays de France, sur terre d'Europe, et si les guerriers ont fait leur temps, celui des pacifiques est venu ; sapristi ! mais vous avez raison, pédagogue, il n'y a pas moyen de circuler librement en ce lieu ; notre char cahote rudement et, foi de moi, je me demande si nous arriverons à bon port ; tenez, tenez, là, ces braves gens qui nous escortent sont obligés de nous frayer passage ; ô nièce, il n'est pas si facile que ça de se marier...

— Rien, ce me semble, de plus aisé, grâce à vous, oncle.

— Ah ! touché ! merci ! que je t'embrasse pour cette charmante parole.

Elle sourit, hélas ! du bout des lèvres, car, dès son entrevue avec la sibylle, sous les charmilles du jardin, un funeste pressentiment n'avait cessé de la poursuivre ; et pendant que, de plus en plus allègre et ravi, le cher doux être qu'elle savait condamné lui baisait les mains en la couvant de l'œil, elle s'évertua, sublime mensonge, à jouer le bonheur.

— Ainsi donc, vous êtes bien, bien, bien contente, fillette ?

— Oui, certes.

— Et pourtant, à ton front, il y a certain pli qui me déplaît.

— On n'a peut-être pas assez dormi cette nuit ; tant de détails !... tant de choses à préparer pour aujourd'hui.

— Nous comprenons ça...

La calèche, arrêtée depuis quelques instants, se mut derechef et, franchissant le pavé si vite désobstrué par mille bras robustes, s'enfonça dans un dédale de ruelles bordées de maisons à tourelles et de toits à pignons, entre qui le soleil dardait tant bien que mal ses flèches d'or, et là, vraiment, au milieu de cette forêt d'architectures gothiques, dont les encorbellements et les balcons à balustrades, se joignant presque à deux ou trois mètres au-dessus de la chaussée, la rétrécissaient au point de la rendre impraticable, on se serait cru dans quelque bourg du moyen âge, et l'on y cherchait instinctivement autour de soi les moines, les archers, les tire-laine et les nécromants qui jadis en avaient peuplé les méandres.

— Ici, dit tout à coup le maître d'école, il y eut des autodafés!... Par bonheur, nous en avons pour toujours fini, n'est-ce pas? avec la très sainte inquisition.

—Nostradamus! espérons-le; et souhaitons aussi qu'on ne pende jamais, là, dans cet angle, où se couda, pendant plus de trois siècles, le gibet où furent accrochés, sous nos consuls, tant de comtadins hostiles à la Réforme. Assez de bûchers et plus de potence! et soit la fraternité!... Çà! mais qu'entrevois-je là-bas, au devant des grilles de l'hôtel de ville?

Et tout à l'extrémité d'une large rue moderne aussi droite qu'un I, dans laquelle piétons et berlines, sortis enfin du labyrinthe de la vieille cité, cheminaient maintenant à leur gré, le sage discoureur indiquait une bande compacte de gens, alignée au pied de deux énormes pavillons coniques, couronnés de créneaux et surmontés chacun d'une grande girouette de métal.

— Le diable m'emporte! s'écria le vétéran, on dirait des troupiers; eh! oui, ma foi! le fil des

bancals et les pointes des baïonnettes étincellent
à l'envi.

— Des militaires ! Et pourquoi ?

Pourquoi ! Certaine culotte de peau, le général
de brigade commandant la subdivision, un drôle de
corps inféodé dès sa naissance aux théocrates et
qui, soir et matin, d'après ses aides de camp, agré-
mentait ainsi ses oraisons quotidiennes : « *Ave Maria* (Crédié !), *gratia plena* (nom de Dieu !)... *Pater
noster* (En voilà des bougresses de bécasses, que
ces officiers-là !), *ne nos inducas in tentationem, sed
libera nos à malo* (je vous fous quatre jours de salle
de police, espèce de lambins). *Amen !* (Ainsi soit-il !
Le sacré tonnerre de Dieu vous brûle et me brûle
aussi, mille millions de milliards de, etc.) ; » seul, ce
reître, qui buvait comme un suisse, sacrait comme
un roulier, aimait comme un capucin et priait
comme un convers, aurait pu dire ce pourquoi, que
voici : Les conspirateurs, ceux de Rome et ceux de
Genève, qui naturellement n'en pensaient pas un
traître mot, avaient réussi sans éloquence aucune
à le convaincre qu'une manifestation ayant été
clandestinement montée par les démagogues de la
localité, des cris séditieux seraient proférés à la
mairie et des farandoles dansées sur les places et
dans les rues par la canaille, invitée à ce mariage
civil que tous les honnêtes gens, défenseurs de la

famille, de la religion et de la propriété, considé-
raient comme une insulte sanglante adressée, ou
plutôt comme un défi porté à la conscience publique; et lui, l'ignorantin en épaulettes à graine d'é-
pinards, afin de complaire aux solliciteurs en robe
longue ou courte, ses très chers frères en Jésus-
Christ, avait ordonné, « mille dieux ! » aux troupes
de la garnison de s'unir aux sabreurs de la maré-
chaussée et de veiller attentivement avec eux, les
bons bougres ! à ce que l'ordre, foutre ! ne fût point
troublé. L'ordre ! ils s'en souciaient au fond comme
d'une guigne et comme de leur propre foi, ces pré-
bendaires des deux Églises, surtout jaloux de con-
server à jamais les grasses sinécures dont on les
avait pourvus et l'influence que leur conférait leur
prétendu caractère sacré. Papaux ou non papaux,
ils voulaient également, ces charitables chrétiens,
ruiner dans l'esprit de leurs fanatiques caudataires,
ainsi qu'en celui des gueux plus ou moins mouton-
niers, cet humble imitateur du Nazaréen, qui, pratiquant les vrais enseignements du Maître, était
peut-être à même de devenir, comme lui, tout-
puissant sur la foule et, comme lui, capable de
susciter une pépinière de sincères évangélistes au
détriment des membres de l'antique sanhédrin, en-
tachés, sinon tous, du moins la plupart, de préva-
rication et de fraude. Après cela, que la stupide et

famélique canaille, irritée par ce déploiement intempestif de force, se mutinât en faveur de l'espèce de révolutionnaire qui l'avait captée et qu'une bagarre eût lieu, tant pis pour ce richissime petit bourgeois en rupture de religion d'Etat et pour ses sots adhérents! On n'eût pas été fâché de l'aventure à l'évêché, ni même au consistoire, et l'on eût bien ri si, par hasard, au milieu de la mêlée, un coup de crosse de fusil ou de pommeau de sabre eût achevé cette façon de communard dont l'agonie durait depuis si longtemps et qui, pour l'honneur et la tranquillité des citadins de sa caste, n'avait que trop vécu; mais, hélas! encore une fois tout devait tourner à la confusion des honnêtes gens, ainsi qu'à la gloire du quasi-paralysé qui, quoique glabre comme un œuf, n'en était pas moins un démoc-soc à tous crins.

— Saint Dieu, s'écria-t-il tout guilleret au moment de mettre pied à terre, on a recrépi la façade de ce vétuste monument et nettoyé l'écu de la ville; à la bonne heure!

Et ce ne fut qu'après avoir bien contemplé les armes héraldiques, enchâssées dans la muraille, au-dessus du portail à jour de la vieille maison commune : un mont d'argent sur champ de gueules auréolé par le soleil au zénith, avec cette arrogante devise au-dessous : *Semper ambo fulgentesque*

pulchri! qu'il débarqua, soutenu par le docteur
Ràb et Gaspard, sur le trottoir du palais, où le suivirent aussitôt les témoins de sa nièce et celle-ci,
blanche comme un lis. Alors tirailleurs, grenadiers et chasseurs à cheval, électrisés à la vue
du grognard revêtu de l'uniforme fameux des preux
de la Révolution, qui, du moins, eux, avaient sauvé
la patrie en danger; transportés à l'aspect de ce
glorieux costume tricolore qu'avaient illustré jadis
leurs héroïques ancêtres : habit bleu sombre à boutons étamés s'ajustant au gilet blanc en peau de
mouton mégissée, pantalon de coutil blanchâtre à
raies rouges et chapeau à cornes orné de la flamme
écarlate et de la cocarde feu, les soldats, ces jeunes
soldats qui, la plupart victimes de la trahison ou de
l'ineptie de leurs généraux, avaient eu l'humiliation
d'arriver désarmés et navrés en Prusse où leurs
pères, plus heureux, étaient entrés tambour battant
et drapeaux éployés, tous ces soldats, fantassins et
cavaliers, y compris les taciturnes immatriculés de
la gendarmerie, ensemble poussèrent ce formidable cri :

— Vive la République!

Auquel ouvriers et paysans, supposant non sans
apparence de raison qu'on acclamait leur honoré
tuteur, ripostèrent sur-le-champ par celui-ci, non
moins désagréable à l'autorité :

— Vive Titi Foÿssac IV !

Et ce fut au roulement ininterrompu de ces reten-tissantes clameurs que la bête noire des cléricaux resplendit comme une apothéose entre les rangs des légionnaires qui présentaient les armes et pénétra, porté sur les bras innombrables de son peuple de misérables, en la salle où n'allait pas tarder à s'ac-complir enfin ce qu'il avait si courageusement pré-paré.

— Tiens, remarqua-t-il en s'asseyant à côté de Marianne, en face de l'estrade, où siégeait un rêche olibrius, il paraît que tu seras mariée par l'adjoint; c'est lui qui d'ordinaire unit les pauvres, est-ce pas, Sabarlus ?

— Oui, c'est connu ! notre maïeur se réserve pour les aristos !

Et le magister, se penchant à l'oreille du vieux de la vieille, ajouta :

— Pardieu ! notre excellent ami nous la baille belle ! Il ne se doute pas du motif pour lequel sa seigneurie le bourgmestre ne fonctionnera pas au-jourd'hui.

— Moi non plus, sacrédié !

— Comment, major ; rien cependant n'est plus clair que cela.

— Dégoisez donc !

— Eh ! mon cher Durambart, tout le monde ici,

sauf vous, sait parfaitement que M. le marquis de Sainte-Croix-la-Brelande-en-Budon, ex-pair de France, chevalier de Saint-Louis et de Saint-Grégoire, ancien colonel de la légion du Quercy, ne se mouche pas du pied et qu'il croirait déchoir en concourant tant soit peu... Mais Zébédée se développe; il se croise les bras, il va parler; écoutons-le, ou gare ses anathèmes! En sortant d'ici, je vous expliquerai ça; *motus!*

— Au port d'armes, quoi?

— Chut!

Tous les bourdonnements s'étant évanouis, et le plus grand silence régnant dans cette vaste enceinte où le peuple était encaqué, tous les regards se fixèrent sur l'officier civil. Long, sec, ceint de l'écharpe municipale aux couleurs françaises, ce magistrat avait véritablement l'air d'un quaker, et ce n'était pas sans raison que les gens de rien l'avaient surnommé « le jésuite en paletot. » Enragé calviniste et méthodiste par-dessus le marché, si ce notable-là, qui manquait totalement de mansuétude et d'aménité, n'aimait guère les papistes, il exécrait surtout ceux de ses propres coreligionnaires qui, versant dans le rationalisme, suivaient Athanase Coquerel, le fils, ainsi qu'ils avaient suivi le père, lequel joua dans le protestantisme le même rôle que, d'un autre côté, Lacordaire, Montalembert et

tutti quanti, laïques ou non, y compris M. Dupan-
loup, qui depuis lors s'est tant repenti, le doux
prélat! tinrent, eux gallicans, envers les docteurs ultramontains. Intolérant comme pas un, quoique hérétique de la plus belle eau, s'il fût né quelque trois
cents ans auparavant, de l'autre côté de la Bidas-
soa, ce huguenot clérical, dont les traits durs et
l'œil impitoyable accusaient la férocité native, eût
été peut-être un petit Torquemada. Malheureusement pour lui, si compassé, si prétentieux, si sa-
turnien et jaloux de paraître tel, il était affligé d'une
blésité qui compromettait singulièrement son prestige, et ce défaut de langue s'aggravait non seulement d'une infirmité, mais encore d'une difformité.
Brèche-dents, il était aussi prognathe! en sorte
que, visant au drame, il restait toujours comique,
sinon grotesque : un cœur de tigre et la face d'un
jocko!

— Monsieur et mademoiselle, zézaya-t-il en roulant des yeux fauves qui, bien malgré lui, provo-
quaient beaucoup plus à l'hilarité qu'à l'effroi, vous
présentez-vous ici, devant notre personne, pour
contracter mariage?

En même temps, elle et lui, s'étant levés, répon-
dirent :

— Oui.

— Bien! Notre secrétaire va vous donner lecture

de la première partie de votre acte de mariage ; asseyez-vous.

Ils s'assirent ; et tout aussitôt, d'une voix aussi nasillarde et non moins fatigante que celle de ce détestable politicien octogénaire, assez et trop souvent ministre en ce siècle de tous les gouvernements monarchiques ou républicains de France, un quidam entre deux âges et fort grêlé lut ce morceau d'argot administratif tel quel :

« L'an 1874, le lundi 24 février, à l'heure précise de midi, par-devant nous, Agénor-Romuald, marquis de Sainte-Croix-la-Brelande, maire et officier de l'état civil de la commune de Montauriol, arrondissement dudit et chef-lieu du département de Tarn-et-Lot,

» Sont comparus :

» Hugues Gaspard, vicomte de Maillebru-le-Noir, âgé de vingt-six ans et neuf mois, natif de Nonorc, commune et canton de Raongerolles, arrondissement de Castel-l'Africain, département de Tarn-et-Lot, né le 5 mars 1848, suivant qu'il est constaté par son acte de naissance produit en bonne forme, docteur en droit, domicilié à Montauriol, fils majeur de défunt Arnaud de Maillebru-le-Noir, lorsqu'il vivait pasteur de l'Eglise réformée au bourg de Goz-sur-Veyre, en Aveyron, et décédé le 2 décembre 1853 à Cayenne, chef-lieu de la Guyane française, suivant qu'il est constaté par son acte de décès produit en bonne forme, et de Jeanne Aurimond, veuve dudit Arnaud de Maillebru, rentière, domiciliée audit Montauriol, ici présente et consentante, d'une part ;

» Et

» Demoiselle Yonne-Marie-Anne Foÿssac, âgée de dix-neuf ans et deux mois, native d'Ulbias, commune et canton de Barnade, arrondissement de Montauriol, département de Tarn-et-Lot, née le 1ᵒʳ octobre 1855, suivant qu'il est constaté par son acte de naissance produit en bonne forme, sans profession, domiciliée audit Montauriol, mineure, fille de défunt Justin-Secondat Foÿssac, lorsqu'il vivait négociant, domicilié audit Montauriol, décédé le 10 mai 1857, ainsi qu'il appert de son acte de décès produit en bonne forme, et de défunte Evelina-Clotilde Ignal, lorsqu'elle vivait rentière, domiciliée audit Montauriol, décédée à Durfort, canton d'Æglar, arrondissement de Quilec, département de Tarn-et-Lot, suivant qu'il est constaté par son acte de décès produit en bonne forme ; assistée, la susdite demoiselle, de son tuteur, Augustin Foÿssac, dit Titi, né le 12 juin 1805 à Mousclâs, commune de Pidouq, canton de Navalette, arrondissement d'Auch, département du Gers, régulièrement muni de l'autorisation du conseil de famille de sa pupille, icelle

domiciliée et demeurant avec lui, domicilié lui-
même place des Moustiers, n° 1, ici présent et
consentant, d'autre part;

» Lesquels

» Nous ont déclaré et requis de procéder à la célébration du mariage projeté entre eux et dont les
publications ont été faites devant la principale
porte de notre maison commune, savoir : la première, le dimanche 9 février présent, à l'heure de
midi, et la seconde, le dimanche suivant, 16 du
courant, aussi à l'heure de midi; lesdites publications ayant été aussi faites dans les communes d'Ulbias et de Raongerolles les mêmes jours de dimanche 9 et 16 février courant, ainsi qu'il conste des
certificats des maires, officiers de l'état civil des
deux dites communes, également produits en bonne
forme... »

— Ouf! fit M. Titi, tout éberlué de ce style prodigieux, quel ithos et quel pathos! Ah! mes enfants! on n'avait aucune idée de ça, j'en sue sang
et eau!

L'atrabilaire magistrat aux mâchoires de boule-
dogue enveloppa d'un regard enflammé le téméraire qui s'était permis une telle incartade; après
quoi, se tournant plus risible et plus bourru que
jamais vers les futurs, il leur lança cette brève
interrogation :

— Avez-vous fait par-devant notaire un contrat de mariage ?

Étonnés de l'accent et de la question exprimée en termes si malséants, ils s'envisagèrent avec quelque hésitation, et, pour eux, le bonhomme répliqua :

— Point ! ils n'y ont pas songé du tout ; et moi non plus.

— Silence ! encore une fois, monsieur, vous n'avez pas la parole.

— Eh si !

— Non pas.

— Excusez-moi, majesté.

Si cette réponse ironique fut très goûtée de l'auditoire qui ne put étouffer entièrement un ris assez peu respectueux, elle déplut infiniment au pompeux personnage qui, s'étant mordu les lèvres jusqu'au sang, bégaya :

— Je vais vous donner lecture des principales dispositions de la loi relatives au mariage ; écoutez, et debout !

Une vive rougeur vermillonna les joues de Gaspard qui, pressant entre ses mains celles de Marianne, avait beaucoup de peine à se contenir ; et la voix arrogante du butor s'éleva de nouveau :

— Voici :

LIVRE I. — TITRE V. — CHAPITRE VI
DU CODE CIVIL.

Des droits et devoirs respectifs des époux.

ART. 212.

Les époux se doivent mutuellement fidélité, secours, assistance.

ART. 213.

Le mari doit protection à sa femme; la femme obéissance à son mari.

ART. 214.

La femme est obligée d'habiter avec le mari et de le suivre partout où il juge à propos de résider; le mari est obligé de la recevoir et de lui fournir tout ce qui est nécessaire pour les besoins de la vie, selon ses facultés et son état.

ART. 226.

La femme peut tester sans l'autorisation de son mari.

Cette lecture, achevée non sans une extrême difficulté par le jésuite en paletot, dont la langue, naturellement empâtée, s'était encore épaissie au cours de la cérémonie, avait, ça va de soi, suscité chez les assistants des borborygmes invincibles qui se traduisirent en éclats de rire fous quand, empêtré de plus en plus, pontifical et doctoral, mais ne pouvant, en dépit de tous ses efforts, prononcer les formules de rigueur, il s'attira d'on ne sait quel impitoyable loustic, urbain ou rural, cette cruelle apostrophe :

— Abrège!

Irrité, le pédant se démena de telle sorte que, de sa glotte embarrassée, les mots sacramentels jaillirent enfin comme des balles et firent explosion autour de lui :

— Madame Jeanne Aurimond de Maillebru, consentez-vous au mariage de M. Hugues Gaspard de Maillebru-le-Noir avec Mlle Yonne-Marie-Anne Foÿssac, ici présente?

— Oui.

— Monsieur Augustin Foÿssac, dit Titi, consentez-vous au mariage de Mlle Yonne-Marie-Anne Foÿssac, votre pupille et nièce, avec M. Hugues Gaspard, vicomte de Maillebru-le-Noir, ici présent?

— Oui, pardi !

— Monsieur Hugues Gaspard, vicomte de Maillebru-le-Noir, prenez-vous volontiers pour épouse Mlle Yonne-Marie-Anne Foÿssac, ici présente?

— Oui, confirma d'un verbe éclatant le fils des capitaines huguenots.

— Mademoiselle Yonne-Marie-Anne Foÿssac, prenez-vous de plein gré pour époux M. Hugues Gaspard, vicomte de Maillebru-le-Noir, ici présent ?

Un souffle affirmatif fut la réponse de la délicieuse enfant des rustres catholiques, et l'officier civil poursuivit :

— Au nom de la loi, nous déclarons que M. Hugues Gaspard, vicomte de Maillebru-le-Noir, et Mlle Yonne-Marie-Anne Foÿssac sont unis par le mariage.

— Enfin ! ne put s'empêcher de dire celui qui jadis avait été le Benjamin du vieux Bruno, c'est fait et je respire !

— Attendez un instant ; il faut que notre secrétaire vous lise à présent la seconde partie de l'acte de mariage.

Et sur ce, le pontife se drapa dans son écharpe et dans sa dignité, tandis que l'enchifrené qu'on avait ouï déjà, feuilletant son fastidieux grimoire, ora derechef :

« ... Aucune opposition audit mariage ne nous ayant été signifiée, faisant droit à leur réquisition, après avoir donné lecture de toutes les pièces ci-dessus mentionnées, lesquelles demeureront annexées au présent acte, et du chapitre VI du code civil, intitulé du MARIAGE, avons demandé au futur époux et à la future épouse s'ils veulent se prendre pour mari et pour femme : chacun d'eux ayant répondu séparément et affirmativement, avons déclaré au nom de la loi que le sieur Hugues Gaspard, vicomte de Maillebru-le-Noir, et la demoiselle Yonne-Marie-Anne Foÿssac sont unis par le mariage. De quoi avons dressé acte en présence d'Évariste Navida, caissier de la maison Noël et fils, de Sébastien Alney, sous-bibliothécaire de notre ville, témoins de l'époux, et tous les deux domiciliés à Montauriol ; d'Aristide Sabarlus, ancien instituteur, domicilié à Viô, commune de Bruniquel, canton de Monclar, arrondissement de Montauriol, département de Tarn-et-Lot, et d'Achille-Hector-Roland Durambart, ex-commandant d'infanterie légère, domicilié au Tumulus-Romain, commune de L'Honor-de-Cos, canton de la Française-Quercynoise, arrondissement dudit Montauriol, département de Tarn-et-Lot, témoins de l'épouse, lesquels, après qu'il leur en a été donné lecture, l'ont signé avec nous et les parties contractantes sans exception. »

— N, i, ni, c'est fini !

Sur cette exclamation échappée à l'un des assistants, qui sans doute avait trouvé fort long l'accomplissement de cés oiseuses formalités, chacun se leva...

— Que personne ne parte avant que les intéressés aient apposé leurs signatures au bas du document matrimonial !

Et le raide officiant, toujours gourmé, tendait une gigantesque plume de jars aux conjoints qui gravirent l'estrade, accompagnés de leurs proches ainsi que de leurs amis, et s'approchèrent successivement du bureau. Le mari signa le premier, ensuite sa mère; puis vint le tour de ses amis, les deux sourds-muets; après ceux-ci, la nouvelle mariée s'avança.

— Ma fille, applique-toi, je t'en prie; écris lisiblement.

Tremblante et furtive comme une hermine, elle jeta quelques pattes de mouche sur le papier grenu du registre officiel, où, tout de suite après elle, Titi Foÿssac IV, dit la République et la Chrétienté, traça tous ses noms, prénoms et surnoms, qui prirent beaucoup de place, et les entoura d'un parafe pyramidal.

— Un fier seing !

— Oui, monsieur le clerc, répliqua le fondateur de l'ancienne maison des Quatre-Frères-Réunis, et qui n'a jamais été protesté.

Cette boutade, qui dénotait chez son auteur autant d'à-propos que de gaieté, réjouit tout le monde, y compris Marianne elle-même, un peu rassérénée, à ce qu'il semblait, et la cérémonie continua. Très alertes, les deux nonagénaires s'inscrivirent les avant-derniers, le magister avec beaucoup de soin, le vétéran à la diable ; et finalement la liste fut close par le plus rébarbatif et le plus bouffon des échevins, qui grava cette mention rigoureusement exigée par la loi : *Pour le Maire*, à côté de sa griffe, aiguë et tranchante comme la figure à claques dont la nature l'avait doté : Xavier-Raymond Zébédée, adjoint.

— Or çà, pédagogue, mon camarade, apprenez-moi donc à présent pourquoi ce pékin-là, qui n'achèvera point de tourner et de retourner ces paperasses timbrées et marquées de nos scels, a fonctionné tout à l'heure aux lieu et place de son supérieur !

— Eh ! quoi, guerrier, mon ami, vous ne l'avez pas encore deviné ?

— Nenni.

— Voilà : Son Excellence Agénor Renaud de la Bourse-Plate, ainsi dénommé par nos concitoyens depuis qu'il n'a plus un sou vaillant, est gentilhomme ! Et s'il se moque, lui, des papistes et des antipapistes, il n'a pas cessé de prôner la noblesse et le Roy. L'ancien régime, il n'y a que ça pour ce talon rouge ! et l'Œil-de-Bœuf reverdirait bientôt, si cela ne dépendait que de lui. Quoique maire ou.

plutôt bailli, comme il se qualifie lui-même, jamais, au grand jamais il ne s'est abaissé ni ne s'abaissera jusqu'au point de marier un noble qui se ravale et n'importe quelle gente roturière, ainsi que c'était le cas aujourd'hui. Fi! fi! lui, descendant de princes et seigneurs, consacrer une mésalliance, allons donc! c'est bon, ce rôle-là, pour un croquant, issu de croquants, tel que celui qui nous a tant agacés avec ses bredouillements insupportables et ses attitudes comminatoires de grand juge criminel.

— En vérité, ce serait pour ça que l'autre n'a pas officié?

— Pour ça.

— Sang et feu!... gronda le volontaire de l'an III, m'est avis qu'on aurait besoin d'une autre Terreur pour remettre au pas toute cette ribambelle de muscadins, de calotins et de chouans qui ne se souviennent plus des sans-culottes.

— On partage votre opinion, et nous ne serions pas le dernier à tailler des croupières à ces engeances, si nos médiocres Mirabeau et nos tout petits Danton de Versailles... Eh! mais, que nous veut encore ce triste oiseau? Tout n'est donc pas terminé?

— Seyez, seyez-vous!

On se retourna vers l'estrade d'où ce glapissement avait été lancé par le piètre assesseur du rogue officier civil, et l'on vit celui-ci s'efforçant d'ouvrir un large bec :

— Concitoyens, expectora-t-il enfin, ce n'est pas tout que de se soumettre aux lois civiles et sociales ; il en est de plus augustes sous lesquelles il faut que nous nous courbions. Honte et malheur à qui les nargue en ne craignant pas de se départir de ses devoirs envers le ciel ! On nous a certifié, mais nous nous sommes refusé constamment à prêter la moindre créance à ce rapport-là, que vous, par moi liés indissolublement aujourd'hui, vous n'iriez point, en quittant cette enceinte, vous agenouiller au pied des autels et rendre grâces à Dieu ! Serait-ce vrai ? Je ne puis y croire, et surtout de la part de l'un de mes frères, élevé dans la vraie foi ! Non, non, le fils de tant d'inébranlables champions de la justice et de la vérité n'oserait braver ainsi le père des humains et s'exposer par de semblables errements à ne trouver un jour en haut qu'un arbitre inexorable et sourd à toute pitié ! Songez-y, mortel incirconspect qu'un fol orgueil égare et prive des lumières surnaturelles ; songez à vos intègres ancêtres qui s'immolèrent pour la sainte cause. Et vous, fragile beauté, tendre fille née dans un autre bercail, vous, ouaille encore si pure, mais dont l'âme immatérielle est en butte, hélas ! à toutes les

corruptions, opposez un cœur d'airain à l'erreur ;
épouse chrétienne, avouez le Christ à qui vous devez non moins d'obéissance qu'à votre mari ; com-
battez le bon combat, et le transfuge à qui nous
vous avons unie en ce lieu sera tôt ou tard invinci-
blement ramené...

— Quoi donc ?... interrompit Marianne en adju-
rant du regard celui qu'elle aimait autant qu'elle
l'estimait ; eh quoi ?

— Tel est le rôle qui vous est dévolu, madame,
ajouta le farouche prédicant, et vous montrerez en
le remplissant envers et contre tous les pervers,
fussent vos proches, que les croyantes de ce pays,
si fidèles à la tradition, sont les dépositaires de la
vertu de leurs aïeules et n'ont point dégénéré
d'elles. A leur exemple, vous serez la servante, la
femme, mais non point la concubine de celui que
vous avez élu...

— Pardon, interrompit le dernier des Maillebru-
le-Noir ; il suffit, c'est assez.

— Assez !... se récria le Zébédée renversé de
l'audace, assez ?

— Oui, monsieur, et même trop ! Permettez-moi...
Si je n'ai pas protesté plus tôt contre les singulières
prérogatives que vous vous arrogez ici, c'est uni-
quement par égard pour le caractère public dont
vous êtes revêtu.

— Tous ceux qui requièrent mon ministère sont tenus d'écouter les remontrances légitimes qu'il est de notre devoir de leur adresser dans l'exercice de nos fonctions, et nous n'avons en rien excédé nos droits.

— Aucun droit, absolument aucun, ne saurait prévaloir sur celui que tout citoyen, après avoir satisfait aux obligations civiles et sociales, a de suivre, en matière religieuse, les inspirations de sa propre conscience...

— Oui, c'est cela, fils ! appuya Foÿssac, c'est bien cela ; libre à chacun de choisir son heure pour adorer Dieu ; puis celui que nous servons, nous autres, n'est pas un tyran !

— ... et, reprit Gaspard, en embrassant d'un geste la foule attentive, je déclare ici devant tous qu'en empiétant sur un domaine qui ne vous appartient point, vous avez outrepassé les limites de votre mandat.

— Un prévaricateur, moi !

— Voilà le mot que je n'avais pas voulu prononcer.

— Respectez en nous, monsieur, l'image vi, vi, vivante de la loi.

— Prêchez d'abord d'exemple en respectant vous-même ceux qui ne la méconnaissent pas et s'y soumettent.

— Elle vous régit...

— On en convient.

— ... Et vous régira !

— Ne nous protégera-t-elle pas aussi, s'il y a lieu?

— Prenez garde!

— A quoi?

— Dans nos codes, il y a des peines édictées contre quiconque nous outrage ou nous interpelle d'une manière...

— On n'a rien à craindre des institutions ni de ceux qui veillent à leur maintien, tant qu'on n'a pas failli.

— Vous nous avez attaqué !

— Nous nous sommes défendu !

— Je m'inscris en faux, et dès demain, ailleurs, j'exposerai...

— Brisons là, de grâce, et veuillez souffrir, pour mettre un terme à ce pénible conflit, qui n'a été provoqué par aucun des miens, que nous nous retirions en vous remerciant de vos offices en ce qu'ils ont eu de courtois.

Étranglé par la colère et fort ahuri d'avoir été si noblement mouché, l'infatué piétiste essaya bien d'envoyer une dernière épître aux Amalécites en retraite; mais, hélas! aucun son articulé ne sortit de ses lèvres sifflantes, inondées de salive;

et ce n'est qu'après mille bégayements et non moins
de contorsions qu'il réussit, un peu tard, à dé-
cocher ce bizarre salut :

— Allez, et n'oubliez pas l'offrande pour les
pauvres...

Seul avec les époux, qui, souriants, marchaient
bras à bras devant lui, le « ciron, » sur le point
de sortir de la vaste salle où s'était célébré leur
mariage, entendit ces paroles auxquelles sur-le-
champ il riposta :

— Les pauvres ! ils nous connaissent et l'on s'en
charge !

Il ne tarda guère à prouver que ce n'étaient pas
là des mots en l'air. Aperçu par la foule entassée
au dehors et que contenait à grand'peine une
escouade de policiers, alors qu'appuyé sur ses
deux vieux commensaux il descendait tout radieux
les marches monumentales du palais, il fut acclamé par elle dès qu'il eut touché du pied les dalles
de la cour, et soudain une nuée de morveux en
guenilles, de l'un et l'autre sexe, accourus là moins
pour recevoir l'aumône que pour voir de près ce
rare bienfaiteur, inconnu d'eux, moutards, mais
dont ils avaient tant entendu parler, hiver comme
été, sous les toits délabrés de leurs parents, l'envi-
ronna.

— Soldats du guet, écartez-vous un peu, rompez

vos rangs, s'il vous plait ! et laissez venir à moi
ces chers petits enfants...

Ainsi sollicités par celui que tous les gens du
peuple honoraient et révéraient à l'envi, les *soldats
du guet* (aujourd'hui même, on ne désigne pas autrement à Montauriol les sergents de ville, héritiers
du nom que portaient jadis les gardes de la cité),
cédèrent, en dépit de la sévère consigne qu'ils
avaient reçue des édiles ; et, libre d'approcher du
philanthrope, la marmaille se précipita sur lui,
criant :

— O papa, bon papa !

— Tenez, blondins, prenez...

Une pluie d'argent et d'or s'abattit tout à coup
sur eux, et l'averse dura longtemps. Ah ! ces piécettes ! ah ! ces louis ! il y en avait des flots dans
les poches du prodigue qui répandait cette ondée
métallique ; et quand enfin elles furent vidées, il
puisa dans celles de ses compagnons jusqu'à les
tarir.

— Rien, ni cuivre ni ferraille, absolument rien
dans mon gousset, observa le magister, et dans le
vôtre, major ?

— Il y a plus de cinq minutes que ma bourse est
à sec.

— Comme mon porte-monnaie, ajouta Maillebru,
je suis sans le sou.

— Fouillez dans mon escarcelle, dit Marianne, et que mon père distribue à ces mignons tout ce qu'il y a; pour l'amour de Dieu, laissez-le faire, Gaspard; il est si heureux!

— Et nous le sommes aussi, vous comme moi, je pense?

— Oui, murmura-t-elle en baissant les yeux; et cependant...

— Achève.

— On est obsédée d'une noire pensée; je tremble pour lui! Le quitter, et ce soir même; obtenez qu'il renonce à nous exiler.

— Il est inflexible à cet égard; en vain, ce matin, je l'ai sollicité.

— Ne vous découragez pas, insistez encore, il se rendra.

— Sa résolution est prise, et vous seule peut-être...

— Il n'écoute que toi.

— S'il m'avait entendu, ce serait chose faite! enfin, tout à l'heure ensemble nous le supplierons de nouveau.

— Voyons, voyons, en voiture! ordonna le docteur Râb dès que la dernière obole eut été versée, et vous, mon cher monsieur Titi, soyez prudent là-bas, chez vous, où j'ai le regret de ne pouvoir vous reconduire.

— Hein ?

— On m'attend à deux lieues d'ici, dans le Val-
aux-Taupes, sous Griguemas, où tantôt, le train
d'Auvergne...

— Une catastrophe ?

— Hélas ! un garde-barrière, ainsi que sa
femme et plusieurs passants ont été grièvement
atteints, selon le filleul de l'une des victimes,
ce garçonnet, avec qui je pars sur-le-champ en
tilbury.

— Trottez, galopez, volez, et que ces malheureux ne manquent de rien. On est là ! donnez-leur
et je vous rendrai. Vite ! allez vite, et revenez-
nous, s'il se peut.

— On reviendra, mais encore une fois, possédez-
vous, sinon...

— A présent ! ça m'est bien égal, la foudre ne
m'effraye plus. Hier encore, elle m'eût troublé ;
mais aujourd'hui tombe le tonnerre ! On n'a plus
peur de lui, ma tâche est terminée... A revoir,
n'est-ce pas ? à revoir !

Ils se quittèrent là sur le parvis de l'hôtel de
ville, et, quelques secondes après, l'un, en compagnie du triste messager, courait à bride abattue
vers la bourgade où le réclamaient des devoirs
impérieux ; l'autre, suivi de son peuple fidèle,
roulait lentement vers sa maison, au faîte de la-

quelle dialoguaient encore les deux âmes damnées du bénin Noubelô :

— Sœur, ma bien chère sœur, ne voyez-vous rien venir?

— Rien que l'herbe qui verdoie et le soleil qui poudroie.

— Y a-t-il toujours autant de presse là-bas sur le Mail?

— Encore plus.

— Ah! ça me passe et j'endève! une telle fête à ce païen-là!

— Tout n'est pas fini; patience! rira bien qui rira le dernier.

— Rire?

— Oui, va, nous jouirons de leurs grincements de dents et de leurs lamentations que j'entends déjà.

— Pécaïre! je n'entends, moi, que le battant de la grosse cloche de Saint-Haï; quelle heure est-ce à présent?

— Trois un quart.

— Eh! non pas!

— Si, mon frère.

— Ils devraient être de retour ici; vraiment la mascarade a duré plus longtemps que je ne l'aurais cru.

— Nous espérons que d'autres que toi se seront

trompés aussi dans leurs calculs : si l'homme propose, Dieu dispose! et qui compte sans son hôte
compte deux fois!

— On connaît ces consolants proverbes, et même
un autre refrain que chantonnait à tout bout de
champ Père Iguail, le premier froc que j'ai servi :
Tel cuide engeigner autrui qui souvent s'engeigne
lui-même... Oh! mon Dieu! benoîte, qu'avez-vous
à pâlir ainsi? vous devenez plus blême qu'un
cierge !

— Ils sont là, quelle masse de goulus! ils s'a-
vancent, tout le monde a l'air joyeux; ils se pavanent; avant trois minutes ils débarqueront à notre
porte, et le sabbat commencera.

— Je vais voir un peu.

— Quoi?

— Leur rentrée.

— Il faut demeurer où l'on est bien; ne bouge
d'ici.

— Je suis, vous le savez, curieux, fort curieux
de mon naturel.

— La curiosité ne vaut rien, et c'est, en outre,
un péché...

— Véniel.

— Erreur! aussi mortel que l'envie, la gour-
mandise, la paresse, la luxure et les autres péchés
capitaux.

— Oh ! que nenni !

— Si fait.

— Ta ta ta ; si je le commets aujourd'hui, demain on m'en absoudra.

— Gare ! assister à pareille comédie, il y va de l'inflammation de ton âme !

— On n'y croit goutte ; avez-vous enflammé la vôtre, vous ?

— Suis-je curieuse, moi ?

— Non, mais avare.

— Econome ! petit insolent ; et l'économie est une vertu.

— Soit ; bonsoir.

— Reste !

— Il m'est impossible de résister à la tentation, et dussé-je en être puni, je veux voir le museau qu'ils feront en descendant de carrosse, à l'aspect de leur lépreuse bâtisse tout enguirlandée et fleurie comme une châsse.

— A ton gré ; pour moi, qui ne saurais être témoin volontaire des honneurs qu'on s'apprête à rendre à ce déshonoré, je ne sors pas de mon trou. Va, va, tiède chrétien, et puisqu'il t'attire, ce spectacle condamnable, aie soin de le regarder à pleins yeux et de n'en perdre aucun menu détail, afin de rapporter à notre estimé recteur tout ce qui s'y sera dit et fait.

— Très bien ! une fine mouche, c'est moi, sans vantardise ! aussi fiez-vous-en à mon œil ; on servira la chapelle et le chapelain saura... Bon Dieu, quel orchestre ! ils sont arrivés, Tôn, ma belle Tôn, ils sont arrivés !

— Encore deux mots, Simplice ; attends, reviens, écoute-moi...

Vain appel ! le gredin avait dégringolé tout l'escalier et déjà se trouvait en bas dans la rue, au milieu de sept à huit sonneurs du pays haut qui jouaient de la cornemuse entre deux mais ornés de banderoles versicolores, en arrière d'un grand arc de verdure sous la voûte duquel devait forcément passer pour rentrer chez soi le bien-aimé dont la calèche avait été signalée au loin, et qui, juste en ce moment-là, traversait la chaussée jonchée de verveine et de fleurs, entraîné par les siens, applaudi de la foule...

— Ah ! çà, souffla-t-il en levant la tête, en quel temps a-t-on pu parer ainsi, du pinacle au rez-de-chaussée, ma maussade bicoque et planter tant de mâts sur le pas de ma porte ? En vérité, c'est inouï, c'est confondant !

— Tout était préparé de longue main, père, et depuis hier matin nous savions tous que l'on vous réservait cette surprise ; êtes-vous content de votre troupeau ?

— Les braves cœurs ! ils me gâtent ! et je mourrai de plaisir ! Un peu d'air, fillette, et vite, un siège ! Ah ! c'est trop de bonheur vraiment en un seul jour, et j'étouffe...

On s'écarta pour lui permettre de respirer, et quand il eut repris haleine, il franchit, inondé de joie, le seuil du logis et s'assit entre les deux époux sur l'un des quatre fauteuils placés au milieu du couloir dont les carreaux étaient garnis de riches tapis, les murs de précieuses tentures, et tout au fond duquel se dressait un somptueux autel de feuillage pavoisé de drapeaux nationaux, où dominait l'écarlate.

— Il convient qu'il en soit ainsi, puisque c'est la couleur du peuple et qu'aujourd'hui le peuple, guerre à l'avocasserie qui le flagorne ! est censé souverain ; ailleurs, chez le clergé, par exemple, le bleu l'emporte et le blanc à la cour ; ici, c'est le rouge : à merveille !

Et, demi-gai, demi-grave, tout en considérant fixement un splendide oriflamme qui planait au-dessus de tous les étendards tricolores, il écouta les musettes paysannes, gonflées comme des outres pleines, et les fifres des faubouriens, auxquels s'adjoignirent bientôt quelques cuivres de la Trompe-Civile et l'éclatant tambour du crieur public Olcla.

— Bravo ! voilà des musiques comme je les aime !
et toi, Marianne ? et toi, Gaspard ? et vous, madame de Maillebru ? N'est-ce pas, que c'est franc,
cela ?

Personne n'essaya de le contredire : il était aux
anges ! et puis, de chicaner sur l'art classique et
sur l'art champêtre, ce n'était vraiment pas le moment ; on eût au surplus été fort empêché de s'entendre, car, très douce d'abord et très mesurée,
l'aubade ayant pris un autre diapason, retentissait
héroïque et folle.

—On se croirait à Valmy ! remarqua le vétéran
de la grande République ; à la bonne heure, parlez-moi de ça.

— C'est superbe, répondit le vainqueur de Juillet ; il n'y manque que la voix des fédérés en
armes !

— Un instant ! temporisons un peu ; peut-être ça
viendra ! minute !

On attendit, et ce qui vint eut un tout autre caractère, à la fois grandiose et patriarcal. La caisse
roulante de l'ex-maître tambour du 25e léger avait
à peine cessé de battre et les cors de chasse des
paysans forestiers du Rouergue répandaient leurs
dernières fanfares, qu'un maigre et droit laboureur,
rude et ridé comme un saule, le tablier de basane
autour des flancs et l'aiguillon de houx au poing

gauche, émergea de la frondaison, entouré de bis-
treux tâcherons de faubourg et de campagne, et
s'avança naïf, ingénu, tenant à la main droite un
neigeux rameau, quelques gerbes de roses sauvages, ainsi qu'une fraîche guirlande de chêne et
de laurier, vers le plus parfait des apôtres de la
Fraternité.

— Notre père, dit-il, quasi biblique, de la part de
tous les malheureux dont vous êtes la providence
et l'ami, j'offre à chacun des mariés un bouquet
d'églantine ; à la mère de votre nouveau fils cette
branche de lilas ; enfin, à vous-même, la couronne
que voici !

Parcouru d'un grand frisson et les prunelles
noyées en de bouillantes et délicieuses larmes, le
nain se redressa de toute sa hauteur et saisit entre
ses mains fiévreuses et glacées celles du rustique
orateur :

— Enfants, ô mes enfants, merci ! ces bouquets-
là, ma fille et mon fils peuvent les prendre, et ma
sœur nouvelle a le droit d'agréer aussi cette ra-
mille, emblème de sa vertu ; mais moi, je ne puis
ni ne dois accepter votre hommage ; excusez-moi,
mon trop mince mérite ne vaut pas cet excès de
bonté. Nenni, nenni ! De pareilles récompenses, il
faut les garder aux géants ; or, moi, réfléchissez-y,
je ne suis qu'un nabot...

— Turlututu ! s'exclama le major; votre nom, citoyen, si nous étions encore à cette époque sans pareille que j'ai vue en mes primes années, serait inscrit au Panthéon.

— Oui ! oui ! cria d'une voix unanime le populaire, qui devinait plus qu'il ne comprenait le sens de ces formules du cycle révolutionnaire; il n'y a jamais eu dans notre cité de bourgeois tel que vous.

— Si fait, mes chéris, si fait ! il en est beaucoup, beaucoup qui me dament le pion et je m'efface devant eux avec respect... Tenez, cette tresse de verdure que vous me destiniez, il faut en orner un autre front qui, trop modeste, se dissimule ici ! Regardez parmi vous, et vos yeux y découvriront le plus noble des pauvres. Il y a trois ans et demi que le magnanime misérable dont je parle, et que j'honore à l'égal d'un saint, ayant versé les deux tiers de son sang sur les champs de bataille, opta, la France démembrée, pour la nationalité française et, de cette ville où l'avaient porté ses pas et le besoin de gagner pour les siens et pour lui le pain quotidien, s'en alla, saignant encore de ses blessures, en Alsace, sa patrie, et c'est de là qu'il nous ramena dans une charrette à bras sa femme paralytique et ses cinq petits, dont deux au maillot; trois cent cinquante lieues à pied, dans les boues, sous la trombe et le givre et le gel, à travers la tempête ; il fit cela, ce preux, ce compagnon du devoir ! et sa nichée, qu'il charria, comme une bête de somme, jusqu'en cette cité, réside aujourd'hui saine et sauve en nos murs et vit du trop modique salaire qu'il ne vole certes pas ! en ramant dix-huit heures par jour. Honneur à cet ouvrier-là ! C'est un héros ! Hors des rangs, chevalier ! En mes bras, Isaac Kliœmœckers ! A moi, viens ! Et vous autres, saluez ce frère dépatrié, ce Français natif des bords du Rhin, qui ne verra peut-être plus son pays natal et dont la tente est transplantée ici !... Bien qu'il ne soit pas de notre religion, il est digne d'être par vous traité comme un vrai disciple du Christ. Embrassez-le, camarades, embrassez-le, et si vous m'en croyez, décernez-lui cette couronne-là. Nul de nous, je le jure, ne l'a mieux méritée que ce juif !

Et le juste indiquait un plébéien jeune encore, aux mains noueuses et voûté, dont la sculpturale figure aquiline était marquée du sceau fatal que les ineptes persécuteurs de toutes les nations de l'Europe et de l'Asie et de l'Afrique ont imprimé depuis dix-huit siècles sur le front foudroyé des fils indestructibles d'Israël.

—Lui ! murmura-t-on en se reculant de celui qu'on réputait maudit, tant certains préjugés sont enracinés au fond des entrailles des ignorants ; lui, le brasseur ?

— Oui, lui.

— Jamais ! il descend de ceux qui meurtrirent à coups de verges et clouèrent encore vivant le bon Dieu sur la croix du Calvaire !

— On n'a pas le droit d'imputer aux neveux innocents les crimes de leurs coupables ancêtres; si ses majeurs faillirent, il est, lui, de ceux dont on est fier de se dire le frère et qui, je vous le déclare en mon âme et conscience, sont la gloire de l'humanité !

— Monsieur Titi !

— Votre cadeau, je le reçois, il m'appartient; or, puisque c'est ma propriété, je le transmets au meilleur d'entre nous !

Et Foÿssac IV embrassa l'homme, puis le couronna.

— Major, on est chaviré ! je pleure comme une bête !

— Et moi donc !... Cordieu ! magister, c'est crâne, ça !

Les deux aïeux n'étaient pas les seuls qu'un si beau mouvement eût touchés ! Émus, attendris, tous les assistants l'étaient également, et chacun étreignait avec effusion celui de qui naguère encore on se fût éloigné comme d'un pestiféré ; tant il est vrai que, lorsque l'exemple part de haut, tout le monde s'y conforme, et que la grandeur morale impose aux masses et les transfigure souvent en un clin d'œil.

— Au nom de tous mes frères errants, soyez béni !...

La parole expira dans la gorge de l'Hébreu, dont toute la race avait été réhabilitée d'un mot, et tandis que, tremblant de tous ses membres, il essuyait sa longue barbe fourchue où ruisselaient de lourds pleurs, cette foule de chrétiens assemblés autour de lui sentaient se dissoudre en eux la haine et le mépris qu'ils avaient nourri si longtemps dans leurs âmes contre ce paria qui, loin à présent de leur sembler bas et vil, leur paraissait surhumain et sacré.

— Maître, s'écria tout à coup Gaspard, dont le cœur débordait d'admiration, nul ne vous égale, et c'est avec orgueil que je me proclame de votre école, oui ; mais vous êtes trop désintéressé ; tant d'abnégation a droit à une récompense, or voici celle qui vous est due.

Et quoi disant, il dénoua le ruban rouge qu'il avait à la boutonnière et l'attacha d'amblée à celle du néo-Caton.

— Non, petiot, non pas.

— Si ; laissez-moi réparer ici l'injustice ou l'ou-

bll de ceux qui nous gouvernent et souffrez que
mon humble main vous décore ; on m'a gratifié de
cette croix, parce que, patriote, j'ai peut-être, en
résistant à l'invasion, donné la mort à quelque
sujet du Kœnig ; agréez-la, je vous prie, elle sera
mieux placée sur votre poitrine, à ,vous qui sau-
vegardez la vie de tant de déshérités. Oh! je
vous en supplie au nom de tous ceux qui nous entourent, quand ce ne serait que pour aujourd'hui,
portez-la, père, portez-la !

Les sourds-muets que l'ex-officier de mobiles
avait éduqués sanglotèrent, et Marianne sauta follement au cou de son mari.

— Mes enfants! ô mes amis! ô mes cœurs! ô
mes rois !

Et, succombant à sa félicité, l'inépuisable aumô-
nier de la ville et de la banlieue baisait, tout pâle,
hors de soi, les têtes de ses proches et serrait
avec un tel abandon les mains tendues vers lui
qu'il eût été fort gourmandé par le docteur Râb, si
celui-ci, par aventure, avait été là...

— Ça y est, glapit soudain la voix aigrelette et
discordante de Simplice ; mesdames et messieurs
sont servis.

— Eh bien! à la miche! grommela la vieille
moustache ; assez et trop de giries comme cela,
n'est-ce pas, Sabarlus ?

— Oui, Durambart, oui, mon ami, vous avez raison !

— Nom de Dieu ! c'est qu'à la fin des fins, il fait faim !

— Mort de ma vie ! En voilà des façons de langage à rendre jaloux un troubadour de la gaie science.

— On est troupier, parbleu !

— C'est clair.

Et, tout en tirant l'un avec l'autre au court bâton, les deux grognons, encore vigoureux, quoiqu'à l'âge où tant de leurs pareils sont cacochymes ou ramollis, soulevèrent leur trop heureux amphitryon, qui n'en pouvait plus d'aise, et l'ayant emporté prestement à travers le vaste jardin où une kyrielle de tables et de bancs avaient été disposés le long des allées et parmi les ronds-points, ils le déposèrent dans une immense serre que mille végétaux exotiques en des vases de tout calibre garnissaient la veille encore.

— Ah ! je suis rompu ! fit l'imprudent goutteux en se laissant choir avec une satisfaction marquée dans son large fauteuil à roulettes qu'on avait transféré là, contre la table principale en fer à cheval, où deux cents couverts au moins étaient dressés ; un Hercule et moi ça fait deux ! mon Dieu, quelle fatigue !... Eh bé ! mais, qu'as-tu, fille, et toi, gar-

çon ?... Ne vous tourmentez pas, nigauds! ça va
mieux à présent; oui, très bien! Imitez-moi donc,
seyez-vous!

On s'assit autour de lui ; Gaspard à droite, Marianne à gauche, et vis-à-vis Mᵐᵉ de Maillebru-le-
Noir, ainsi que les quatre témoins ; puis les autres
personnes au hasard, et celles qui ne purent se
caser là s'installèrent commodément au dehors,
sous les charmilles, où le gros des invités se trouvait établi déjà.

— Voyons, y sommes-nous, tous?

— Oui.

— Bon! alors, réfectionnons en chœur : *In no-
mine Patris...*

Simple et familier comme s'il eût été seul avec
sa nièce et sa servante dans la petite salle à manger de la maison où pendant tant d'années il avait
vécu malade et solitaire, le doux vieillard, ainsi
qu'il avait accoutumé de le faire matin et soir avant
chaque repas, se signa dévotement et récita le bé-
nédicité.

— Trois fois amen! grommela le reître après que
la prière eut été dite; ainsi soit-il! et, maintenant,
mastiquons.

— Hé! ce n'est pas si facile, soupira le régent,
il ne me reste guère de quenottes... En avez-vous
encore, vous?

— Une en haut et deux en bas; mais elles valent les trente-deux d'un conscrit, et pourtant ce sont celles qui jadis, en Allemagne, déchiraient si rondement la cartouche.

— Eh! pardi, c'est la poudre qui vous les a conservées.

— Il se peut bien.

— N'en doutez point.

— Oh! je ne doute de rien, moi... Tout beau, ce tapioca me ravigote!

— Il est divin, en effet, et, parole de pleutre, comme vous m'appelez souvent, on s'en lécherait les doigts.

— Épicurien!...

— Hé! monsieur Titi, vous qui m'attrapez, croyez qu'Épicure avait du bon et Lucrèce son disciple, aussi.

— Lucrèce?

— Oui.

— Quoi! vous choyez les athées? Il est vrai que celui-là, j'en tombe d'accord, était aussi féroce que M. Râb, lequel a pour lui bien de l'estime et le cite à tout bout de champ.

— Peste! il sait donc tout, notre docteur, et même le latin?

— Aussi bien que vous, pédagogue, qui l'enseignâtes à tant d'enfants.

— Si peu.

— Comment, si peu ! pendant trente-quatre ou cinq ans...

— Et demi, s'il vous plaît ; oui, mais quoi ? *Rosa*, la rose ; *amo*, j'aime ; *asinus asinum fricat ;* ensuite *bonus*, *bona*, *bonum*, et *dominus*, le seigneur ; rien au delà.

Ces savants devis, auxquels la majorité des convives, trop illettrés ou trop timides pour y prendre part, ne s'était point mêlée, ricochaient depuis assez longtemps déjà ; faubouriens et campagnards aucunement habitués à se régaler de mets aussi délicats que ceux que leur prodiguait tout un bataillon de servants en habit noir et cravate blanche, comme chez les princes, savouraient à l'envi la cuisine vraiment extraordinaire des maîtresqueux du *Grand-Ail*, le premier hôtel de la ville, qui s'étaient surpassés dans la préparation de ce colossal dîner de quinze cents couverts, où les truffes périgourdines abondaient, ainsi que les plus fines victuailles du Nord et du Midi, témoin maint gibier du Jura, force poissons de la Manche et de la Méditerranée, nombre de chapons du Mans, quantité de foies gras d'Alsace et du Quercy, mille pâtisseries bordelaises et parisiennes, bref toutes sortes de friandises, sans compter d'authentiques spécimens des crus inappréciables de la Guyenne et

de la Bourgogne, quand, tout à coup, une voix jeune
et chaude s'éleva, traitant de choses plus acces-
sibles à tant d'ignorants, et si sérieuses qu'au dedans comme au dehors de la serre toutes les con-
servations privées s'éteignirent sur-le-champ et
que, grâce au silence général, elle fut perçue d'un
bout à l'autre du jardin :

— Oui, disait Maillebru, cela se fera. Voici plus
de vingt ans que notre père y pense, et, si sa maladie ne l'en avait empêché, ce serait fait déjà.
Soyez tranquilles! on réparera le temps perdu.
Qui? moi! Fortuné, robuste et jaloux d'ailleurs de
suivre autant que possible les traces de celui qui
m'a jugé digne de le suppléer, il me tarde, croyez-le,
de réaliser son rêve, et je le réaliserai, recevez-en
ici la promesse formelle. Avant peu, comptez-y,
les landes incultes et marécageuses de Matricorb,
acquises des deniers de votre vieil ami, seront dé-
foncées, et ce terrain vague, improductif depuis
des siècles, deviendra, facilement bonifié par les
eaux ambiantes du Nerve et de la Quivry, l'un des
plus fertiles de la contrée. Une fois défriché, cana-
lisé, l'on y bâtira, selon un plan adopté, des locaux
convenables et distincts, où tout indigent de la
plaine et de la montagne trouvera, pour les siens
et pour lui, l'asile qui leur manque, et nos détracteurs, car nous en avons, et beaucoup! verront

bientôt une prairie de vingt mille arpents s'étendre
là même où ne poussent encore aujourd'hui que
ronces et chardons. Élevées autour du futur pacage,
les cent habitations projetées seront occupées par
les plus nécessiteux du pays, auxquels sera sitôt livré le bétail dont l'élevage leur incombera.
Ceci n'est point une spéculation de bailleur à pre-
neur. Écoutez-moi, comprenez-moi : loin de nous
l'intention de fournir à des nécessiteux un cheptel
pour que le produit en soit partagé plus tard entre
eux et nous ; il ne s'agit pas de cela ! Nulle exploi-
tation de l'homme par l'homme n'entre dans nos
idées ; on offre purement et simplement, à quiconque veut vivre à la sueur de son front, ainsi que
c'est le droit de tous ici-bas, des troupeaux et le
pâturage où les garder ; on assigne à ceux qui ne
possèdent rien une propriété. Voici, mes amis,
voici ; je m'explique : Acheté pour les pauvres et
devant être à jamais leur domaine, ce bien-fonds,
ce grand herbage dont je vous parle, resterait
inaliénable, il est vrai ; mais au bout de vingt ans
de services, tout colon, tout herbager n'ayant, en
rémunération de sa peine, touché jusque-là que
des gages suffisant à la subsistance de ses proches
ainsi qu'à la sienne propre, serait loti par la com-
munauté d'une bâtisse sise dans un lieu quelconque du département et pourvue de terres adjacentes

d'un rapport annuel de douze à quinze cents francs !
Or, il résulte des calculs les plus rigoureux que,
ce laps de temps écoulé, grâce aux revenus de la
Société, trois ou quatre cents familles rurales, sans
feu ni lieu, sans sou ni maille aujourd'hui, jouiront
d'une honnête aisance et qu'en outre on pourra,
dès lors, ouvrir en nos bourgades, villages et ha-
meaux une cinquantaine d'écoles gratuites, aux
frais et charges de l'Œuvre Fraternelle en pleine
prospérité.

— Vive son fondateur !

— Il vivra ! poursuivit Gaspard avec une certaine
mélancolie ; il vivra toujours dans la mémoire de
l'humanité, ce bienfaiteur qui songea sans cesse à
soulager ses semblables... Ah ! tenez, apprenez à
le connaître tout entier. Ennemi de la misère et de
l'ignorance, les pires des fléaux et peut-être les
causes uniques de nos discordes nationales, s'il
s'est inquiété de ses frères de la campagne, il a
cherché le moyen d'aider aussi ses frères de la
ville. Une somme considérable et destinée à secourir l'ouvrier est déposée en mains sûres. Elle servira tôt ou tard à l'affranchissement du travailleur.
Aujourd'hui, bien que nous soyons en république,
les gens qui tiennent le timon des affaires, nés
dans le sein des classes privilégiés et, par esprit
de caste, hostiles aux classes laborieuses, nous

contesteraient certainement le pouvoir d'en user à
notre gré; donc, renonçant momentanément à la
formation d'une Société Coopérative, nous utilise-
rons autrement les ressources dont nous disposons
d'ores et déjà...

— Comment?

— Hélas! on n'est guère embarrassé! La créa-
tion d'une maison hospitalière se présenta d'abord
à notre attention et longtemps l'accapara; mais, réflexions faites, jugeant que, si, dans ces vastes éta-
blissements où l'on est contraint de vivre pêle-
mêle et dont le régime ressemble trop à celui que su-
bissent les reclus dans les maisons de force, chaque
pensionnaire est à l'abri des nécessités matérielles,
il ne saurait y recevoir la satisfaction d'aucun besoin moral, nous avons adopté, dans l'intérêt de
ceux pour qui s'exerce notre sollicitude, un système
d'assistance en vigueur déjà de l'autre côté de la
Manche et bien digne, ce semble, d'être pris en
considération par nos administrations publiques
si routinières! Ainsi, par exemple, au lieu de sé-
questrer en tel ou tel hospice, comme cela se pratique partout, l'invalide à qui ses infirmités ou son
âge ôtent, en lui défendant d'agir, la faculté de
gagner son pain, nous le plaçons, nous autres,
soit chez ses parents, s'il en a, soit chez des
particuliers de probité reconnue, et nous obtenons

ceci, que la somme affectée à l'entretien de notre
pensionnaire sert en même temps à l'alimentation des
personnes besogneuses qui se sont chargées de lui.
D'autre part, libre de se conduire et non as-
treint à se départir brusquement de certaines habitudes invétérées, suprême consolation des vieillards
et des impotents, celui-ci serait bien plus heureux
là qu'il ne pourrait l'être au fond d'un hôpital, où
chacun est soumis à des règles toujours tracas-
sières, parfois vexatoires et rendues souvent insupportables à tous par l'inhumanité de quelque
odieux mercenaire, commis pour en surveiller
l'observance...

— Oui ! oui !

— Permettez ! Une centaine de Montauriolains
dans la détresse, hommes ou femmes, sont inscrits
à cette heure sur les listes que nous avons dressées,
et notre clientèle augmentera. Comment faire face,
demanderez-vous, aux dépenses qu'exige l'approvi-
sionnement de tant de monde, sans altérer le capital
mis à notre disposition? Ne vous alarmez point, tout
est assuré, le problème est résolu. Depuis quelques
jours, nous sommes nantis d'un acte par lequel le
gouvernement nous accorde de construire à nos
risques et périls un pont à la pointe du Cûlc et d'y
percevoir, un siècle durant, tous les droits de péage.
Or, qui de vous ignore ici que les régionaux des

deux grèves du Tarn, n'ayant en cet endroit-là qu'un bac impraticable en hiver, vu la violence des eaux, sont obligés pour leurs relations, ce qui leur prend une demi-journée au moins, d'aller passer la rivière au pont suspendu du Rimph. A ces causes, nul d'entre eux, évidemment, n'hésiterait à débourser quelques sous pour la franchir sur le nôtre; on en est d'autant plus persuadé que, dans leurs pétitions réitérées et toujours vaines, ils s'engagaient tous à payer pour cela même à l'État cinquante centimes par charroi et vingt-cinq par tête d'homme ou de bétail. Le succès de l'entreprise est donc certain; nous savons dès aujourd'hui que, grâce au commerce de blé qui fleurit dans les deux gros bourgs, sis vis-à-vis l'un de l'autre au point où nous nous proposons de bâtir, et jusqu'ici sans trait d'union à travers le fleuve qui les sépare, les droits de péage nous procureront amplement de quoi sustenter à notre guise tous nos clients. Ainsi, nous aurons été non seulement très utiles à de nombreux campagnards, en facilitant, moyennant un léger tribut, leurs rapports journaliers; non seulement les redevances de ces braves gens nous donneront la faculté de subvenir aux besoins des pauvres citoyens dont nous aurons assumé la tutelle; mais encore les fonds consacrés à protéger aussitôt que possible l'ouvrier contre d'intraitables patrons ne seront pas perdus! Et c'est là, mes amis, c'est là ce qu'a trouvé moins en son cerveau qu'en son cœur un meilleur que moi : Je porte un toast à sa chère santé!

Tout le monde se leva d'un mouvement électrique et mille bras ensemble se tendirent vers le vénérable philanthrope, qui baissait la tête comme un coupable.

— O Gaspard! murmura-t-il en se redressant, tu m'as trahi!

— Père, à la vôtre!

— Oui, mes enfants! elle s'améliorera, je l'espère.

Et repoussant son assiette intacte, car, soumis toujours à la diète, sauf une tasse de bouillon et le quart d'une brioche, il n'avait encore mangé rien et bu qu'un peu d'eau, le bonhomme prit son verre et salua la société.

— Minute! on ne trinque pas avec une coupe vide! dit le vieux guerrier, qui, moins sobre, lui, s'en était mis jusque-là; tenez, dégustez-moi ce fameux aï...

— Doucement, une goutte! une seule... Assez, capitaine!

— Encore une larme; allez, ça ne vous fera pas de mal.

— Là, bien ; et maintenant, à vous tous, mes fidèles !

On s'avança de toutes parts avec un empressement mêlé de respect, et, plusieurs minutes durant, on n'ouït que cordiales paroles et que chocs cristallins.

— Si nous fredonnions ? soupira tout à coup l'hydrophobe magister, dont le teint vivement enluminé se détachait sous la lumière diffuse d'une foule de lampions et de girandoles qu'on était en train d'allumer au pourtour de la serre, à l'intérieur comme à l'extérieur ; il me semble que cela ne gâterait rien, n'est-ce pas, monsieur le président de la frairie ?

— Eh ! mon Dieu ! c'est une idée cela, répondit l'interpellé, qui souriait avec malice, et l'on pourrait ici rendre grâces à celui d'en haut que M. l'adjoint adore à sa manière ; hein ? qu'en pensez-vous, Sabarlus ?

— On est de votre avis, et j'ai votre affaire ! Un cantique que je roucoulais jadis aux bambins qui fréquentaient mon école. Ah ! mais, voilà, je ne m'en souviens guère ; à notre âge, on n'a plus de mémoire, et bernique !

— Ah ! bah ! commencez et vous finirez ; qui part arrive ; hardi !

— Vous le voulez ?

— Absolument.

— Tant pis alors pour vous tous si je reste coi.

— C'est convenu.

Résigné, mais gracieux, l'ex-instituteur campa ses mains sur ses hanches, et soudain sa langue, encore gaillarde, psalmodia la panthéistique et sentimentale gaudriole dont voici quelques fragments :

Enfançons, si les hommes,
Les bêtes et les fleurs,
Les fruits, poires et pommes,
Tout mêle ses ardeurs ;
Au ciel et sur la terre,
Partout, de haut en bas,
Si tout s'aime et se serre :
        Deo gratias !

On applaudit ferme ce premier couplet, et le trouvère, ayant trois fois éternué, poursuivit de plus belle :

Il faut que tu le saches,
Blanc-bec ; au fond des mers,
Sur le plancher des vaches,
Ainsi qu'au sein des airs,
L'amour règne et s'impose,
Malgré Basile, hélas !
A chacun, être ou chose :
        Deo gratias !

Un tumultueux bravo retentit, et, tout allumé, le chantre ajouta :

> Donc, puisque c'est la règle,
> Et, comme entre eux, les loups,
> Le léopard ou l'aigle,
> Galopins, aimez-vous !
> A ce jeu qui nous grise,
> Si tout le monde a l'as,
> N'ayons qu'une devise :
> *Deo gratias !*

— Eh ! ma foi, la romance ne manque pas de piquant ! s'écria le grognard quand les acclamations eurent cessé ; mais, sans me vanter, j'ai mieux que ça dans mon sac.

— Corbleu ! voyons.

— Oui, mais, je vous en préviens, c'est un peu salé, voire assez leste.

— Attention à vous, paladin, ou l'on vous coupera le sifflet.

Et, riant à cœur joie, le vieil espiègle se fit de ses mains jointes un cornet acoustique et se pencha vers le vétéran qui, debout, cambré, goguelu, d'une bouche rauque et chevrotante, entonna bravement ce petit morceau :

> Soldat du drapeau tricolore,
> En le suivant du Nord au Sud,
> Des bords du Tage à ceux du Pruth,
> J'ai connu Lise, Ève, Agnès, Laure,

Et bien d'autres encore,
Oui, vraiment,
J'en fais le serment !
Il me souvient de l'Andalouse
Si jalouse,
A l'œil de feu ;
De la blanche et molle Saxonne,
Trop gloutonne,
Qui jase peu ;
De la volcanique Romaine,
Plus hautaine
Que sa cité ;
De la farouche et belle Grecque
Qui rebecque
Avec fierté ;
Des polissonnes Ottomanes,
Ces sultanes,
Qui vont fort bien !
On se remembre la Hongroise,
Très grivoise,
Qui ne vaut rien ;
On se rappelle aussi la Russe,
Dont l'astuce
Est effrayant...

— Hé ! soudard, à vous la férule ; astuce est du féminin.

— Neutre, cher cuistre.

Et le rageur, ayant fait la nique au magister, derechef barytona :

.. L'édifiante Polonaise
Qui vous baise

Tout en priant ;
On peut parler de la Cosaque,
Qui, vrai, craque
Plus qu'un Gascon ;
De la sanguinaire Mongole
Qui cajole
Comme un faucon ;
Également de l'Africaine,
Sans grand' haine
Pour le roumi ;
Bref, de toutes les moricaudes,
Ces ribaudes
Où j'ai dormi ;
Puis de la sauvage Peau-Rouge,
Fière gouge,
Sans jup' ni bas ;
Et de la suave Négresse
Qui se graisse
De haut en bas !...

— Halte ! conquérant, où diantre nous mène-
riez-vous ?

— En France, ma patrie !

— Assez !

Il fit la sourde oreille et, vexé, précipitant
comme une charge à la baïonnette le rhythme un
peu modifié de l'hymne érotique et martial, il reprit, tout en nage :

Enfants de Mars et de Bellone,
Moi que l'amour a promené
De Saint-Pétersbourg à Lisbonne,
Toujours galant et fortuné,

Je confesse que mes payses
Sont c' qu'il y a de plus fripon ;
Pour les ris et les mignardises,
A ces donzelles le pompon !

Oui, compagnons, soyez-en aises,
Ce n'est qu'en haut, assurément,
Au beau milieu du firmament,
Qu'on trouve mieux que les Françaises...

Et maintenant un dernier mot :
Compatriotes, étrangères,
Archiduchesses ou bergères,
Soit au palais, soit au hameau,
Je les ai toutes bien aimées !
En vrai héros, en franc luron,
Au bruit du tambour, du clairon,
Et grâce à toi, dieu des armées,
   A qui je rends ici
    Gloire et dis : Merci !

Cette finale imprévue fut accueillie par mille salves d'allégresse, et Foyssac lui-même, qui, tout rembruni, tirait à chaque instant sa montre en donnant des signes non équivoques d'impatience, parut oublier sa secrète amertume et partagea l'hilarité générale.

— O! la superbe revue que vous avez passée là, mestre-de-camp !

— Elle ne serait pas encore finie, si je ne m'étais abstenu...

— Peste ! et de quoi donc ?... Oh ! ne froncez pas

le sourcil, on no vous en veut point, au contraire !
Et puisque vous nous avez mis en si joviale humeur, je réclame, pour ma part, d'autres mélodies; allons, un assaut de roulades; à qui le tour,
rossignols ?

Isaac Klioemœkers, l'Alsacien dépaysé qui, seul
entre tous, branlait pensif sur sa chaise, se piéta,
puis l'œil aux nues, d'une voix brisée et sombre, il
exhala ce cantique étrange et d'une langueur tout
orientale :

> Entre deux mers et parmi six montagnes,
> Tes fils élus, Seigneur, vivaient heureux;
> Le front du cèdre ombrageait leurs compagnes,
> Et ton ardent soleil planait sur eux.
>
> Par leurs vallons soudain un vent d'orage,
> Semant des feux terribles, s'éleva.
> La foudre, hélas ! tombe et frappe avec rage
> Ton peuple !... Où sont tes tribus, Jéhovah ?
>
> Dispersés tous sur la terre étrangère,
> Errants, maudits et n'ayant que leur foi,
> Voici mille ans qu'ils traînent leur misère,
> Tes fils !... Pitié pour eux, apaise-toi !
>
> Père, rends-les à la mère patrie,
> Réunis-les sous l'azur de leur ciel;
> Ils sont ta race, et rien ne l'a flétrie :
> Rappelle-les enfin, Dieu d'Israël !

—Ah ! vrai de vrai ! remarqua Durambart, comme

le juif, agité de tremblements nerveux et les yeux
vaguant on ne sait où, se rasseyait, il est très clair
que, si mons Zébédée était ici, mons Zébédée, que
le diable l'emporte! serait satisfait; on n'y cause
que du grand lama.

— Dame! écoutez, pourfendeur, il n'y a pas de
mal à ça; vive Lui! c'est un bon garçon, j'en suis
convaincu.

— Vous avez raison, Sabarlus, intervint M. Titi,
dont l'œil humide souriait; il y a si peu de mal à
célébrer le Très-Haut que je vais aussi, moi, prendre part au concert, et je présume que vous me
ferez tous chorus.

— Oui, certes, oui...

Sans barguigner, le vieillot, ayant une dernière
fois regardé furtivement l'heure à son oignon,
se planta sur ses orteils; ensuite, d'un accent profond et cependant très gai, qui dissipa tout de suite
l'impression triste que les stances de l'Israélite
avaient produite sur l'assemblée, il partit de la
sorte :

Il est un Dieu; devant lui je m'incline!...

On eût entendu voler une mouche; aussi personne ne perdit-il une mesure de la première stro-
phe de cette chanson bien connue, et, quand on
eut ouï ces vers, déclamés avec une conviction sin-

cère, une véhémence qui probablement eût fort
mécontenté M. Râb :

> *Aux dieux des cours qu'un autre sacrifie !*
> *Moi qui ne crois qu'à des dieux indulgents,*
> *Le verre en main, gaîment je me confie...*

il n'y eut pas une bouche qui ne répétât à tue-tête
le refrain :

> *Au Dieu des bonnes gens !*

Eux-mêmes, les sourds-muets, s'efforçant à suivre
la cadence d'après les ondulations de l'auditoire,
scandaient en chœur chaque pentamètre en frap-
pant avec énergie la table du talon de leurs cou-
teaux.

— Superlatif! criait le major ; c'est ça! bien dé-
coché!

> *Vous rampiez tous, ô rois qu'on déifie !...*

Au geste dont fut soulignée par le chanteur cette
cruelle apostrophe aux porte-couronnes, un tonnerre d'applaudissements roula sous le ciel illuminé de la serre, auxquels bientôt succéda un silence recueilli :

> *Mais quelle erreur ! non, Dieu n'est point colère !*
> *S'il créa tout, à tout il sert d'appui :*
> *Vins qu'il nous donne, amitié tutélaire,*
> *Et vous, amours, qui créez après lui,*

Prêtez un charme à ma philosophie ;
Pour dissiper des rêves affligeants,
Le verre en main, que chacun se confie
Au Dieu des bonnes gens !

— Sacré nom de... c'est beau ça ! *Bis !* Il avait du chien, ce Béranger ! et tant qui le blaguent, après tout, ne dénichent pas mieux ! Ah ! pardon, excusez-moi, pudique Vénus...

Et le galant grognard se courba devant Marianne pendant que celle-ci, précédée de son mari, dont le front était nuageux, s'approchait du déiste, qui, fort essoufflé, mais toujours éjoui, s'éventait d'une main en essuyant de l'autre ses joues empourprées où perlaient mille gouttelettes de sueur...

— Oncle ?

Il se tourna.

— Toi, nièce ! et toi, fils !

— Oui.

— Quoi donc ? quoi ? tout le monde s'amuse ici ; seuls, vous deux, vous faites la moue.. Ah ! çà, mes tourtereaux...

Elle joignit ses mains et, s'étant agenouillée sur le tabouret où le podagre appuyait les jarrets, inquiète, adorable, câline, touchante à désarmer des bourreaux, elle murmura :

— Père, il paraît que vous avez été très méchant,

tantôt, avec celui que j'ai préféré; le serez-vous de
même maintenant avec moi? Non, n'est-ce pas? Si
vous l'étiez encore, j'en appellerais à toute l'assemblée; on saurait pourquoi je me désole et vous seriez
blâmé. Personne ne comprendrait cela. Vous, si
bon pour tous, et mauvais seulement pour vos enfants! Soyez gentil; on vous en conjure! Un mot
de vous, un seul, suffirait à nous rendre si heureux, un mot, rien qu'un. Ne vous ai-je pas toujours bien aimé? Si! vous l'avouez! or donc, exau-
cez-moi : fille de votre frère, je suis la vôtre aussi.
Jadis, alors que j'étais toute petite, combien de
fois ne m'avez-vous pas dit, en me berçant sur vos
genoux : « On est papa Gâteau! demande, et l'on
te donnera tout ce que tu voudras! Eh bien, nous
vous demandons... l'aumône; oui, l'aumône d'une
complaisance. Ah! je ne suis pas encore très
grande, mais, si peu que je le sois, je regretterais
de l'être si vous me refusiez la grâce que je
mendie. Huit jours sont vite écoulés; souffrez que
nous demeurions avec vous une semaine encore;
octroyez-nous ce délai. Puis, si vous persistez, on
émigrera. Réfléchissez une seconde; ah! songez-y,
ce que vous désirez est impossible. En vérité, ce
serait trop de chagrin. Aujourd'hui, c'est fête! Elle
se changerait en deuil. Laissez-moi vous répéter un
mot que vous avez très souvent sur les lèvres : « On

croit être fort, et puis, quand ce qu'on a voulu s'est
accompli, l'on s'aperçoit qu'on avait trop présumé
de soi-même... » Ah ! vous avez ri, donc vous êtes
désarmé; Gaspard, il cède, embrasse-le ! Eh quoi,
des larmes, à présent ! Êtes-vous fâché ? Mon Dieu !
qu'avez-vous à grelotter ainsi ? vos mains sont toutes
froides ! Oncle, grand oncle, entendez-moi !... Vous
n'êtes pas encore assez bien, je vous assure, et,
tant que vous ne serez pas complètement rétabli,
nous ne partirons pas d'ici. Non ! non ! non ! il ne
veut pas vous quitter, Lui ! moi non plus ! On est
d'accord, hein ? nous restons sous ce toit; vous
consentez, dites oui !

Pour toute réponse, l'inébranlable, qui suffoquait,
tira plus violemment sur ses breloques, qu'il n'avait
cessé de tourmenter depuis que sa pupille parlait,
et la grosse montre en argent, dont il avait hérité
du vieux Bruno, lui sortit du gousset et lui tomba
sur les genoux.

— Ai-je la berlue ? Eh ! quoi ! s'écria-t-il abasourdi, sept heures déjà ! comme le temps a vite
passé ! Dépêche-toi, vole, mon ange ! avant dix
minutes la malle sera là. Di..tre ! hâte-toi ! tu
n'as juste que le temps d'ôter ta robe blanche et
de mettre des habits de voyage. Allons, allons,
va !...

— Père !...

— Il le faut.

— Ayez pitié !

— J'ai dit.

— Oh ! c'est pour rire, et vous nous gardez, lui et moi.

— Gnian ! gnian ! gnian ! Ah ! tu m'emberlificotes, mademoiselle !

— Au nom de Dieu !...

— J'exige que ma volonté soit faite ! Obéissez tous les deux !

Il prononça ces paroles sur un tel ton d'autorité que la suppliante, interloquée, lui baisa les mains, se redressa sans plus souffler mot et, soumise enfin, prit le bras à son mari qui, lui, n'avait osé revenir à la charge.

— Ah ! bourdonna le maître d'école à l'oreille de son belliqueux voisin, c'est que notre camarade veut ce qu'il veut !

— Témoin la scène qu'on nous sert ! En effet, il est bougrement têtu, ce saint-là ! Ça me rappelle qu'à Marengo, ce cocu de Bonaparte, embêté par Desaix et Kellermann qui lançaient leur cavalerie... *Eh ! qu'es aco !*

Le silence qui régnait là depuis quelques instants était tel que chacun entendit résonner, de l'autre côté de la haute muraille attenante à la serre et séparant le jardin de la voie publique, un roulement de voiture et des bruits de grelots...

— *Elle* est là ! C'est *elle* qui s'avance... et *la* voici !

Chacun tressaillit à ces paroles énigmatiques qui semblaient avoir été balbutiées par un somnambule, et, toute la galerie s'étant simultanément tournée vers le point d'où cette voix machinale et douloureuse était partie, on vit l'hôte, le cher hôte, hagard, défait, blême et tout affaissé sur lui-même, qui fixait, sur le seuil de la porte que le nouveau couple n'avait pas encore franchi, des yeux agrandis et voilés...

— O monsieur ! monsieur !

— *Elle* est là ! répéta-t-il, avec on ne sait quelle religieuse épouvante ; *elle* m'aborde et m'enlace ; *elle* est là !

— Qui donc ?

— Celle, celle dont je n'attendais que demain la visite !

· Il ne put achever et tomba presque inanimé sur le sein de ses enfants revenus en courant sur leurs pas.

— Ouvre les fenêtres, Gaspard ! s'écria Mme de Maillebru, qui, seule parmi tout ce monde affolé, conservait du sang-froid, et vous, Marianne, ne vous lamentez pas de la sorte ; il vous entendrait peut-être, lui.

Le lamento cessa; des bouffées d'air frais vivi-
fièrent la lourde atmosphère du local, et l'imposant
visionnaire recouvra presque aussitôt ses sens et
sa rondeur :

— On est pincé, force nous est de plier bagage;
oui, ma fille! oui, mon fils! Excusez-moi; l'heure
est venue un peu trop tôt. Ah! j'ai eu raison de
m'atteler au char; sans quoi vous ne seriez pas encore remisés. Hé! ton conseil de famille, mignonne,
eût peut-être mis des bâtons dans les roues. On les
connaît, ces chattemites! Soyez bénie entre toutes
les mères, vous, matrone, qui, courageusement,
avez immolé votre plus grand scrupule au bonheur
de nos ramiers. Et vous, jeunesses, sachez donc
que, si je vous renvoyais d'ici, c'était pour vous épar-
gner la douleur de m'y voir finir... oh! c'est fini!
Devant moi s'abattirent mes trois frères, et je remets
parfaitement celle qui les faucha. C'est elle, allez!
On ne la craint pas, je l'affirme! seulement elle aurait bien dû différer d'un jour. Hé! non, elle n'a pas
été complaisante envers moi. Que n'a-t-elle attendu,
la brouillonne, à demain? Nous l'aurions reçue à
bras ouverts; au lieu qu'aujourd'hui, vous étant
là, je ne puis lui sourire... on ne sait pas assez ce
qu'est une telle algarade!... A présent, je vous
permets de déboucler vos valises et d'occuper cette
maison que je vide d'ores et déjà, car nos minutes

sont comptées; la maigre camuse est là! Que je vous plains, petits! il vous faudra faire creuser ma tombe. Enfin! résignons-nous, et que la volonté de Dieu s'exécute ici-bas comme en haut... Ah! je sombre.

Il retomba tout engourdi; l'on crut qu'il avait rendu l'âme, et cependant, tant la stupeur immobilisait tous ceux qui l'écoutaient, aucun ne bougea.

— Quelques personnes de bonne volonté, sur-le-champ!

Au pressant appel de la ferme dame, trente hommes au moins s'offrirent et soulevèrent tous ensemble avec prudence le fauteuil où languissait l'ensommeillé...

— Sortez très lentement et sans secousse! attention!

On décrocha des murailles ambiantes quelques torches de pin, et les convives, éclairés par ces flambeaux, s'écoulèrent à travers le jardin jonché de reliefs et parmi les tables renversées, autour desquelles, attirés par le tumulte produit par le coup de foudre, rôdaient les deux mouchards de la camarilla...

— Qu'y a-t-il? interrogea la Tôn; apprenez-nous ce qui s'est passé.

— Notre ami, ton maître vient d'avoir une attaque.

— Une attaque?

— Hélas!

— Ah! je l'avais bien prédit; on n'en a pas cru la sorcière; et, voilà! le ciel se venge! Est-il mort, cet opiniâtre?

— Il est très bas; mais il existe encore, heureusement.

— Tant mieux! il aura peut-être le temps de se repentir et d'être absous...

Sur quoi, la servante partit comme une flèche et s'élança, vociférant des oraisons romanes, hors de la maison.

— Où tire-t-elle ainsi, tout échevelée, cette vieille folle?

— Est-ce que je sais, moi!

— Toi qui te ronges, Simplice, va chez un « soigneur, » le premier venu...

Sans attendre que cette sommation lui fût réitérée, le valet, assez défrisé, courut à toutes jambes vers la porte et s'éclipsa, pendant que, transporté par cent bras vigoureux, le patron remontait, inerte et glacé, les marches vermoulues que, si chaud et si pimpant, il avait, à peine aidé, descendues le matin.

— Hormis les fardeliers, ordonna Maillebru, restez sur ce carré, tous.

On s'arrêta net devant la chambre où le perclus

avait souffert trente années durant, et bien de ses
clients désespérèrent tandis qu'on le couchait tout
vêtu dans son lit à quenouilles, au chevet duquel se
trouvait, encore grand ouvert, un livre saint que
la nouvelle mariée transposa sans le fermer au
milieu de la table d'à côté, contre une lampe d'al-
bâtre, allumée.

— Il revient, il reprend, dit tout à coup, après
un instant de suprême angoisse, Gaspard, aux
aguets ; silence, aucune démonstration ! il ouvre
les yeux, chut !

Tout le monde se dressa sur la pointe des orteils,
et l'on vit en effet le « sage des sages » qui regardait autour de lui, promenant sur les couvertures
ses mains incertaines...

— Haussez mes coussins, s'il vous plaît ; j'ai la
tête trop basse.

On satisfît immédiatement à sa demande ; il
s'accota de son mieux, et bientôt sa figure débonnaire, plus colorée encore que d'habitude, et son
crâne un peu conique, où, luisante, saillait, entre
de grosses veines engorgées et sous quelques claires mèches de cheveux gris inondés de sueur, la
bosse du *merveilleux*, apparurent parmi la blan-
cheur d'une taie d'oreiller bordée d'un volant de
batiste.

— Approchez-vous donc de moi, n'ayez crainte,

mes amis !... Oh ! je vous vois et vous entends bien tous, certes.

Soudain la parole expira sur ses bonnes lèvres blêmies, et l'ineffable sourire qui les entr'ouvrait s'y figea...

— D'où vient celui-ci ? Qui vous a mandé, monsieur ?

En martelant ces mots grondants, le phalanstérien, galvanisé par on ne sait quel courroux, s'accouda brusquement sur sa couche; et, tout frémissant, l'œil empli d'éclairs, il tendit l'index vers le seuil.

— Accueillez, mon frère, accueillez comme il sied les suprêmes consolations que la très indulgente Église, notre commune mère, vous envoie aujourd'hui.

Chacun, à cette voix bêlante, mais nullement attendrie, se retourna : Sur le palier à côté de la Tôn, levant, farouche et crispée, de grands bras, se tenait, flanqué de deux chlorotiques enfants de chœur à mines suspectes et revêtu de ses habits sacerdotaux, un prêtre.

— A genoux, commanda-t-il avec emphase, et récitez avec moi les prières des agonisants; à genoux, tous !

On s'agenouilla mécaniquement, et Noubélô, car c'était lui ! suivi de ses clercs en robes rouges dont l'un portait un bénitier d'argent et l'autre un coffret d'ébène contenant sans doute les huiles, Rufin Noubélô s'avança théâtralement jusqu'au bord du lit, où, plus oppressé que jamais, anhélait le « relaps. »

— Êtes-vous disposé, mon fils, à révéler vos fautes à celui que désarment toujours les cœurs contrits ?

Sans hésitation aucune, et le front tranquille, on fit signe que oui.

— Toute confession, reprit le tonsuré, ne doit avoir, vous ne l'ignorez pas, d'autre témoin que Dieu ; voulez-vous enjoindre à tout ce monde de nous laisser seuls ici ?

D'un geste péremptoire, le patient, questionné, répliqua :

— Non.

— Ai-je bien entendu ? quoi ! vous refuseriez au moment suprême de vous entretenir avec un des représentants sur la terre de notre Père qui est aux cieux !... Il ne se peut, et je ne vous ai pas compris.

— Si fait ! affirmèrent plusieurs fois de suite les expressifs hochements de tête du goutteux, si ! c'est cela !

— Comment ?... Ah ! que le Seigneur vous ait en pitié ! les froides ténèbres dont vous êtes enveloppé s'épaississent autour de votre corps, et l'hydre éternelle accourt! Hâtez-vous, hâtez-vous d'acquérir, par l'aveu sincère de vos erreurs et par un vif remords, la compassion du Tout-Puissant, qu'aujourd'hui même, en cette cité détestable, vous avez publiquement insulté; sauvez votre âme, ô mortel égaré, sauvez-la.

Toujours muet et glacial, l'homme ne sourcilla point.

— O Principe! ô Verbe! ô Paraclet! exposez à cet infortuné, par les effets de votre miraculeuse vertu, son aveuglement et les dangers effroyables qu'il court en y persistant *in articulo mortis!* Aucune miséricorde, ont dit les apôtres, ne descendra sur qui meurt rebelle à l'Église, et pour lui point de repos, outre-tombe; un châtiment illimité, l'enfer!... Enfuyez-vous, démons qui déjà planez sur ce toit! et vous, anges, couvrez de vos ailes immaculées ce pécheur en péril !

Un sourire imperceptible du supplicié, tel fut l'unique résultat qu'obtint cet amphigouri hiératique; aussi le bourreau déçu s'acharna-t-il sur sa victime.

— Il y va de votre salut! oui, le salut! Encore quelques secondes et vous comparaîtrez en personne devant le sublime tribunal. Un juge inexorable aux réfractaires y siège, prêt à vous plonger dans l'abîme où tant de créatures pernicieuses sont et seront déchirées sempiternellement. Il n'y a pas de milieu : la damnation ou la béatitude *in sæcula sæculorum!* et celle-ci, l'absolution seule la procure, qu'accordent à leurs ouailles les pasteurs de l'impeccable Église catholique, apostolique et romaine. Hé! quoi! nulle terreur n'éclate en vos yeux, qui se fixent sur les miens avec trop de fierté... Braveriez-vous, par hasard, en moi celui-là même que vous adorâtes jadis? Songez-y! le Trismégiste darde son œil vigilant sur votre demeure, et malheur, malheur à vous si vous partez sans avoir reçu le saint Viatique! Incline-toi, superbe, humilie-toi, sonde les gouffres! Et vous tous, ses dévoués et ses tenants, qui souhaitez de le revoir ailleurs, adjurez-le de se soumettre! Ah! s'il avait pour vous autant d'affection que vous en avez pour lui vous-mêmes, il eût, afin de vous retrouver un jour là-haut, il eût déjà cédé!

Le martyr, à qui nulle torture n'avait encore arraché la moindre plainte, gémit à ce coup barbare, mais ne fléchit point.

— Ton siège est donc fait! fulmina le tourmenteur hors de lui; fruit de Voltaire et de Rousseau, prends garde! on pénètre tes intentions; en délogeant ainsi que tu déloges, en repoussant dans ton fol orgueil le sacrement de l'extrême-onction, ton haïssable dessein est d'infliger une dernière avanie à la vraie religion dont je suis l'un des interprètes. Arrogant, tu veux qu'on dise de toi, quand tu ne seras plus qu'une hideuse larve : Celui-là fut un esprit fort, un libre penseur ; il mourut sans confession ! N'est-ce pas cela, damné, n'est-ce pas cela ? Va-t'en, tu n'es pas chrétien, et tout à l'heure, l'Éternel que tu renies te reniera !

Furtives, d'ardentes étincelles passaient, repassaient entre les paupières mi-closes du philosophe, qui, parvenant néanmoins à se contenir, arrêta d'un clin d'œil la colère débordante de Gaspard et, d'une voix très douce, quoique étranglée, il dit à Marianne en pleurs :

— Aie la bonté, mon enfant, de m'apporter l'ecce-homo qui pend là, derrière ce voile.

Essuyant les larmes dont ses yeux étaient obscurcis, elle obéit.

— Tenez, père !

Il saisit le Christ métallique, avec quelle piété ! le contempla longuement, le caressa, puis, le baisant avec effusion :

— On croit à ta parole ! à l'âme immortelle, à l'impérissable vie ! on croit en toi, l'humain et le divin ! en toi le bon, le beau, le vrai, qui n'as jamais menti !...

Feignant de penser que la grâce céleste avait

enfin agi, le curé, dont le cynique langage avait
révolté les cœurs, se prosterna gauchement, et la
servante, persuadée, elle, du repentir de l'endurci,
lâcha, dans un frénétique délire, le secret de l'exécrable comédie :

— Il se confesse ! il est à nous, et Pierre triomphe !

— O toi, continuait le magnificateur du Galiléen,
toi l'ingénu, toi le loyal, toi le juste ! qui chassas
du temple les fourbes, sois encore ici même, aujourd'hui, le justicier...

Et tragique, absolu, solennel, il indiqua, de sa
droite armée du crucifix, la porte au subtil et
cruel ecclésiastique qui, contre toute pudeur,
ayant violé le domicile et tenté de violer la conscience d'un moribond, essayait encore d'en em-
poisonner l'agonie... A ce geste irrésistible, et devant le bras terrible de ce croyant sincère, mais
éclairé, qui le congédiait à jamais avec l'image
même du Dieu que lui, prêtre sans foi, prônait
dans l'unique intérêt d'un clergé despotique, à peu
près ruiné dans l'esprit des ignorants qui l'avaient
si longtemps soutenu, Noubélô, consterné, déconfit,
épouvanté, fasciné, se remit debout, et, pré-
cédé de la Tôn, hurlant comme une chienne fouail-
lée, il recula jusqu'au plus épais de la foule amas-
sée aux abords de la chambre à tous défendue,

poursuivi par les flammes qui jaillissaient, lui semblait-il en son désarroi, du front couronné d'épines
du Crucifié!

— Voilà qui s'appelle une reconduite de Gre-
noble, n'est-ce pas, Sabarlus? Si le calotin n'est
pas content comme cela...

Le maître d'école, au lieu de répondre au major,
le poussa du coude et lui montra leur intime qui,
tout haletant, pâmait derechef entre les bras des
époux.

— Et Râb, M. Râb qui ne revient point! murmura précipitamment Mᵐᵉ de Maillebru; peut-être
sera-t-il trop tard quand il arrivera; qu'on vole à sa
rencontre et qu'on l'amène à toute bride ici... Gaspard et toi, Marianne, ôtez de là ce traversin, ces
oreillers, et placez à plat sur les matelas la tête de
votre père! O mon Dieu! c'est une autre syncope!
dépêchons-nous; il respirera mieux, ainsi posé;
vite, vite, vite!

On eut beau se mettre en quatre, user de tous les
moyens employés en pareil cas, afin de ranimer
« le pauvre vieux, » celui-ci, dont les yeux ternes
se cavaient, ne reconquit nul ressort, et déjà nombre d'affligés, s'imaginant que c'en était fait de lui,
laissaient s'échapper des plaintes depuis longtemps
réprimées, lorsqu'en bas, dans le corridor, au pied
de l'escalier, retentit ce cri :

— Place, place! écartez-vous, voici les médecins!

Aussitôt la foule s'ouvrit, et, derrière Simplice, réellement fort marri, pointèrent côte à côte les deux Pouqueyrol.

— Le bon Dieu peut tout! prononça le père, toujours onctueux, en promenant un étrange regard sur le corps insensible de son ancien client; apprenez-moi, je vous prie, où, quand et comment ce malheureux a reçu le coup?

— Ici même, il n'y a pas vingt minutes, à table, après avoir chanté!

— Bah! qu'entends-je! il a fredonné? Majeure imprudence! Et puis il avait bu sans doute aussi! Je ne m'étonne plus...

— Il n'avait ni bu ni mangé, riposta Durambart, très irrité du ton impertinent sur lequel avaient été débitées ces paroles incongrues; et, certes, sachez-le! il était beaucoup plus à jeun que vous ne l'êtes en ce moment-ci, messieurs les officiers de santé.

— Docteurs! corrigea le fils; docteurs, ne vous en déplaise, monsieur le sergent d'armes! oui, docteurs!

— Soit! Eh bien, apothicaires ou non, matassins ou saigneurs, besognez; il ne convient pas de blaguer ici, barbe de Dieu!

Rabroués ainsi, les deux mystagogues se fouillèrent à la hâte et tirèrent des poches de leurs houppelandes, le premier un menu flacon paraissant contenir de l'eau claire, et le second une sorte de boîtier en or émaillé, recouvert d'un verre de montre et renfermant, en guise de cadran, huit ou dix osselets.

— Singuliers outils! grommela le grognard; à quoi diable cela sert-il?... les drôles d'ouvriers, ces carabins!

Ouvriers, en effet, très extraordinaires, les « carabins » s'empressaient, non pas d'insuffler de l'air dans les poumons de l'asphyxié, mais de lui fourrer entre les dents le goulot de leur petite bouteille, afin qu'il ingurgitât le liquide y contenu. Vaines tentatives! En désespoir de cause, ils renoncèrent à ce procédé; puis, pratiquant autrement, ayant relevé l'hommelet, ils lui firent à même la chair, sur les tempes, sur la poitrine et sur les reins, avec les prétendues reliques extraites de leur étui, maintes et maintes applications. Hélas! loin d'être plus efficaces que les mystérieuses gouttes d'eau, les bouts d'os se comportèrent si mal que le malade, tourné, retourné, manié sans cesse en tous sens, se gardait de reprendre haleine et violissait à vue d'œil.

— Halte! tonna soudain une voix impérative

qui déconcerta les empiriques autant que celle
d'un exempt effare des criminels pris en flagrance;
halte là! c'est de la folie... et vous le tuez!

— Enfin! s'écria Marianne en saisissant avec
transport les mains au retardataire, entré dans la
chambre sans que personne l'eût aperçu, tant
était absorbée l'attention de tous; enfin, c'est vous!
sauvez-le, oh! vous le sauverez, vous qui l'avez déjà
sauvé...

Père et fils, les Pouqueyrol, interdits tout d'a-
bord devant l'adversaire qui les avait naguère si
bien matés, essayèrent bientôt de battre en retraite; mais lui les prévint et mit la main sur le
corps du délit.

— On proteste contre de telles violences dont
vous répondrez; elle est à nous, cette fiole, rendez-
nous-la.

— Tenez!

Et, profondément indigné, l'intègre exerçant qui
venait d'épeler l'étiquette qu'elle portait, la jeta
sous ses talons et l'y broya, puis il s'empara de
l'autre joujou.

— Monsieur, vous n'avez pas le droit de toucher
à ceci.

— Pardonnez-moi.

Quoi disant, il déchiffrait l'inscription gravée au
dos du reliquaire.

— O profanation! n'y lisez rien, cela ne vous concerne pas.

— Si! car il faut, je veux que votre aplomb soit connu! Des gens de science, vous autres? On vous récuse, ma bouche vous dénonce à la ville, au pays. Eh! quoi, vraiment! un de vos semblables, de qui pendant dix ans vous vous êtes dit l'ami, se meurt; et vous! ah! c'est à n'y pas croire! vous qui disposez de toutes les ressources de la thérapeutique, vous en appelez à la thaumaturgie! À quel mot d'ordre obéissez-vous et quelle parodie avez-vous eu le courage de jouer ici? Je vous démasque; on verra...

— ... qui nous sommes, hasarda le moins âgé des deux cléricaux, et, d'autre part, qui vous êtes aussi.

— Silence! Emportez avec vous les débris du squelette de votre sainte Aldegule, intercesseur des ischiagres! et ramassez, si cela vous plaît, les quatre gouttelettes d'eau de Lourdes que j'ai répandues; et puis, allez; on n'a nul besoin de vous en ce lieu; laissez-y travailler en paix un homme de peu de foi, c'est vrai, mais ayant quelque étude et de la probité!

Là-dessus, sans daigner s'occuper davantage des charlatans dévoilés qui, ne sachant plus à quel béat du paradis se vouer, se cachèrent avec leur honte dans un coin, Ràb dépouilla rapidement sa redingote et son gilet.

— Hé! fit Gaspard, vous êtes tout couvert de sang...

— Oui, j'ai dû là-bas, à Griguemas, amputer l'un des villageois heurtés ce matin par le train d'Auvergne; excusez! ayant appris en rentrant chez moi ce qui s'était passé chez vous, j'y suis venu tel quel... Ayez l'obligeance de vous éloigner de moi; car il importe que je puisse me mouvoir à l'aise.

En toute hâte on se tassa de l'autre côté de la chambre, et l'àpre praticien, en bras de chemise, son linge maculé, rougi comme celui des bouchers, s'approcha très ému, quoique absolument maître de son cerveau, vers la couche où s'appesantissait peut-être un cadavre...

— Il respire! dit-il en l'explorant; et ces deux mots sonnèrent dans le grand silence où, depuis vingt minutes au moins, on ne percevait que la rumeur sourde de cent poitrines oppressées; avez-vous ici de l'éther?

— Oui.

— Donnez...

Sur le point d'en verser quelques gouttes sur le mouchoir de la mariée, il se ravisa, réfléchit un instant; ensuite il s'allongea sur le lit, à côté du

sujet qu'il ausculta, palpa de nouveau ; puis, il
lui renversa la tête en arrière et, collé sur lui,
l'étreignant, lèvres contre lèvres, il lui fit ce qu'on
nomme en termes techniques une « insufflation de
bouche à bouche ; » enfin, s'étant redressé, pendant que Gaspard et Mᵐᵉ de Maillebru baissaient ou
levaient alternativement les bras du vieillard, il lui
comprima les flancs, s'efforçant à lui procurer de
la sorte une respiration artificielle... Après quelques pressions graduées, tantôt lentes et douces,
tantôt précipitées et presque brutales, une bulle
légère sortit d'entre les gencives de celui que tout
le monde avait cru mort.

— Il s'éveille, dit Marianne éperdue, il s'agite,
il va parler...

— Allons, du calme, mon enfant, bridez vos nerfs !
c'est nécessaire pour vous et pour lui ; chut ! il
ressuscite... le voilà !

Quelques vestiges de vie renaissaient, en effet,
sur les traits un peu détendus du chef de la maison
dont, tout à coup, les yeux un peu glauques se
dessillèrent.

— Ah ! c'est vous ! souffla-t-il en fixant ses
prunelles intelligentes sur celui qui naguère l'avait
condamné ; vous pouvez vous vanter d'être un
excellent prophète, oui ; le mois que vous m'assi-
gnâtes, pour tout délai, ne finira que demain, et

20.

je n'irai pas jusque-là ; c'est certain, on dévide son dernier écheveau.

Le physiologue fit un effort inouï pour démentir le dénouement fatal qu'il avait été contraint de présager vingt-neuf jours auparavant ; mais ses regards trahirent sa pieuse imposture, et la blonde, qui les épiait, y surprenant l'atterrante vérité, ne put refréner un sanglot...

— Tais-toi, nièce, tais-toi, ne te chagrine pas ainsi, reprit l'oncle, éblouissant de sérénité ; vois, je m'embarque heureux au milieu de ceux que j'aime et dont je suis aimé. Non, mon sort n'est point à plaindre, et je vous souhaite à vous tous qui me dorlotez, une partance aussi favorable que la mienne ! Entendez-moi. Nous pardonnons à ceux qui nous offensèrent, et nous demandons pardon à ceux que nous offensâmes. Aucun, hélas ! n'est aussi diligent qu'il voudrait l'être et nul n'effectue ici-bas tout le bien qu'il avait projeté. Neveu, l'on compte sur toi ! Mes pensionnaires, on te les lègue ; ils te sont ici confiés, et je te recommande aussi, mandataire, de renter mes serviteurs, Simplice et la Tôn. Ah ! la fatigue me gagne, un lourd sommeil m'écrase, et j'ai froid, très froid !... passez-moi ma bourguignote : elle doit être dans le premier tiroir de la commode où je l'ai serrée ce matin... Oui, là ; faites vite. Et, quand vous m'aurez tous embrassé, Notre Père le Créateur me recevra... je dors !

Une grosse larme saillit des yeux gonflés du noble médecin, et le cœur de l'imperturbable Mme de Maillebru se fendit.

— ... Très bien, c'est ça ; vos baisers m'ont soulagé ; merci, mes enfants ! Au revoir, ma sœur ; au revoir tous !...

On avait recueilli ces paroles tombées une à une de ses lèvres flétries, et l'on constatait douloureusement qu'une ligne de plus en plus bleuâtre lui cernait les orbites ; en outre, que ses narines, déprimées, mouvantes, se pinçaient davantage, enfin qu'à bout de nerf, il aspirait l'air et l'expirait en sifflant, quand, brusquement, ce pauvre être épuisé se mit sur son séant et, d'une voix énergique, appuyée d'un grand geste, appela :

— Gaspard ?

— On est là.

— J'avais oublié l'essentiel ! prête attention, fils ; telle est sur ce point très grave mon expresse volonté...

Par respect, tout le monde s'écarta d'eux, et fit mine de s'éloigner.

— Restez, très chers, aucun de vous ne me gêne et nul n'est ici de trop, excepté ma fille, un peu faible, elle, pour supporter d'autres émotions ; emmenez-la.

— Non, non ! cria-t-elle en joignant ses mains, ne croyez pas cela, je suis forte, père, et je ne veux pas m'absenter de vous.

— Hé bien donc, demeure, et prouve ta vaillance ! on sait, amis, que vous vous ferez tous un devoir de m'accompagner demain au tombeau... Paix, là-bas, garçon, ne geins pas ainsi !

Mille regards sondèrent instantanément la sombre embrasure où s'étaient réfugiés les Pouquoyrol : ils avaient déguerpi, ces prudents magiciens ! et seul, en apparence fort affecté, tout confondu, se contondant l'estomac comme un coupable en proie aux remords tardifs de sa conscience, Simplice était là !

— ... Peut-être, ajouta l'héroïque bonhomme, dont vingt flambeaux éclairaient en plein le front encore inaltéré, peut-être ces ennemis à qui j'ai pourtant pardonné me poursuivront, même après ma mort, jusqu'au cimetière ; en ce cas prévu, voici comment, voici...

Suffoqué, tombant en convulsion, il s'interrompit et se froissa la poitrine, où bruissaient comme des eaux profondes.

— ... Impossible d'achever ! Râb, à moi ! je n'ai plus que deux mots à di...

La fin de la phrase ne put lui couler de la glotte, et, vainement secouru par le docteur, qui, malgré

soi, montrait assez par sa physionomie que la crise
finale était venue, il leva vers les cieux des bras
désolés; une seconde après, et comme ses prunelles erraient autour de lui, hagardes et débor-
dant d'angoisses, il tressaillit en rencontrant les
mâles figures éplorées des deux sourds-muets,
dont il avait jadis ébauché l'éducation, qu'un autre
plus patient avait complétée, et ses doigts, ses
doigts éloquents, aussitôt vibrèrent, aidés par son
œil inspiré.

— Je vous comprends, dit Gaspard, allez, je vous
suis !

Alors on fut témoin d'une action obscure, mais
grandiose : Enchaînant sa vie prête à le fuir et cher-
chant le souffle qu'il avait presque perdu, sup-
pléant par des signes parlants à sa langue aphone,
le saint, la tête auréolée d'on ne sait quel halo,
transmettait au continuateur de ses bonnes œuvres
son suprême vœu...

— Cela ! s'écria soudain Maillebru, reculant avec
horreur; oh ! cela ?

La face quasi pétrifiée et les yeux déjà vitreux
du moribond émirent une sorte de oui ! puis ses
mains s'exprimèrent derechef avec une croissante
difficulté.

— Soit ! puisque vous l'exigez, vous serez obéi,
je vous le jure ici, père, en présence de celle que

vous m'avez accordée et devant tous ceux de vos fidèles qui vous assistent.

Une dernière fois les phalanges unguifères et métacarpiennes du testateur que la synovie avait engouées se tordirent!

— Oui, répliqua Gaspard en tombant à genoux sur le carreau, devant les hommes et devant Dieu, ce sera, je l'atteste!

Intense et joyeuse une lueur aviva les ombreuses pupilles du vieillard exténué qui, dès lors, parut se livrer tout entier à l'occulte et noire puissance à laquelle il avait tant résisté.

— Sans que ma peau jamais en ait frémi, j'ai vu périr un million d'hommes sur les champs de bataille; aujourd'hui, je tremble autant que notre si regrettable ami.

— Tremblez, major, il est des peurs que les lâches ne connaissent pas.

— Sabarlus!

— Hein?

— Il râle!...

Evidemment l'heure avait sonné; le sage était à l'agonie, et le savant, immobile, concentré, lui tâtant d'une main le pouls, tenant de l'autre un chronomètre, ressemblait à telle statue de pierre qui contemple du haut de son socle un masque de cire gisant à ses pieds.

— Ayez pitié de lui, cria Marianne, en se bouchant les oreilles pour ne plus percevoir les hoquets qui s'entre-choquaient dans la gorge du mourant; il souffre trop ainsi! Pauvre âme, quelle passion!

Il entendit, et ses mains, que mouillaient les froides sueurs de l'anéantissement, ses mains moites palpant la croix de fer, héritage du vieux Bruno, manifestèrent si clairement sa pensée intime, que tout le monde à la fois l'interpréta de la sorte en regardant le crucifié :

— Qu'est ma passion à l'égard de ce que fut la sienne?

On envisageait encore le Christ, qu'une cloche de bronze mugit au loin dans la nuit moins dense et que plusieurs coqs du voisinage annoncèrent le prochain lever de l'aurore : en ce moment, l'agonisant dont le corps n'était plus secoué par les transes et les affres mortelles, se souleva ; closes depuis quelques instants, ses paupières accablées se dérivèrent, battirent et, chose étrange qui surprit beaucoup le « Parisien » redevenu l'impassible et méthodique observateur des phénomènes vitaux, il recouvra la parole :

— Yon, Fabrice, Secondat, Jérôme, Bruno! balbutiait-il ; êtes-vous là, les Foÿssac? c'est votre Titi, c'est lui-même !

Ensuite il psalmodia quelques versets latins qui s'ancrèrent pour n'en plus démordre dans la cervelle de son successeur penché sur lui; puis, ses pouces s'étant repliés sous ses doigts, courbés ainsi que les a quiconque vient de naître, il pleura deux belles larmes, dernier adieu sans doute à la famille, à la terre, à l'humanité qu'il délaissait à jamais, et s'inclina tout extasié, premier salut peut-être au monde chimérique et céleste en lequel il avait cru toujours et où, probablement, il pensait entrer déjà.

— Mon père...

— Ouvrez-moi, Jésus !

Il mourut... et sourit.

— ... attendez, répondez, c'est la vôtre, la vôtre qui vous appelle...

Et Marianne, qui voyait on ne sait quelle fluide pâleur s'étendre comme une tache d'huile sur le visage sacré du défunt, enfonçait, éperdue, ses mains dans ses cheveux défaits dont les ondes d'or ruisselèrent sur les pans soyeux de sa blanche robe nuptiale.

— Il est monté ! dit la voix pieuse de Mme Maille-bru, son âme est là-haut !

Toute palpitante, la brave enfant, essayant de sceller d'un baiser les lèvres rigides et les yeux éteints de celui qui l'avait bercée, défaillit sur le cadavre que l'Hippocrate considérait avec une inconcevable fixité.

— Quoi donc? interrogea Gaspard en entourant de ses bras sa femme évanouie, il nous aurait quittés !

— Un autre que moi prétendrait l'avoir vu s'envoler, répondit implicitement l'incrédule ; ah ! mais, retirez-vous d'ici ; la superstition siégea toujours au chevet des morts : on se trouble dans leur froide atmosphère, et qui s'y trempe en reste imprégné.

Surpris, très frappé de ce qu'une telle bouche eût proféré des paroles semblables, le huguenot, emportant son épouse catholique, sortit à pas lents, gagna le rez-de-chaussée, en suivit le couloir, traversa le jardin, naguère empli de chants d'allégresse et retentissant à présent des seules malédictions de la Tòn qui répétant sans cesse : « Il est damné, le traître! » errait comme un spectre parmi les arbustes, sous l'aile des vespertilions et des mouches à feu ; monta les degrés d'un perron et s'introduisit avec son doux fardeau dans le pavillon où la jeune fille, en butte à de funestes pressentiments qui ne s'étaient que trop justifiés, avait, la veille, fait sa dernière toilette virginale...

— Est-ce vrai? dit-elle à son mari prêt à franchir le seuil du sanctuaire où pendant vingt ans elle avait vécu si pure ; est-ce possible que notre providence nous ait abandonnés ?

— Hélas !

Elle appuya son front contre l'épaule du bienaimé, poignardé comme elle, et tous les deux pénétrèrent dans le nid conjugal que leur avait préparé si laborieusement le héros expiré sous leurs yeux, aussitôt sa tâche accomplie.

— Aimons-le comme si nous l'avions encore ; il t'a fait mien et m'a donnée à toi : C'est le sauveur de notre amour !

Rompue, elle s'affaissa sur une causeuse et pencha sa tête alanguie.

— Ange, murmura l'époux, repose ; il faut que j'agisse, moi.

Puis, bientôt, assuré qu'elle sommeillait, il s'enfuit...

— Eh bien ! lui demanda sa mère quand il reparut là-haut, où quatre grands cierges brûlant en des chandeliers d'argent, autour de la couche funèbre, répandaient une lumière à peine visible dans les flots du soleil matinal, qui frappait d'aplomb, à travers les vitres des fenêtres, le visage pâle et mat de l'auguste trépassé, comment est ta femme ?

— Assez calme ; elle s'est assoupie en parlant de lui.

— Si vous êtes jamais heureux, enfants, n'oubliez point que c'est à lui seul que vous devez votre joie.

Un long regard d'adoration adressé au tuteur décédé fut l'unique réponse du jeune homme dont les yeux, se détachant enfin de l'élu, rencontrèrent par hasard un studieux lecteur, assis à la table où naguère la mariée rangeait l'in-quarto que le maître, guetté par ses méchants domestiques, avait tant compulsé la nuit précédente, et dont il avait corné lui-même une page sur laquelle aussi sans doute il avait pleuré, car on y distinguait les traces récentes de quelques gouttes d'eau.

— Quel est ce livre ?

Enfoncé dans ses méditations, le penseur, qui ne s'était pas aperçu du retour de Maillebru, répondit, toujours absorbé :

— C'est l'*Imitation de Jésus-Christ*, traduite en vers français par Pierre Corneille ; il y a là, parmi ces feuilles, une foule d'assertions saisissantes ; celle-ci, notamment.

Et l'athée mit le bout de son index sur le passage marqué, que Gaspard syllabisa comme à son insu :

Du seul désir d'honneur notre âme est enflammée,
Nous voulons être grands plutôt qu'humbles de cœur ;
Et tout ce bruit flatteur de notre renommée,

Comme il n'est que fumée,
Se dissipe en vapeur :

La grandeur véritable est d'une autre nature ;
C'est en vain qu'on la cherche avec la vanité ;
Celle d'un vrai chrétien, d'une âme toute pure,
Jamais ne se mesure
Que sur sa charité.

Cette citation était à peine terminée, que la voix recueillie de la veuve du transporté de Cayenne s'éleva :

— Le juste que l'on inhumera demain a, tant qu'il respira, pratiqué les enseignements de son divin Maître.

— Avec vous, madame, j'en témoignerai ! répliqua le matérialiste en proie à la plus douloureuse perplexité ; disciple du Nazaréen, notre ami, qui n'est rien maintenant, l'imita de son mieux... et c'est pourquoi je n'ose...

— Osez, s'écria l'austère femme en montrant les restes du théophilanthrope ; aucun de nous n'a plus que vous apprécié ce vertueux, et tout ce que vous a suggéré votre affection pour lui vaut qu'on s'y attache.

— Eh bien donc, continua, non sans choisir ses termes avec timidité, l'intrépide antagoniste des Pouqueyrol et Cⁱᵉ, tel est l'objet de mes préoccupations présentes : aujourd'hui, comme jadis et plus que jamais peut-être, nul, en songeant à ce que deviennent sous terre ceux qu'il a perdus, ne sait se défendre d'un invincible effroi ; mais si cette involontaire horreur, provenant des affreuses images qu'on se crée généralement de la décomposition d'un corps qui nous fut cher, assaille à chaque instant la plupart des proches qui survivent à tout être aimé...

— De grâce, achevez !

— ... Il est facile de s'y soustraire en en supprimant la cause ; or...

— Or ?

— ... à défaut de mes confrères de la cité, lesquels à cet égard déclinent toute compétence, et quoiqu'il m'en coûte énormément en cette circonstance, je suis prêt, moi, si vous m'en exprimez le désir, à faire tout ce qu'il faut afin que vous puissiez toujours, sans que votre chair se révolte, penser à celui que voilà. Vu les moyens que nous prête la science, il serait encore tel qu'il est là dans cinquante ans d'ici !

Mme de Maillebru-le-Noir et son fils, s'étant instinctivement détournés, examinèrent tous les deux en silence le mort, qui, sur son grand lit à quenouilles environné de lueurs funéraires, semblait dormir d'un sommeil temporaire et gardait, en dépit de sa pâleur blafarde, les apparences de la vie :

encore couvert des habits surannés qu'il avait re-
vêtus la veille à l'heure de midi, boutonné dans sa
longue lévite de cérémonie et coiffé de sa fameuse
petite calotte de velours, sous laquelle voltigeaient
en tous sens de rares cheveux argentés et bouclés,
le dernier des Foÿssac souriait à demi; c'était,
c'était toujours la même physionomie bénigne, un
peu gouailleuse pourtant, où se combinaient les
mille· finesses natives du paysan gascon et toutes
les innocentes affabilités du mystique naïf et convaincu...

— Docteur, répondit enfin Gaspard d'un ton
décisif, on vous remercie! En vous offrant pour
ce cruel office, vous nous prouvez votre rare dévouement; tout réfléchi, nous ne le mettrons pas
à si dure épreuve, et vous n'aurez pas à surmonter
ici de trop légitimes répugnances. Si je m'étais
écouté, votre proposition serait acceptée déjà;
mais avant tout il sied, en pareil cas, de respecter
les idées qu'avaient à ce sujet ceux qui ne sont plus;
or, le chrétien exemplaire dont nous sommes tous
en deuil, partisan de toute l'égalité possible en ce
monde, la voulait entière dans la mort, et, tant que
je vivrai, mes oreilles entendront les paroles latines
qu'en son agonie il prononça : *Memento, homo,
quia pulvis es et in pulverem reverteris;* à défaut
d'autres plus formelles, celles-ci m'indiquent suffi-

samment les secrètes pensées qu'il eut sur ce point, et je m'y conformerai selon mon devoir. Encore une fois, merci !

Les deux vaillants cœurs s'étreignirent chaleureusement, et le praticien, attendu par ses nombreux clients, s'en allait sur la pointe des pieds, lorsque Mme de Maillebru le prit à part et lui parla quelques instants à voix basse :

— On s'acquittera de ce soin, certifia-t-il en partant ; tout se fera ponctuellement, et demain, au moment fixé, je serai là...

Quelque longues que semblent les heures qui précèdent celles où l'on doit se séparer à jamais d'un membre que vous a ravi le fatal destin, elles s'écoulent vite, et, quand la suprême minute arrive, on s'écrie, bouleversé : Déjà !

— Déjà ! tel est le mot que répétaient en même temps tous ceux qui, juste deux jours pleins auparavant, avaient accompagné les fiancés à la mairie, lorsqu'au clocher de la place des Moustiers sonna midi...

— Puisque tel est votre gré, dit alors Gaspard à sa mère ainsi qu'à son épouse, puisque l'une et l'autre, en dépit des us locaux, interdisant aux dames, nobles ou bourgeoises, de suivre le convoi des leurs, vous êtes absolument résolues à conduire à son dernier asile celui qui fut notre trésor,

venez ; et plaise à Dieu que vous ayez le courage
d'atteindre le sommet du calvaire qu'il vous faudra gravir avec moi; venez, venez, on n'attend
plus que vous.

S'entr'aidant mutuellement, elles se levèrent et,
dolentes sous leurs longs voiles noirs, descen-
dirent les marches au bas desquelles, écrasé de
verdure et de fleurs, surmonté d'une modeste croix
en bois fragile exactement pareille à celles qui se
coudoient au-dessus des fosses communes, encadré de baguettes de résine enflammées, et con-
struit de voliges de sapin, trônait sur quatre étais
de fer oxydé le cercueil.

— Allons, s'entre-dirent en larmoyant comme des
femmes tous les hommes qui se trouvaient là, bu-
vons le calice !

On défit sur-le-champ deux petits ballots placés
de chaque côté de la bière, lesquels renfermaient
des gants en coton blanc que, selon une coutume
immémoriale, encore aujourd'hui même en vigueur
à Montauriol, la famille de tout défunt offre, le jour
des funérailles, aux amis et connaissances assemblés en la maison mortuaire; on distribua ce lot
consacré, puis, la répartition opérée avec soin,
huit pasteurs du mont d'Aoûr, vêtus de leurs longs
camisards de toile écrue, chaussés d'espadrilles
semblables à celles des Basques espagnols et ca-

pelés tous du traditionnel passe-montagnes en laine
rouge, sortirent d'une salle, chacun sa houlette à
la main, et se postèrent, assiégés de leurs grands
chiens poilus, au milieu du couloir, en face d'autant de riverains du Tarn, en vareuse bleue et coif-
fés du béret à la marinière couleur d'algue, orné
d'ancres et d'avirons en métal bruni... Dès que le
signal leur en fut donné, ces cordiales gens, chargés
de transférer le corps, et qui devaient se relayer
durant le trajet, car il y avait assez loin de la place
des Moustiers à la nécropole, sise hors des murs ;
ces seize compagnons tombèrent à genoux et, s'é-
tant tous ensemble prosternés sur les dalles, se re-
dressèrent en même temps. Sitôt debout, la moitié
d'entre eux, les pâtres, étendirent transversalement
sous le cercueil quatre solides bandes d'étoffe mi-
parties noires et grises ; ensuite de quoi, l'ayant, au
moyen d'icelles, soulevé, tenant à deux mains les
bouts de ces lanières de drap, passées sous l'aisselle droite des uns, sous l'aisselle gauche des
autres, et jetées en écharpe sur l'épaule droite de
ceux-ci, sur l'épaule gauche de ceux-là, tous les
huit s'ébranlèrent simultanément, et quand ils pa-
rurent dehors, entre les mâts pavoisés qu'on avait
plantés l'avant-veille sur le seuil de la maison ma-
trimoniale, et qu'on n'avait pas encore abattus, un
cri navrant jailli de vingt mille poitrines au moins,

glorifia feu l'humanitaire qu'ils portaient avec autant d'orgueil que de piété :

— *Pécaïre!* notre quasi bon Dieu!...

Cette plainte exhalée, la foule, où figuraient
non seulement tous ceux qui naguère avaient été
de la noce, mais encore force autres campagnards
accourus du fond de la province, et presque tous les
ouvriers de la ville, y compris ceux des communes
suburbaines, la foule immense se tut et, silencieuse, se déroula. Menant le deuil, Gaspard,
enveloppé d'une mantelle brune traînante, la tête
enfouie sous un capuchon de crêpe double, ainsi
que l'exige l'usage du pays, marchait, leur donnant
la main, entre sa mère et sa femme. A quelque distance de lui, derrière la famille et précédant les
flots pressés du public, s'avançaient confondus les
intimes et les familiers de la maison : Aristide Sabarlus, le major Durambart, Olcla, le tambour de
la cité; Râb, Isaac Klicemackœrs, Evariste Navida,
Sébastien Almey, les deux sourds-muets, Simplice,
la Tôn et, vieil ami, fidèle *socius* du doux grabataire, un chat angora, qui, domptant la crainte bien
naturelle qu'eussent inspirée à tout autre félin que
lui les molosses à crinière de lion des bergers qui
charroyaient le corps, accompagna, miaulant la-
mentablement, les dépouilles de son maître jusqu'à
l'angle de la rue des Consuls, où plusieurs mégères,

embusquées sous de ténébreuses arcades, se signèrent à sa vue et marmonnèrent en le désignant :

— Oyez et voyez Belzébuth ! qui, sous la peau d'un matou, plus noir que l'enfer, court après la carcasse de son Messie !...

A cent pas de là, d'autres gens risquaient des réflexions plus sérieuses, sinon moins amères ; et bientôt un tollé s'éleva dans les quartiers luxueux où la lugubre procession, signalée au loin par les vigies, s'apprêtait à s'engager... Oooh ! c'est que, si l'avant-veille, jour du mariage, aucun représentant des classes dirigeantes, inféodées à l'une ou bien à l'autre des deux religions rivales qui se disputaient la prépondérance dans le monde aussi bien que dans la cité, n'avait osé se montrer aux fenêtres des riches demeures sises dans les rues où les voitures nuptiales avaient passé triomphalement, il n'en était pas de même aujourd'hui. Protestants ou catholiques, les notables, les cossus des deux sexes se rengorgeaient en habits de fête à toutes les croisées et sur les balcons de leurs domiciles respectifs ; on avait voulu voir de près ce que nul n'avait encore jamais vu, les obsèques d'un libre penseur ! et l'on s'était peut-être donné le mot pour narguer la populace éprise de ce millionnaire sans-culotte, dont le monde comme il faut était enfin débarrassé : « Dame, les manants

devaient être fort penauds, et les va-nu-pieds, les
meurt-de-faim abasourdis d'avoir perdu leur vache
à lait; un protecteur tel que celui-là, c'était le
merle blanc, le phénix et le chastre!... » On ne
railla pas longtemps; en présence de ce cortège
imposant et recueilli, composé presque unique-
ment de prolétaires, encore attachés sans doute à
leur vieille foi religieuse, mais déjà tout imbus de la
parole nouvelle des évangélistes de la Révolution,
les plus clairvoyants des cléricaux de l'une et
l'autre secte, au fond très sceptiques, sentirent
sourdre en eux une folle épouvante : un peuple
qui rendait de tels honneurs à cet audacieux,
mort sans secours spirituels d'aucune sorte, n'était
point très éloigné de s'affranchir de toute superstition, et le temps approchait peut-être où les religions d'État, abolies virtuellement déjà, le seraient
formellement; et dès lors, la liberté de conscience
régnant, tous les étais vermoulus soutenant l'antique société tombés, adieu privilèges et mono-
poles; aristocraties et théocraties, adieu ! la République démocratique et sociale promènerait en tous
lieux son niveau...

—Monseigneur ! ô monseigneur, persifla, comme
le convoi défilait devant le palais épiscopal où la
fine fleur du high-life ultramontain et monarchique
de la ville et du département était réunie, le mar-

quis de Sainte-Croix-la-Brelande-en-Bûdon, maire
de Montauriol, à l'évêque du diocèse, Sa Grandeur
Oscar Remy; rappelez-vous bien ce que j'ai l'honneur de vous dire, un nouveau 93 point à l'horizon,
et cette fois, je le crains, aucun Robespierre ne
nous sauvera !

— Dorme en paix la chrétienté ! repartit le
pontife en se tournant vers le sud-est, Rome veille,
monsieur.

— Rome ! on ne croit pas plus à ses foudres aujourd'hui qu'à celles du Grand Manitou... Voyez
donc !

Et fringant encore sous ses cheveux de neige, le
frivole gentilhomme montrait au prélat, on ne peut
plus mortifié de la saillie, le peuple qui tout entier à sa douleur traversait la place de la Cathédrale, sans même jeter un coup d'œil sur la sour-
cilleuse et monumentale basilique déserte, dont
les massives portes ogivales lamées d'airain étaient
soigneusement closes.

— A l'heure voulue par lui, le maître omnipo-
tent parlera...

Venant des quais où la foule stationnait, une rumeur soudaine coupa la parole à l'élégante ursu-
line qui, tout en minaudant, avait susurré cette
phrase banale.

— Il parle, madame, il parle, gouailla l'incorri-

gible patricien, et même il beugle. Écoutez ça ! Pal-
sambleu ! C'est une fière voix, allez, que celle du
lion populaire... Eh mais ! quelle mouche le pique ?
il grince, il rugit, il écume, dirait-on, il se bat
les flancs ! Si, par hasard, il imaginait de se ruer
par ici... Diantre ! rien que d'y penser, j'en pâlis !
comme vous, mon révérend ! Hé, gare ! le monstre
clame de plus belle...

Au loin, en effet, à l'entour du Pont Urbain,
grandissait un tumulte que trois faquins en phaéton avaient provoqué. Voyant affluer le flot humain, au lieu de s'arrêter ou de tourner bride, ainsi
que le leur commandaient les convenances, ces
beaux fils avaient, tout d'abord, essayé de se frayer
un passage à travers lui ; mais, refoulés bien vite,
ils s'étaient réfugiés sous le porche d'un hôtel ; et
là, debout, juchés sur leur véhicule, ils avaient,
affectant de rester couverts, toisé de haut en bas la
« canaille, » et même l'un d'eux s'était permis de
ricaner ainsi :

— Ni ministre, ni curé, ni rabbin, ni mufti, ne
précèdent cette caisse-là ; serait-ce un chien que
l'on enterre ?

Ayant entendu cette infamie, un rude de la
suite avait bondi dans la voiture et contraint les
trois gommeux à mettre pied à terre, où leur arrogance avait redoublé...

— Chapeau bas ! enjoignit le peuple outré, chapeau bas !

Ils regimbèrent.

— A genoux et tête nue !

Effrayés de l'explosion publique, ils baissèrent
pavillon, se découvrirent, et le mort, par eux enfin
salué, passa.

— Les gredins ! répétait le major, entraîné par
Sabarlus ; ah ! je bous ; les misérables ! s'ils n'ont
rien appris, ils ont tout oublié !

— Chut ! paix ! ami ; pas d'esclandre, on les re-
trouvera.

— Nom œ Dieu !...

— Chut ! nous approchons de l'endroit où par
respect chacun doit se taire ; encore un bout de
route et nous y sommes !

— Oui, je reconnais ce chemin que je parcourus,
il y a cinquante ans, pour la première fois un matin
de Pâques derrière le cercueil de ma pauvre mère.
Il est vrai que depuis lors ces faubourgs ont triplé ;
mordienne ! ils touchent presque à l'octroi ! pour
peu qu'ils continuent à s'allonger, ils envahiront la
campagne...

Et, tout en marchant au pas accéléré, comme un
simple conscrit, le quasi-centenaire examinait à la
hâte des murailles décrépites, chaperonnées de
tessons de bouteilles ; un réseau de ruelles où, le

gaz n'y ayant jamais rayonné, pendaient çà et là des
réverbères à l'huile ; un amoncellement de masures
ouvertes, à l'intérieur desquelles, auprès des
aïeules filant la quenouille ou tournant le fuseau,
des ménagères en haillons allaitaient leurs nou-
veau-nés ; enfin de nombreuses usines qui chô-
maient forcément ce jour-là, vu que les manœuvres
y travaillant ordinairement escortaient tous le
défunt.

— Tenez, tenez ! on se croirait en paradis ; est-
ce assez joli !...

Le maître d'école avait raison : au delà des portes
de la ville qu'on était en train de franchir, une
plaine lumineuse et verte s'étendait jusqu'au pied
de mamelons lointains moutonnant dans l'azur ; et
de toutes parts, à travers cet Eden, semé de chau-
mes ombragés, d'amples vergers aux allées tirées
au cordeau, de frais lilas, les arbres fruitiers
que le printemps avait déjà fleuris embaumaient,
bruissaient, et, délicieux artistes, un monde d'oiseaux, invisibles sous les feuillées, chantaient,
ivres d'amour, l'avril et son soleil !

— Halte ! articula tout à coup une voix brève
et dure, halte là !

Chacun dressa la tête, et l'on aperçut, sur le seuil
d'un clos dont on longeait les échaliers, un suisse
gigantesque armé d'une énorme hallebarde, et,

derrière ce colosse empanaché, doré sur toutes les coutures, un prêtre en surplis et l'étole au cou, qui, flanqué de deux terrassiers appuyés sur leurs bêches, agitait un crucifix diamanté, rutilant de gloires.

— Sus! bonnes gens, sus! intima Gaspard aux riverains du Tarn qui portaient alors la bière, n'ayez pas peur, en avant!

Tous les huit reprirent leur marche un moment suspendue.

— Arrêtez! s'exclama Noubélô tout imbu de sang et de fiel; ceux qui meurent sans confession n'entrent pas ici.

Pâle et crispé, Râb, à qui la colonne n'osait obéir, sortit des rangs:

— On nous a, monsieur, assigné cette sépulture, et je vous somme de respecter les décisions de l'autorité.

— Laquelle?

— Une seule a droit et pouvoir sur nous tous, je pense; la civile!

— Elle n'a point à s'ingérer dans les actes de l'Église, et je vous signifie à nouveau l'ordre de celle-ci.

Résolu, comme beaucoup d'autres, à passer outre, le docteur se précipitait déjà, quand Maillebru, terrible, opposant, d'un geste dont tous fris-

sonnèrent, à la pompeuse orfèvrerie que brandis-
sait le curé la piètre charpente dressée sur la
caisse mortuaire, s'écria :

— Voilà la vraie croix ! et sous elle réside un
vrai chrétien !

— Un hérétique !... vociféra le féroce abbé ; nous
ne pouvons l'admettre en ce lieu saint, réservé, nul
ne l'ignore, aux dépouilles mortelles des catholiques !

— Soit !

Et Gaspard, imité sur-le-champ de tout un
peuple exaspéré, tourna les talons et le guida vers
un couvert obombrant la voie publique.

— Au nom de la très auguste Trinité, brama Noubélô, j'adjure les fidèles qui suivent le corps de ce
réprouvé de l'abandonner ici ! Défense à tous de
l'accompagner plus loin, sous peine d'être un jour
traités comme lui !

Personne n'obtempéra, sauf la Tôn qui, venue
exprès sans doute jusque-là pour jouer cette tragi-
comédie, eut le front de déserter le cœur généreux
qui, se mourant, l'avait, *coram populo*, si noblement graciée et dotée.

— Ah ! gémit-elle en se plaçant, toute confite en
résignation, à la droite de son digne confesseur ;
enfreigne qui voudra ! pour nous, avant tout et
surtout le bon Dieu !

— Chipie ! grommelèrent quelques faubouriens ;
traîtresse !

Et tandis que le couple dévot, à cette heure-là
condamné même par Simplice repentant, grimaçait
au bord de la route entre les fossoyeurs et le bedeau
tout ébaubis encore de ce qu'ils avaient vu, voire
entendu, tout le monde fila sur les traces des pâtres du mont d'Aoûr, qui, pour soulager les riverains hors d'haleine, avaient repris le funèbre fardeau, dans une traverse ourlée d'aubépine et
feutrée d'herbe tendre, au bout de laquelle régnait
un vaste quadrilatère, palissadé de pieux et garni
de plusieurs portails de fer.

— Est-ce ici ?

— C'est là.

Le médecin s'approcha d'un bourgeois sec et
glabre, d'un aspect tout presbytérien, qui, san-
glé dans sa pseudo-soutane et se promenant de
long en large, une Bible sous le bras gauche,
avait, à l'aspect du cortège, effleuré des doigts son
chapeau de soie à grandes ailes.

— Avec vous soit Dieu ! Que désirez-vous d'un
ministre du Seigneur ?

Râb étudia pendant quelques secondes la face
hétéroclite de cet anguleux personnage qui ressemblait, à s'y méprendre, à son frère puîné, l'adjoint
Xavier-Raymond Zébédée, avec cette différence

pourtant que, si celui-ci, bègue hors de pair, ne pouvait prononcer trois mots de suite sans les étrangler au passage, celui-là s'exprimait sans aucune difficulté, mais, en revanche, était affligé d'un effroyable strabisme.

— On vous prie, monsieur le pasteur, d'accueillir favorablement en cette enceinte les restes de cet homme de bien.

— Nous ne saurions en ouvrir la porte à quiconque s'y présente avec un emblème injurieux pour notre foi.

— Quoi donc? intervint Gaspard, ces deux morceaux de bois peut-être?

— Oui.

Mme de Maillebru-le-Noir regarda fixement son inclément coreligionnaire qui, bientôt désarçonné, courba la tête, et Marianne défaillante se retint au bras de son mari, lequel, ne sachant plus se maîtriser, à la fin éclata :

— Qu'est-ce à dire? expliquez-vous donc! que signifie cela? Là-bas, on nous repousse quoique cette croix soit arborée sur ces planches, et vous, ici, vous nous resteriez fermés parce qu'elle domine ce cercueil !

Les yeux divergents du bigle étincelèrent sous leurs cils trop rares, et, tranchant comme un glaive, il murmura :

— Ce champ de repos n'est destiné qu'aux calvinistes...

— Huguenots ou papistes, succomberont les uns comme les autres dans l'impénitence finale! ils ne changeront jamais, jamais! et tôt ou tard, le même tonnerre abattra leur immuable orgueil... Allons, amis, allons! et puisqu'il faut que les vœux du mourant s'accomplissent; ils s'accompliront là-bas!

Sombres et grondants, les ouvriers, les paysans s'élancèrent sur les pas de Maillebru, dont les mains frémissantes indiquaient un monticule âpre et désolé qui tachait de lèpres hideuses la riante campagne, et, projetant au loin son ombre sinistre, s'étalait au milieu des champs comme une monstrueuse ordure.

— Ah çà! mais, souffla le vétéran, qui serrait ses poings de colère et dont l'œil injecté roulait des flammes, est-ce que, par hasard, on irait au Merdâs?

— Selon toute apparence, oui, major, oui, mon cher...

— Et pourquoi?

— Ne sais trop vraiment; à moins que ce ne soit pour y...

Stupéfait, le magister avala sa langue et ses yeux s'écarquillèrent : une dizaine de personnes s'étant détachées du convoi, sur l'ordre de Gas-

pard, avaient fouillé dans une bâtisse rurale, et
voici qu'à présent elles gravissaient à la hâte, pour-
vues de pioches et de pelles, les pentes presque
abruptes du morne et sale plateau qu'on avait devant soi.

— Ventre Dieu! sacra Durambart, il me semble
que je commence à comprendre, et ce que je comprends ne me va guère; serait-ce possible, Sabarlus? serait-ce vrai? Lui, dans ce fumier, en cette
pourriture? oh!

— C'est abominable! oui, mais taisez-vous, de
grâce, et prenez garde de poser les pieds sur
quelque...

— A tribord, à bâbord, partout il n'y a que de
ça, misère de Dieu!

Gercé, crevassé, raviné, défoncé, coupé par des
flaques profondes et sillonné de mille rigoles rabo-
teuses où l'on choppait à tout moment, le terrain
ou plutôt le chemin qui fuyait sous l'horrible colline,
aux flancs de laquelle s'ouvraient, telles que des
gueules, une foule de rougeâtres cavernes ourlées
d'une épaisse végétation sarmenteuse toute brûlée
du soleil, où fourmillaient, pullulaient, grouillaient
chenilles et vipères, était effectivement jonché de
toutes sortes d'immondices, car c'était là que depuis
des siècles une brigade de tombereaux charriaient
les scories de la ville, où nul égout n'avait encore

remplacé l'aqueduc, aujourd'hui ruiné, que les Latins y construisirent au temps des Césars, et ces gémonies, plus ignobles que celles de la Rome païenne, étaient peuplées de corps de bêtes en putréfaction que rongeaient les helminthes et sur qui planaient une nuée de mouches charbonneuses...

— Accrochez-vous à moi, pédagogue, pour escalader ce raidillon.

— Non, merci, la fureur me rend aussi leste que vous, capitaine...

Il fallut au moins vingt-cinq ou trente minutes pour monter, à travers un monstrueux amas d'écailles d'huîtres, de coques d'œufs, de glaires sanguinolentes, de papiers graisseux, de débris de viandes et de poissons, de mille détritus exhalant on ne sait quelle puanteur, un étroit sentier en spirale qui débouchait à la cime de ce sordide mamelon hérissé de ronces et d'orties, où les pâtres et les mariniers essoufflés déposèrent un instant leur fardeau.

— Quoi, c'est donc ici ?

— C'est ici !

— Grand Dieu !

Les porteurs, ayant repris haleine, passèrent sur d'inextricables broussailles, craquant, fondrant sous les pieds, et bientôt s'engloutirent dans une espèce de rond-point frangé de haies menaçantes, obstrué de tertres difformes, au centre duquel, parmi l'herbe folle atteignant la hauteur du genou, se tordaient, en proie à la vermine, sur leurs racines à nu, de grands arbres lugubres, coudés ainsi que les gibets de Montfaucon et transversés comme les croix du Golgotha.

— Durambart, mon ami, je ne suis venu qu'une seule fois en ce réceptacle ; c'était le lendemain de l'exécution du nommé Xânil ; et quoiqu'on ne fût qu'un moutard à cette époque, on se souvient encore de ce qu'on y vit. Tenez, à votre gauche, ici, quelqu'un me montra l'endroit où l'on avait enfoui le faux-monnoyeur Olbédru, qui fut roué vif à l'embranchement des Six-Moulins, sous la tour de Capoue ; et là, sur ma droite, une pierre marquait alors la place où se consumait Tarabié, qui fut pendu pour avoir éventré son gendre et sa bru ; plus loin, moisissent Norblanc et Saldamill, les incendiaires, écartelés ensemble en notre cité ; puis tout là-bas fermentent pêle-mêle un tas d'assassins, guillotinés sous le premier consul, entre autres la monstrueuse Adélaïde Humiercq, qui mutila trente petits garçons, et Pénual, le bouvier de Saint-Tamandrinoux-ès-Liens, qui souilla le même jour ses trois filles, en bas âge ; enfin, entre ces deux saules que le feu du ciel a racornis et qui vacillent sur leurs pieds cancéreux, s'embrassent dans la bourbe les deux sœurs fratricides, Henriette et Charlotte Ysiloumand, dont l'aînée, décapitée après sa cadette, aspergea de sang avec son bras tronqué la foule du haut de l'échafaud et mordit en retombant sous la hache rougie un des valets de Paschal Lylyl, le bourreau bossu que nous avions en ce temps-là. Sang-de-Dieu! mon brave, ainsi que vous le disiez hier, c'était au Panthéon qu'on devait transporter les cendres du meilleur habitant de la terre; mais non pas au *cimetière des suppliciés!*

— Sabarlus?

— Eh bè?

— Cette tranchée! là, là!...

Le vieux soldat de la Révolution se prit à sangloter comme un enfant, et, tandis qu'il épanchait librement sa douleur, un cercle compact se formait autour de Gaspard, debout entre sa mère et sa femme agenouillées toutes les deux au bord de la tombe qu'avaient déjà creusée les gens envoyés en avant pour cela.

— Silence !...

On entendit coup sur coup le bruit sourd du cercueil se heurtant aux parois de la fosse, et la chute de quelques mottes de marne sur le couvercle de la bière, descendue à l'aide de cordes au fond du trou; puis la voix saisissante et grave de Maillebru :

— Chers amis, beaucoup d'entre vous, témoins de l'agonie de celui que nous pleurons, se rappellent que, la parole lui manquant, il me transmit par signes, empruntés au langage gestal des sourds-muets, sa dernière volonté. Prévoyant, au moment d'expirer, que les fourbes qu'il avait démasqués s'acharneraient sur son cadavre et refuseraient de l'accueillir en terre consacrée, il m'ordonna de le faire inhumer ici. Fidèle et rigoureux imitateur de Jésus, a-t-il voulu donner à des prêtres hautains une leçon d'humilité? Peut-être ; on ne sait. Toujours est-il que, s'il existe au-dessus de nous une souveraine justice, et je crois qu'il y en a une, elle recevera ce juste ; et c'est en haut, auprès de la divinité, non pas inhumaine et parricide comme la représentent les tyrans intéressés tous à propager de tels mensonges, mais clémente et paternelle, que nous retrouverons un jour ce doux apôtre de la fraternité. Qu'il repose en cette fange maudite, sanctifiée par sa présence, ainsi que le fut, par un sacrifice sublime, la montagne scélérate où se consomma l'immolation si féconde de l'Homme! Au nom de nous tous, je dis, au frère et père bien-aimé qui nous a quittés : au revoir !

— Au revoir ! répéta la foule indiciblement émue, au revoir !

Un grand moment s'écoula pendant lequel bien

des larmes mouillèrent les plus viriles figures plé-
béiennes... Enfin, chacun détourna les yeux du
creux béant, et tout le monde se disposa tristement
à rétrograder.

— Attendez! pria soudain une voix déchirante,
attendez!

On fit aussitôt volte-face, et l'on se pressa derrière le régent, qui fichait dans la glaise l'humble
croix de bois ôtée par lui de dessus le cercueil et
sur laquelle, avec un crayon noir, il avait buriné
l'inscription que voici :

CI-GÎT
PARMI LES
MÉCHANTS
VICTIME DE L'INTOLÉRANCE RELIGIEUSE
DES CATHOLIQUES ET DES PROTESTANTS
CONTRE LUI CONJURÉS
UN BIENFAITEUR
DE L'HUMANITÉ
TITI FOYSSAC IV
QUE
D'UN ACCORD
UNANIME
SES CONCITOYENS
SURNOMMÈRENT
LA RÉPUBLIQUE
ET LA CHRÉTIENTÉ!

— Jurons, s'écria le major quand tous ceux qui

savaient lire eurent lu, jurons que, si la calotaille arrache d'ici cette croix accusatrice, nous l'y replanterons.

— On le jure !

Isaac Kliœmæckers leva la main ainsi que tous les autres ; ensuite, ayant lancé, selon certain rit hébraïque, trois pierres dans la tombe, il se prosterna ; jamais peut-être chair morte de chrétien ne fut honorée ainsi par un juif.

— Allons, allons ! dit Olcla, balbutiant comme un caduc, puisqu'il faut se séparer de notre brave homme, autant vaut tout de suite que plus tard ; partons, venez.

Seul, quelqu'un resta longtemps encore devant la fosse qu'on comblait ; tandis que tous s'éloignaient derrière Gaspard entraînant Marianne, dont le courage et l'énergie étaient totalement vaincus, Râb, lui, le docteur Râb, plongé dans on ne sait quelle sévère rêverie, scrutait tantôt la terre ingrate où dormirait éternellement le défunt, et tantôt le soleil couchant, qui, mi-voilé par un arbre tors, apparaissait à la cime d'un mont, entre des branches, tel que le triangle symbolique où flambe l'œil ardent de Jéhovah...

— Non ! conclut enfin l'athée en foulant le sol et d'un accent amer où vibrait comme l'écho des mille et mille voix de ces obstinés chercheurs en détresse, qui, n'ayant rien trouvé de probant pour l'existence d'un Être suprême, et répugnant d'autre part à l'idée atroce du Néant, ne savent toutefois s'astreindre à vivre dans une foi aveugle; non, non, je ne puis, moi, te dire : au revoir !... Adieu, bon et grand citoyen; *hélas! adieu!*

Décembre 1877 — Avril 1878.

Dux

A mes bons compagnons

Alphonse Daudet & Paul Arène

L. Cl.

DUX

Huit à dix mois avant de s'exiler en Hollande, le poète Pierre-Charles *, enlevé si prématurément aux belles-lettres, que très peu de ses contemporains ont aimées et pratiquées comme lui, m'adressa la courte lettre que voici : « Cher enfant, il serait bon de revoir ensemble, une fois pour toutes, vos *Amours éternelles*, que vous avez bien voulu me dédier, et dont la neuvième épreuve m'a été communiquée hier soir par l'imprimeur de la *Revue gauloise;* une demi-douzaine de termes impropres et quelques locutions d'outre-Loire, plus romanes que françaises, et qui me semblent trop hétérodoxes, déparent, à mon avis, votre curieux travail : accourez,

---

* *Tels étaient les prénoms de Baudelaire, dont, cela saute aux yeux, M. Cladel ébauche à grands traits ici le portrait littéraire et personnel.*   (Note de l'éditeur.)

accourez vite chez moi, rue Flamande, hôtel d'Arteveld, où je vous attendrai, s'il y a lieu, toute cette
après-midi. — P. Ch. » Ajuster, raboter et sertir...
des périodes avec le docte et puissant rhéteur à qui
l'on doit les *Roses noires* et les *Ciels factices* fut et
reste ma meilleure fortune littéraire. On m'accordait
assez généralement, dans le milieu purement artistique où j'étais alors connu, quelques petits mérites ;
on y disait de moi que je soignais beaucoup ma
forme et que je ne manquais point d'une certaine
originalité. S'il est vrai que je sache aujourd'hui
me servir de mon outil, l'honneur en est tout entier,
je l'atteste, à ce sévère Mentor qui m'apprit avec patience à « tailler mes plumes » et m'enseigna la manière « de manger des lexiques. » Heureux et fort
heureux serais-je si jamais je digère ceux-ci, gou-
verne celles-là, aussi bien que ce vénéré doctrinaire,
lequel, écrivain hors ligne et profond observateur,
connaissait les hommes non moins que les mots.
A La Haye, un jour (pressentait-il ce jour-là sa fin
prochaine et les insolentes inepties que lui déco-
chèrent, après sa mort, les plumitifs de la chronique
parisienne?) il écrivit, dans l'un de ses derniers et
magnifiques poèmes en prose qui dureront autant
que les bronzes et les marbres des grands ci-
seleurs, cette phrase étrange et prophétique, que
ses lecteurs habituels ont remarquée et ses amis

retenue : « Il n'est nul moyen d'empêcher les bêtes
enragées de se glisser dans les cimetières et d'y
baver sur les tombes ! » Ses acharnés détracteurs
demeurèrent marqués au front de cette amère parole, plus brûlante qu'un fer rouge. Ils ont eu beau
faire, ils ont eu beau dire, on rend enfin justice à
celui que, si longtemps, ils abreuvèrent de dégoûts.
Ses œuvres, on les lit ! on prône ses vers, on exalte
sa prose, et, ce n'est pas tout encore, on s'occupe de
ce que fut sa personne. « Il était fin causeur, il avait
des manies, son âme était indulgente et son cœur
loyal ! Où vivait-il et comment vivait-il ? » On veut
être édifié sur ses moindres gestes et sur toutes ses
aptitudes. Satisfaire à cet égard la curiosité publique est aisé ; les anecdotes pleuvent, les rensei-
gnements surabondent. Il dessinait très correctement, il avait une écriture carrée fort bizarre,
il hantait les musées et les bibliothèques ; bref, il
fut un être à part, et la presse donne le fac-similé
de quelques-uns de ses croquis à l'encre de Chine,
et reproduit ses manuscrits autographes. Il est
question de sa chambre à coucher et de son cabinet
de travail, autant que de sa griffe et de sa coiffure.
On affirme, en outre, qu'il était toujours vêtu de
noir, et l'on parle même de la coupe extraordinaire
et surannée de ses culottes ; il est enfin devenu
magistral et sacro-saint, on le tient désormais

pour tel, et chacun le glorifie à bouche et plume
que veux-tu... N'est-il pas mort? A l'époque déjà
reculée où nous nous fréquentions assidûment, il
vivait à peu près ignoré de la foule, mais franchement admiré de ses disciples et de ses émules. On
aimait les charmes captieux de sa parole et l'on
recherchait avec empressement sa société. Toujours poli, très hautain et très onctueux à la fois,
il y avait en lui du moine, du soldat et du mondain ;
aussi sied-il d'attribuer à ces aspects multiples les
portraits si divers qu'on a faits de lui. Pour moi, je
le vois encore tel qu'il m'apparut et que je le *di-
vulgue*. Ouvert à ceux qu'il croyait bons et sensibles, mais farouche à ceux qu'il jugeait autrement, il évitait les gens frivoles et ne s'accointait
jamais au premier venu. Si les outrecuidances in-
discrètes ou déplacées des bohèmes le navraient
et lui suggéraient souvent un brusque parti, les
tutoiements incongrus des fâcheux jadis cou-
doyés sur les bancs du collège et retrouvés par
hasard en plein Paris le jetaient en des transports
de fureur. Élégant, un peu maniéré, circonspect,
timide et frondeur à l'unisson, il avait des amis,
mais point de camarades, et les sots l'eussent fait
fuir au bout du monde en l'entretenant à brûle-
pourpoint de ses propres œuvres ou de celles de
ses contemporains. Son étonnante réserve à ce

sujet provenait du profond dédain qu'il nourris-
sait pour ces hâbleurs toujours prêts à trancher
sur tout, avec lesquels il tenait, d'ailleurs, à n'a-
voir rien de commun. Évidemme..t, il devait paraître
excentrique à ses pairs, je veux dire aux personnes
de sa profession, car il avait au plus haut degré
le respect de soi-même, et, partant, le respect d'autrui. Beaucoup de lettrés, ses compagnons de la
première heure et la plupart des folliculaires en
renom dans ces dernières années le haïssaient uni-
quement à cause de cela ; mais, c'est pourquoi
d'autres, au contraire, et j'étais du nombre, ne l'en
aimaient que davantage et mieux. Un jour, à cet
égard, dans une étude spéciale, je m'en expliquerai
plus abondamment : *hic est non locus !* et d'ailleurs,
le poète nous attend. Or, dès la réception de sa
lettre paternelle transcrite ci-dessus, je sortis à la
hâte et me jetai dans le premier fiacre vide aperçu
rôdant aux abords de la rotonde du Temple encore
debout et tout près de laquelle je résidais en ce
temps-là.

—Pour où, bourgeois, interrogea du haut de son
siège mon cocher de rencontre à qui je n'avais, en
montant en voiture, adressé ni la parole ni le regard ; de quel côté, s. v. p. Ohé ! monsieur, répondras-tu ?

De voix enrouée et grasse comme celle-là, je

n'en avais pas très souvent entendu, et le butor qui
la possédait me parut ivre... Aussitôt que j'eus mis
la tête à la portière et dit où je désirais qu'on me
rendît, un « allume, Bijou ; roule, Fend-l'Air ! » accompagné d'éclatants coups de fouet en dessous,
enleva les deux chevaux de l'équipage qui bondirent
simultanément en avant et brûlèrent le pavé. La ligne
des boulevards, de la caserne du Prince-Eugène à la
Maison-d'Or, fut franchie en un instant. Ils avaient,
en vérité, le feu au ventre, ces petits chevaux de
Tarbes dont la voiture était attelée, et celui qui
les dirigeait, un grain de folie au moins dans le
cerveau. Quelle course ! Eviter le choc des mille
véhicules que nous croisions ou devancions en les
rasant de si près que parfois les moyeux des roues
semblaient se toucher ; aller à droite, à gauche, on-
duler en tous sens, et passer toujours à fond de
train entre tant d'obstacles accumulés, se garer
soi-même des lourds omnibus et des fardiers char-
riant des troncs d'arbres et des monstrueuses charrettes limonières chargées de pierres de taille,
éclabousser les piétons et les faire mourir de peur
sans jamais leur causer le moindre mal, bien entendu, tout cela n'était qu'un jeu pour mon endia-
blé cocher. Était-il dans les vignes, ainsi que dès le
premier abord je l'avais supposé ? Ma foi ! s'il avait
réellement bu quelque coup de trop, il justifiait ad-

mirablement bien ce proverbe qui court les rues et
les carrefours : « Il y a un Dieu pour les amoureux
et pour les ivrognes. » Et quant à ses bêtes, elles
étaient non moins extraordinaires que lui. Des chevaux de louage avoir un tel diable au corps et tant de
sang, à Paris, oh! le cas était neuf. « Hue! » « Dia! »
Fort dociles au commandement et l'exécutant à point,
ils eussent, je crois, passé par le trou d'une aiguille,
ainsi que le chameau de l'Écriture. Ils hennissaient
et ruaient tous les deux, en *postant*. Échevelés, ils
secouaient la crinière dans le vent, et leurs sabots,
dont le fer sonnait sur le sol comme des marteaux
sur la bigorne, soulevaient le noir et boueux maca-
dam qui rejaillissait, émietté, jusqu'aux devantures
des boutiques, et parfois, témoins de cette allure
folle, les passants s'arrêtaient au long des trottoirs et semblaient se dire, dodelinant de la tête et
levant les bras : « Ont-elles, oui ou non, pris le
mors aux dents, ces rossinantes? » Il n'en était
rien, heureusement; toutefois, la course me parut
à la fin si rapide et si désordonnée que je ne sus
me défendre de presser ce bouton de cuivre dont est
pourvu le ciel de toute voiture de place ou de remise. Un timbre retentit. Immédiatement le fiacre
obliqua, prit à droite et s'arrêta le long du trottoir
comme par enchantement; ensuite une des portiè-
res s'ouvrit d'elle-même, m'invitant pour ainsi dire

à descendre. En somme, il n'y avait pas plus de cinq à six minutes que nous avions quitté la place de la Rotonde, et nous nous trouvions déjà sur l'un des flancs du nouvel Opéra.

— Que faites-vous donc, cocher ?

— On s'arrête, l'ami.

— Pas tant de familiarité, je vous prie, et marchez prudemment.

Immobile et grave là-haut sur son siège de cuir ainsi qu'un roi sur son trône, il ne daigna même pas détourner la tête, mais je l'entendis grommeler entre ses dents :

— Sacrés j...-f..., espèces de manants ! ils ne sont jamais réjouis ; on les sert mal, ils piaillent ; on les sert bien, ils piaillent encore, ces pouilleux ; oh ça finira, farceurs ! A l'ourse ! I... Bijou ! trottine, Fend-l'Air !... remisons ce mauvais coucheur ; attends, va, serin, rossignol !...

Lorsque nous arrivâmes à la rue Flamande, il bougonnait encore, le vilain drôle ! En me voyant mettre pied à terre, il fit claquer son fouet avec arrogance et lâcha sous cape je ne sais trop quoi, certainement à mon adresse. Indifférent à ses grognements autant qu'à sa mimique, et le laissant bourdonner et gesticuler à son gré, je franchis le seuil d'une de ces vieilles bâtisses à ventre bombé, comme on en érigeait jadis, sous le règne de j'ignore

quel bon roi (bon est ici par euphémisme), et bientôt, ayant gravi, non sans peine, les marches usées
d'un escalier de pierre en colimaçon, je heurtai
doucement à l'huis entr'ouvert d'un appartement
sis au troisième étage, où je devais être impatiemment attendu...

— *Veni!*

Le magicien ès lettres (il méritait ce titre dont
lui-même avait décoré naguère Théophile Gautier,
son modèle) travaillait, selon son habitude, en manches de chemise, tout comme un manouvrier en
plein champ ou sur la voie publique. Une molle cravate de soie, couleur de pourpre, à raies noires,
négligemment nouée, flottait autour de son cou robuste et bien attaché, dont ce délicat était si fier.
Rasé de frais et luisant comme un sou neuf, il se
délectait dans son vaste déshabillé de toile, aussi
blanc que neige et d'une coupe très ancienne.
A mon entrée, il secoua, tout souriant, ses longs
cheveux gris, un peu crépelés, qui lui donnaient
un air vraiment sacerdotal, et ses deux beaux
yeux intelligents, « profonds et noirs comme la
nuit, » se fixèrent sur moi ; puis, sans mot dire, il
repoussa loin de lui la page, criblée de ratures,
sur laquelle il s'escrimait depuis plusieurs jours
peut-être, et réunit religieusement une quantité de
feuilles imprimées, éparses sur sa table de travail ;

ensuite, il me désigna de l'œil un vieux fauteuil
Empire, en tous points semblable à celui sur lequel
il était assis lui-même, et considéra voluptueuse-
ment ses mains de patricien et ses ongles roses,
aussi fins et non moins acérés que ceux d'une
infante. Il avait ses manies, que je savais toujours
respecter ; aussi ne desserrai-je pas les dents
avant qu'il fût redescendu sur terre et qu'il m'eût
fait entendre son cri sacramentel : « Au devoir !
allons, au devoir ! » Enfin, il ora ; la parole prévue
fut prononcée et nous nous mîmes à l'œuvre incontinent. Tout beau ! Dès la première ligne, que dis-
je ? à la première ligne, à la première lettre, il fallut
en découdre. Était-il bien exact, ce mot ? Rendait-il
rigoureusement la *nuance* voulue ? Attention ! Ne
pas confondre *agréable* avec *aimable*, *accort* avec
charmant, *avenant* avec *gentil*, *séduisant* avec *pro-
vocant*, *gracieux* avec *amène*, holà ! Ces divers
termes ne sont pas synonymes ; ils ont, chacun d'eux
une acception toute particulière ; ils disent plus
ou moins dans le même ordre d'idées, et non pas
identiquement la même chose ! Il ne faut jamais, au
grand jamais, user de l'un à la place de l'autre. En
pratiquant ainsi, l'on en arriverait infailliblement
au pur charabia... Les griffonneurs politiques, et surtout les tribuns de même acabit, ont seuls le droit,
enseignait cet infaillible pédagogue, d'employer *ad-*

monition pour *conseil*, *objurgation* pour *reproche*,
valeur pour *courage*, *époque* pour *siècle*, *contempo-
rain* pour *moderne*, etc., etc. Tout est permis aux
orateurs profanes ou sacrés qui sont, sinon tous, du
moins la plupart, de très piètres virtuoses; mais
nous, ouvriers littéraires, purement littéraires, nous
devons être précis, nous devons *toujours* trouver
l'expression absolue ou bien renoncer à tenir la plume
et finir gâcheurs, comme tant d'autres qui, tout en
ayant la vogue, n'auront jamais de succès ni de
considération. Et tandis qu'il dissertait à voix haute
et lente, le sévère correcteur soulignait au crayon
rouge, au crayon bleu, les phrases qui, selon lui,
manquaient de force ou d'exactitude, et ne *s'adap-
taient pas à l'idée, ainsi que les gants à la peau.*
Cherchons ! Si le substantif ou l'adjectif n'existent
point, on les inventera; mais ils sont là, comme
des pépites dans la gangue... Et les dictionnaires de
notre idiome empoignés étaient aussitôt compulsés,
feuilletés, sondés avec rage, avec amour. On faisait
souvent bonne chasse, mais quelquefois aussi l'on
revenait bredouille. Alors intervenaient les lexiques
étrangers. On interrogeait le français-latin et puis
le latin-français. Un pourchas sans merci ! Néant
dans les anciens : aux modernes ! Et le tenace éty-
mologiste, à qui la plupart des langues vivantes
étaient aussi familières que la plupart des langues

mortes, s'enfonçant dans les vocabulaires anglais, allemand, italien, espagnol, poursuivait pour lui, comme pour moi, l'expression rebelle, insaisissable et qu'il finissait toujours par créer, si elle ne se trouvait point dans notre langue. « Allons donc! un néologisme ne fait peur qu'aux académiciens qui, Sainte-Beuve et Victor Hugo exceptés, jargonnent plus ou moins. » En devisant ainsi, l'indomptable praticien dont, par parenthèse, je n'ai jamais très bien compris l'égale admiration pour ces antipodes ni qu'il les citât presque toujours ensemble avec tant d'ambiguïté, s'acharnait de plus en plus à l'ouvrage, et bientôt je le voyais suer à grosses gouttes et geindre et renâcler, et faire ahan! comme un forgeron en butte aux ardeurs de sa forge et martelant sans relâche sur son enclume le fer rougi qui résiste et qu'il ne peut tordre à son gré. Cet après-midi-là, je m'en souviens comme d'hier, un mot entre tous, je ne sais plus lequel, longtemps nous arrêta. De guerre lasse, surexcités au point d'avoir perdu momentanément la notion saine des règles grammaticale et philologique, à bout d'expédients, nous versâmes subitement dans l'extravagance, moi d'abord et mon maître ensuite. Un barbarisme monstrueux fut inventé ; la belle trouvaille! Il nous sembla que nous avions découvert le Pérou. Quelle extase profonde et quelle allégresse! Heureux et triomphants, nous nous regardions en silence. Illuminés étaient nos yeux et nos traits rayonnants. On eût dit à nous voir que, nouveaux Jasons, nous venions de conquérir la toison d'or ! Oui, mais au comble de l'orgueil, l'homme, ce fat, est toujours précipité. Tout à coup le poète, désabusé, partit d'un grand éclat de rire et s'écria : « Nous sommes idiots ! simplement idiots ! » Il avait raison et j'en convins. Hardi ! Les gros dictionnaires furent bouleversés à nouveau. Rien, rien. A nous, Noël et Chapsal, à nous les poudreux glossaires, à nous les décrétales de l'Institut, à nous Burnouf et *tutti quanti*. Vive l'idiotisme ! En avant tropes et métonymies ! A nous le néo-latin et le néo-grec ! Courage, avançons, allons encore, allons toujours ! Hélas ! hélas ! stérile fut ce beau travail-là. J'en étais harassé. Dévot à ses saints, le scholiaste ne savait plus auquel se vouer et me regardait de travers... Soudain, il se frappa le front. Archimède avait bien trouvé, lui ! Sur le plus haut rayon d'une bibliothèque bâillait un effroyable in-folio. S'en saisir, y puiser en un clin d'œil, mon vaillant précepteur fit tout cela ; dans ses mains, le tome énorme voltigeait comme un fétu. Quel était ce livre ? Avec une agitation indicible, j'y jetai les yeux à mon tour. O terreur ! invincible effroi ! de l'hébreu ! Pierre-Charles y lisait de gauche à droite les caractères chaldaïques, et tandis qu'il

syllabisait, effaré, ses noires prunelles étincelantes
envoyaient de toutes parts autour de lui des éclairs
terribles.

— *Satis!* criai-je en lui demandant grâce, assez,
assez !

— Animal ! lâche ! tu ne veux donc pas devenir
artiste ?

Il était superbe d'attitude et de physionomie. Ému,
mais nullement fâché, certes, de ces âpres paroles
qui me prouvaient combien grande était l'amitié
qu'il avait pour moi, je lui tendis cordialement la
main. Il se ravisa sur-le-champ et fut le premier à
rire de sa saillie « incongrue » qu'il me pria de lui
pardonner. « Reprenons haleine, ajouta-t-il ; et puis,
à la rescousse ! Il faut, coûte que coûte, dénicher le
merle blanc ! » Opiniâtres, nous nous remîmes encore à l'étude ; mais bientôt, épuisés de tant d'efforts
infructueux, nous dûmes, cette fois, abandonner le
combat. Il fut entre nous décidé que l'expression
réfractaire et victorieuse de notre obstination serait laissée en blanc et qu'on remplirait le vide à
l'imprimerie avant la mise en pages. On avait toute
la soirée et toute la nuit pour enfanter, et, que
diable ! l'enfantement aurait lieu, fallût-il pour cela
se servir du forceps. « Ainsi soit-il ! » murmurai-je.
Et nous causâmes de choses et d'autres, en fumant
des cigares...

— On raconte qu'une nouvelle planète est apparue à l'horizon.

— Amanda?

— Non; il ne s'agit point de cette fauve écuyère qui jadis affola Sahib-Effendi... Mais, à propos, ami, savez-vous ce que ce boulevardier en turban est devenu?

— Je l'ignore.

— Un horrible démagogue!... Oui, mon cher, il préside un club ou plutôt une vente à Stamboul, le cercle des sans-culottes turcs.

— En vérité?

— Foi de romantique à tous crins et d'ex-carbonaro !

— Renégat !

— Eh! qui ne l'est point un peu, passé quarante ans?

— Alors, vous avouez...

— Oui! Bâti comme tout le monde, je subis la loi commune : on est révolutionnaire tant qu'on est maigre, et conservateur dès qu'on prend du ventre; or, j'engraisse... *ohimé!*

Si jadis, en 48, ce curieux « enfant du siècle » et de Paris avait professé hautement sa foi républicaine et coiffé le bonnet phrygien, il s'était malheureusement, depuis lors, désintéressé de la démocratie et vivait à cet égard dans une trop pro-

fonde indifférence qu'il m'autorisait à blâmer, tout
en se moquant de ce qu'il appelait *mes rouges lu-
bies*. « Allez ! Plus tard, vous abjurerez Marianne,
vous aussi ! » Non seulement ce pronostic ne s'est
point vérifié, mais encore j'affirme qu'il ne se réa-
lisera point. En matière religieuse, l'homme se
disait catholique ultramontain ; pur dandysme ! Il
ne croyait au fond ni à Dieu ni au diable, bien qu'il
feignît de craindre et de révérer Satan, ce « rusé
doyen. » Ne pouvant guère nous entendre sur ces
mystagogies, j'avais toujours soin de ramener la
conversation sur l'esthétique, où rien n'empêchait
que nous tombassions vite d'accord, et c'est alors
vraiment que je buvais du lait à l'entendre arguer.
Ordinairement très sobre, avec ses intimes, de ces
harangues dont il aimait à éblouir le *vulgum pecus*,
quand il consentait à *poser* pour la galerie, ce nerveux et correct orateur, encore agité de la fièvre
du travail, eut envie, ce jour-là, de phraser pour
moi seul, et, dérogeant à ses habitudes, il improvisa… Quelle verve et quel feu ! Loin de me distiller
un de ces discours bizarres et froids savamment
alambiqués, dont, en d'autres circonstances ainsi
qu'en d'autres lieux, il n'eût pas manqué de stu-
péfier « l'aimable bourgeois, » il s'exprima chaudement, à bâtons rompus, impétueux et naïf comme
un cœur de vingt ans. Avec quel enthousiasme il

me dépeignit toutes ses passions artistiques et mit délibérément son âme à nu. Selon lui, notre langue était la reine des langues, et les lettres le premier des arts. Elle les avait tous engendrés et conçus, la littérature; aussi, les dominait-elle tous! Ils devaient donc s'incliner devant elle et lui rendre grâce avec humilité. N'était-elle pas pleine de rhythmes, et de rhythmes plus variés et plus nombreux que ceux se référant à la musique, et comme cette dernière, n'avait-elle pas, elle aussi, ses rondes, ses blanches, ses croches, ses doubles et ses triples croches, ses andantés, ses allégros, ses rugissements et ses soupirs? Est-il, je vous le demande, un harmoniste qui vaille le barde de la *Légende des siècles*, et quel symphoniste égala jamais le chantre de la *Comédie de la Mort?* Il maëstro Rossini, sans conteste, avait quelque mérite, et Jacob Meyerbeer, idem ; mais ont-ils trouvé des mélodies comparables aux stances de Lamartine et des couplets aussi pénétrants que ceux de Pierre Dupont?... On pestera, l'on ragera, qu'importe! un vers cornélien sera toujours plus sculptural qu'une statue, et la ciselure des mots l'emportera sempiternellement sur la ciselure des métaux ou des marbres, et les peintres ne tireront jamais de leurs palettes que des couleurs bien ternes à côté de celles que le poète, lui, peut ex-

traire de son écritoire... A cet égard, tenez, il n'y
a pas huit jours, certain critique d'art *di primo
cartello*, que M. Ingres, votre compatriote, mon
cher Montalbanais, ne doit pas porter en son cœur;
un ancien sous-préfet de Février qui, lui aussi,
voilez votre face, est devenu réactionnaire, non pas
parce qu'il avait des tendances à l'obésité, mais
parce qu'il s'émaciait, ce qui me confond ! Silvestre,
puisqu'il faut l'appeler par son nom, le terrible
montagnard de l'Ariège, pays qui ne produit que des
hommes et du fer, T. Silvestre m'a conté chez Dau-
mier, en présence de Millet et de Corot, qu'un jour
Rude, le fier Rude, alors qu'il méditait le grandiose
bas-relief de l'Étoile, la *Patrie en danger*, pleura
sur une page de Michelet, en s'écriant : « Il n'y a pas
moyen de rendre ça ! le « géant », Michel-Ange lui-
même y échouerait, et l'on veut que je m'en charge !
oh ! non, non, je n'en suis pas f...u. » D'autre part,
Eugène Delacroix, le fougueux coloriste qui ne crai-
gnit pas lui, de se colleter avec Shakspeare, m'a dit
cent fois à propos d'*Hamlet :* « Tous nos pinceaux de
France et de Navare seront contraints de baisser
pavillon devant cette plume anglo-saxonne, et, moi,
je me déclare vaincu ! » Comme ils avaient raison,
tous les deux, le formidable statuaire et l'infernal
brosseur : aux mots seuls la ligne absolue et la suprême couleur ! Examinez : celui-ci n'est-il pas

d'un franc vermillon, et celui-là ne défie-t-il pas le plus diaphane azur? Regardez un peu : tel n'a-t-il pas le doux éclat des étoiles aurorales, et tel la pâleur livide de la lune? Et ces autres, où s'allument des scintillations semblables à celles des crinières inextricables des comètes, quels crayons, quelles sanguines et quelles laques lutteraient avec eux! ainsi qu'avec ces autres encore! en qui l'on découvre, comme oserait le dire en son langage vertigineux cet irrésistible toqué de Banville, mon vieux camarade, les arborescences splendides et majestueuses du soleil! Ami, les aveugles seuls sont dans l'impossibilité de discerner cela... « Voyez, voyez donc! » Et le puissant idéaliste, en proie à quelque accès lyrique, avait des gestes pompeux et des regards on ne peut plus extraordinaires. Évidemment, ce qu'il disait, il le sentait, il le voyait *au delà*, je ne sais où. Tout à coup, sa parole éclatante et précipitée devint plus lente et plus grave : il révéla la valeur morale des mots. Sérieusement, à son avis, il y en avait de charitables, il y en avait de haineux; il en connaissait de lâches, de superbes, de très loyaux et de fort judaïques; il y en avait de petits, il y en avait de médiocres, il y en avait de grands! « Ah! vous riez; eh bien, riez à votre aise; mais écoutez-moi, je le veux! Il en est des mots, vous dis-je, comme des

gens. On en trouve qui sont royalistes et d'autres qui sont républicains, on en rencontre de di-
vins et l'on en déniche de diaboliques, il y en a
qui sont bêtes et d'autres qui sont intelligents ; enfin,
il en est qui ne sont rien, pas même bâtards ! Allez,
allez, on a beau les écrire tous à l'encre noire sur
du papier blanc, ils n'en apparaissent pas moins
tels qu'ils sont : ou radieux comme le jour, ou sombres comme les ténèbres, immaculés comme le lis
ou rouges comme le sang, ou neutres comme des
sénateurs ou des ministres ! » Et le vatès en délire
s'extasiait !... « Avec de patientes conjonctions de
mots, reprit-il, on arrive à tout, au subtil, au gracieux, au profond, au comique, au sublime ! « Artiste, de la terreur ? » — « En voilà ! » — « De la lumière ? » — « En voici ! » — « Rhapsode, on souhaite
de rire, on désire pleurer ! Trouvère, charme-moi,
ranime-moi ! » La lyre obéit et les cœurs attentifs
sont par elle enivrés ou meurtris. Oui, les lettres
sont le premier des arts. En forgeant de la littérature, on forge à la fois de la peinture, de la sculp-
ture, de la musique, et je ne sais quoi de plus
auguste encore ! Le poète crée, il usurpe sur Dieu !
C'est ainsi... L'écrivain, vous dis-je, l'écrivain est
le fèvre par excellence, le grand ouvrier ! En écri-
vant, il dessine, il peint, il grave, il burine, il nielle,
il émaille, il sculpte, il pense, il chante, il rêve, il

spécule, il aime, il hait, il fait toutes ces choses en n'en faisant qu'une seule, il accomplit ces diverses fonctions en exerçant la sienne qui les contient toutes! Il est l'universel et le Trismégiste! il est Pan! il est tout! il est enfin, parmi les artistes, le roi, de même que parmi les hommes et les mots, le Verbe est Dieu!...

Cette noble et transcendantale dissertation avait cessé depuis assez longtemps déjà, que vibrait encore dans mon oreille la parole métallique et souveraine de Pierre-Charles. S'il s'est, hélas! à jamais tu, moi, je l'entends et l'entendrai toujours, ce subtil grammairien, ce haut dilettante, cet impeccable polisseur de phrases, ce guide insigne, ce suprême rhéteur dont je m'honore d'être l'élève et qui fut mon ami.

— Maître! lui dis-je en le voyant pâlir, qu'avez-vous?

Il ne répliqua point. Accoté contre l'appui d'une fenêtre ouvrant sur la paisible rue Flamande, et, comme fasciné par quelque apparition dantesque, il béait en silence. Une foule de soupirs successifs et brefs sortaient de sa poitrine grondante et tout à coup, ainsi qu'il arrive parfois aux ardents de sa trempe qui viennent d'exhaler quelques étincelles du feu dont ils ont l'âme embrasée, il s'affaissa sur lui-même et se laissa choir dans une sorte de vaste divan perpendiculaire à la façade, fort chantourné, certes, et recouvert d'une housse extrêmement ténue, écarlate et noire, avec des dessins hiéroglyphiques, or et soie, on ne peut plus baroques et compliqués, à l'une des extrémités duquel je m'assis à mon tour. On oyait de là les rumeurs énormes de Paris, assez semblables à celles de l'Océan, aux heures du flux et du reflux. Encore empli de la parole magistrale, j'écoutais sourdre en moi les pieuses suggestions qu'elle y avait semées, étranger pour ainsi dire à toutes les choses extérieures dont le bruit, vague et continu, sollicitait mes sens plutôt que ma pensée. Un cri de surprise m'arracha brusquement à ma flottante songerie, et j'aperçus le poète, debout à la croisée et tenant à deux mains une lorgnette braquée en bas sur la rue.

— Oui, c'est lui, murmura-t-il avec je ne sais quel accent de pitié, je ne me trompe pas du tout; c'est bien lui !

— Lui... qui donc?

— Un curieux pantin! avancez ici, son pareil est à naître; il vaut vraiment la peine d'être vu, je vous assure.

Et le persifleur, ce disant, tourmentait sa lunette d'approche et penchait tout son corps vers la chaussée à peu près déserte; il y avait largement place pour deux dans la baie, et j'allai m'y colloquer à côté de lui.

— De quel magnat parlez-vous? lui demandai-je, après avoir jeté les yeux sur la voie publique; où donc est-il?

— Là!... ni à gauche ni à droite, mais tout à fait au-dessous de nous et contre le trottoir, à la porte de mon hôtel; là!

— Je n'y distingue qu'un cocher assis sur le siège de son fiacre, et ce fiacre, attelé de deux petits chevaux de Tarbes, est celui-là même qui m'a transporté ici tantôt, et dans lequel je vais tout à l'heure, si vous voulez me le permettre, retourner chez moi.

— Quoi! s'écria l'agile physionomiste profondément étonné, vous et ce *sujet*, vous avez fait route ensemble et l'observateur que vous êtes ne l'a pas remarqué, sacrebleu!...

— J'ai remarqué seulement qu'il était tout aussi grossier et, si ce n'est plus, non moins agressif que ses pareils.

— Oh! le pauvre hère; envisagez-le avec quelque attention, et vous acquerrez la certitude qu'il n'est point à craindre... bien qu'il soit de la race des hommes de proie!

— Eh! eh! quoi! Plaît-il?

— Homme de proie! oui; je le répète, mon cher ami; d'ailleurs, scrutez-le, et vous serez vite convaincu.

Grâce au binocle grossissant qui me fut aussitôt posé sur le nez et devant les prunelles, il me fut facile d'apprécier en détail, et par le menu, l'impétueux charroyeur qui, quelques heures auparavant, avait, par pur caprice ou peut-être faisant bon marché de sa vie et de la mienne, lancé son équipage à fond de train et parcouru ventre à terre en cinq ou six minutes presque toute la ligne si périlleuse des boulevards. Au premier aspect, le quidam, ainsi que, du reste, je l'avais déjà constaté, ne me parut point différer, en quoi que ce fût, de ceux de sa profession. Habillé comme eux, pantalon chamois, redingote gros bleu, gilet écarlate à boutons d'or, montre d'argent bombant le gousset de la culotte, chapeau ciré, bottes en cuir de vache, il était, comme eux, assez dépourvu de toute espèce d'agréments, et quant à l'individu pris en lui-même, voici : ni vieux ni jeune, entre deux âges, assez d'embonpoint comme cela, rien de saillant, le nez un peu crochu, l'œil très clair et très arrondi, le poil bicolore : poivre et sel, aussi dru que plat ; une lèvre, l'inférieure, épaisse et tombante, l'autre arquée et crispée ; des joues flasques, grasses et violettes, ornées des courts favoris réglementaires partant des tempes et venant mourir sur les pommettes, un cou de taureau, l'oreille porcine et le crapulos au bec ; c'est tout ; tel quel, on le voit dans

toute sa trivialité. Maigres et racornis, ses blancs
petits chevaux de Tarbes, si pétulants naguère,
avaient à présent la tête basse, et, mal assurés sur
leurs boulets engorgés et fourbus, ils semblaient
considérer avec tristesse le ruisseau. L'équarris-
seur n'en eût pas voulu. J'avais beau les étudier
avec soin, il m'était absolument impossible de re-
connaître en eux les bêtes farouches par qui j'avais
été si fougueusement carrossé. Pitoyables haridelles, aussi cagneuses que la cavale de Don
Quichotte, n'ayant que les os et la peau, tapées
d'aplomb par le soleil, en butte à ses rayons dévo-
rants, la langue tirée et la queue pendante, elles
succombaient, tout en eau comme leur cornac, trô-
nant, rouge cramoisi, au-dessus de leurs croupes
fumantes et saignantes, son fouet au manche en
bois de Perpignan à la main.

— Ohé! là-bas! s'écria-t-il entre deux longs jets
de salive, de sa voix si rauque et si gluante qui
m'avait tant déplu lorsque j'étais monté en voiture, apporte donc la flûte, *feignant!* ou je vas t'é-
triller un brin.

— Eméché comme il l'est, dis-je, en m'avi-
sant que le sang et le vin lui crevaient l'épiderme
et menaçaient à tout instant de se faire jour à travers les pores; avant trois minutes, il s'abattra dans
la rue.

— Ohé ! gueula-t-il une seconde fois, ici, *mas-troquet ! Hardi, mannezingue ! Arrive donc ! gros flémard !*

A ce dernier appel émergea d'une profonde cave et se dressa, sur le seuil d'une vieille maison lépreuse, un benêt, rubicond et souriant, qui débouchait à la hâte une longue et fine bouteille, enduite d'une couche de terre argileuse et contenant, au moins selon toutes apparences, du clairet de quelque fameuse côte.

— En avant la bourguignonne ! *Aboule ;* voilà du *quibus !*

Sur ces mots d'argot expectorés à la faubourienne, c'est-à-dire en grasseyant, le cocher, ayant tiré de l'une de ses poches une bourse de cuir à coulisse, y puisa quelques pièces de monnaie blanche qu'il jeta sur le pavé ; cela fait, crachant au loin le cigare de régie qu'il avait à la bouche, il s'empara de la bouteille de vin qu'on lui tendait et but aussitôt à même. En un clin d'œil il l'eut tarie. Ayant fini de boire, il s'essuya les lèvres du revers de ses mains violâtres et se vautra sur l'impériale zinguée de son véhicule.

— Une autre fiole ! balbutia-t-il, encore une autre ; et cette fois, fiston, une vieille *bordelaise,* très pansue !...

Un hoquet terrible lui coupa la parole et des cris

entremêlés de soupirs se répandirent hors de sa gorge, tandis qu'il tressaillait affreusement de pied en cap, étendu sur le dos et les yeux au ciel, grands ouverts. Impossible de s'y méprendre, il était en proie à cette trépidation morbide, assez fréquente, appelée *delirium tremens*, si cruel châtiment des buveurs d'alcool.

— Eh bien! interrogea Pierre-Charles, sans détourner son attention, en toute franchise, comment le trouvez-vous?

— Ignoble! répondis-je en considérant toujours le misérable dont la face congestionnée avait, par intervalles, on ne sait quels frissonnements convulsifs.

— Sans doute, eh! sans doute, il manque de structure et de prestige, j'en conviens; toutefois explorez-le encore, et je me flatte que vous finirez par voir en lui ce que moi-même y vois : un stigmate de déchéance! A mes yeux, cet électeur, car, ne vous en déplaise, il doit l'être comme vous et moi, représente parfaitement un cocher, mais non pas un *cocher-né*.

Cocher-né! Le vocable était cocasse, et tout de suite amorça ma curiosité, mais il pouvait aussi ne pas être absolument intentionnel, bien qu'il eût été prononcé posément et même avec une certaine affectation.

— Assemblage de mots au moins singulier! répliquai-je en souriant, et quoique amphigourique, il me plait.

— Terme rigoureusement exact!... tenez-vous par hasard à ce que je le justifie en l'expliquant *ex professo?*

— Je vous écoute de toutes mes oreilles, mon cher précepteur.

— Eh bien! mon jeune élève, envoyez, avant que j'entre en matière, un dernier coup d'œil, je vous prie, à l'automédon superlicocantieux dont nous allons entreprendre l'autopsie, afin de nous récréer un peu.

Cet exorde, cette sorte de prélude, en vérité, m'effraya... L'inexorable et délicieux railleur à qui j'avais affaire se connaissait en créatures étranges. Il en avait beaucoup scalpé dans la vie et beaucoup disséqué aussi dans les œuvres extraordinaires de son frère en poésie et ami d'élection : Edgar Poë. En maintes et maintes circonstances, il m'avait non seulement vanté ce logarithmique Dupin que le lycanthrope de Baltimore met en scène avec tant de complaisance dans plusieurs récits de haut vol et d'étude patiente à la fois, entre autres : l'*Assassinat de la rue Morgue*, le *Scarabée d'or* et *Singuliers effets de la foudre*, nouvelle qui fut si piteusement déformée par M. Victorien Sar-

dou, cet invraisemblable conservateur des lettres
françaises, lequel a souvent déclaré que, selon
lui, chacun avait le droit de s'approprier le bien
d'autrui ; mais encore, il m'avait fourni, lui,
Pierre-Charles, je le confesse, des preuves irré-
cusables de sa merveilleuse sagacité ; puis, d'autre
part, je savais tout le monsieur sur le bout du
doigt et l'aurais récité par cœur. Humain et charitable à l'excès, il n'en aimait pas moins à dauber
quelque peu son semblable. A Dieu ne plaise que
je parle jamais de lui avec irrévérence : il fut mon
maître et daigna toujours me traiter en ami, sa
mémoire m'est chère et je la garde. Or, qu'on n'aille
pas au delà de ma pensée, et que l'on se persuade,
une fois pour toutes, qu'en me permettant de dire
ici de lui qu'il s'évertuait à pousser ses disciples
et ses clients dans le panneau, je n'ai nulle autre
intention que celle-ci : montrer une des mille fa-
cettes de cette individualité si bizarre et si prime-
sautière. Être complexe entre tous et fort souvent
indéchiffrable, très enclin à j'ignore quel ordre de
plaisanteries noires, il attendait d'être ému pour
faire parade de son insensibilité. J'en appelle à ses
intimes. Était-il jamais plus lugubre que lorsqu'il
voulait paraître jovial ? Il avait alors la parole troublante et sa *vis comica* vous donnait le frisson.
Était-il en verve ? Ah ! de deux choses l'une en ce cas,

ou bien il vous narrait, entre force éclats de rire
aussi déchirants que des sanglots, sous prétexte
de vous désopiler la rate, une série d'histoires
d'outre-tombe prodigieuses qui vous glaçaient
le sang dans les veines et dont il s'épouvantait
toto corde lui-même, ou bien il se moquait im-
pitoyablement, mais très adroitement, des audi-
teurs, pendant une heure ou plus, en s'ingéniant à
leur démontrer, en termes techniques et de haute
école, la quadrature du cercle, la perversité des
comètes, les phénomènes de l'atavisme, l'attirance
des gouffres, le mouvement perpétuel, la transmuta-
tion des métaux, l'infaillibilité du pape, la bonté
du démon, la sauvagerie des peuples, la nécessité
des rois, la coquetterie des anges, la férocité de
Dieu, que sais-je, que sais-je encore? Hé, je le vois
et je l'entends! « Amusons-nous un peu! » S'il
vous abordait en chantonnant cela, vous pouviez
être sûr que ses confidences ne tarderaient pas à
prendre une tournure sinistre et que bientôt vous
en auriez la chair de poule. « Avez-vous songé
parfois à l'influence fatale de la cuisine sur le
génie de l'homme? Êtes-vous suffisamment éclairé
sur la conformation physique probable des saints? »
Si la conversation s'engageait ainsi, vous étiez
perdu! mille phrases harmonieuses et pompeuses,
mais abstruses, sinon incompréhensibles, à tra-

vers lesquelles un intarissable et banal bavardage
sur toutes sortes de recettes culinaires et phar-
maceutiques relatives à la préparation du poulet
au haschisch, du lièvre et du lapin sauvage à l'hy-
dromel, des perdreaux et des cailles à l'hypocras,
du sanglier et du daim à la confiture d'avelines, du
paon à l'étuvée, des salmis de corbeaux et de cor-
neilles, du congre au sucre, de la carpe et du saumon
à la rhubarbe, des écrevisses au séné, du canard au
safran ou du gigot à l'opium, passait et repassait
sans cesse, s'associant tellement quellement aux
interminables mots de métempsycose et de kabbale,
de transsubstantiation et d'anthropomorphisme,
d'ingouvernementabilité, d'hydrargyrentérophthi-
sie, allaient vous bercer jusqu'à parfait sommeil, et
le perfide orateur, c'était là sa joie et son triomphe !
vous abandonnait alors, dormant debout. A ce
jeu scabreux et piquant auquel il excellait, tous ses
adhérents avaient été plus ou moins attrapés. Il va
sans dire, parbleu ! que l'on tâchait bien de lui rendre
la pareille ; mais, avisé comme une femme, il se tenait toujours sur ses gardes et c'est encore lui qui
menait les autres où les autres eussent voulu
le conduire. Irascibles, quelques-uns d'entre nous
se cabraient, il est vrai, car ses lardons perpétuels
vous cinglaient parfois jusqu'au vif ; mais, en définitive, personne ne se permit jamais de lui dire son

fait. On jugeait avec raison qu'il valait mieux se contraindre que de s'exposer, en éclatant, à s'aliéner peut-être à tout jamais les bonnes grâces d'un esprit un peu cruel en soi, mais si judicieux en dépit de ses paradoxes et si distingué! Le coupable, se connaissant d'ailleurs à merveille, éprouvait vite des remords et venait spontanément à résipiscence. Exemple! Une fois qu'il se délectait à poignarder mes premières idoles, il se qualifia tout à coup d'une épithète qu'il employait assez fréquemment dans ses rares écrits, et qu'on y réfléchissant bien, j'estime on ne peut plus juste aujourd'hui, tant elle définit le mordant original dont elle émane : « Oh! moi, me dit-il avec beaucoup de gravité, je suis un douloureux pince-sans-rire, et quand, par malheur, ma langue écorche autrui, le cœur me saigne! » Espiègle, mais non méchant, tel était, en effet, cet étonnant artiste dont j'ai trop sommairement esquissé le portrait.

— Or çà, repris-je en appréhendant de servir de point de mire aux sombres facéties par quoi souvent il avait accueilli ma crédulité grande, instruisez-moi; j'ai hâte de concevoir le problème, on est tout oreilles; il s'agit de prouver par A plus B que l'automédon abracadabrant que voilà n'est pas un cocher-né! •

L'habile ergoteur sourit sous cape et, jetant un re-

gard énigmatique et circonspect, dans la rue Flamande où stationnait le sapin du malheureux en
question, il tendit l'index et s'exprima sentencieu-
sement ainsi :

— S'il est ici-bas des gens disgracieux et dont
la carcasse peu savonnée éloigne plus qu'elle n'attire, évidemment ce sont ceux qui exercent la
profession de celui que je vous désigne. Issus, tous
ou presque tous, des champs, ils importent à Paris
le sans-gêne campagnard. Débraillés, sales, avinés,
sentant le purin et fleurant l'ail, vous les con-
naissez ; ils se ressemblent tous : sur cent, n'est-ce
pas, quatre-vingt-dix-neuf et la moitié de l'autre
sont ainsi. Mirez notre balourd ! Il est, au contraire, assez bien peigné, pas trop mal attifé, lui.
Quoique grossier, son linge est très blanc, et ses
habits, usés jusqu'à la corde et reprisés en maint
endroit, sont remarquablement propres. En outre,
sans parler encore de sa physionomie, où nous vous
signalerons tout à l'heure de nombreux et certains
indices d'origine et de caste, il y a dans toute sa
tenue quelque chose de bien boutonné qui marque
en lui des habitudes d'hygiène et de décence. Il
porte des bottes quasi fines, et son pied est tout
petit. On voit sur le boulevard de Gand une multitude de couvre-chefs d'une coupe plus démodée
et moins élégante que le sien ; on dirait un Pinaud

extrafin, revêtu d'une mauvaise toile cirée : un lion affublé de la dépouille d'un âne. Au fait, assurez-vous-en, il est, le messire, presque bien chaussé, presque bien coiffé. Coiffure et chaussure, les gens de qualité se reconnaissent principalement à cela. Vous riez, m'est avis ; attendez donc, et vous pleurerez. Il y a dans la manière dont le chapeau qui le décore est appliqué sur sa tête toute une révélation ; au lieu de le mettre sur l'oreille à l'instar des casseurs d'assiettes de barrière et des Alcides du coche, ou sur les yeux comme un folâtre commis de nouveautés, ou tout à fait en arrière ainsi qu'un étudiant de quinzième année, ou sur le sinciput, à la guise d'un lourdaud de Brive-la-Gaillarde ou de Quimper-Corentin, il le porte, au contraire, carrément, à la simplette, de façon qu'il ne penche d'un côté ni de l'autre, en homme de goût et de bonne compagnie...

— Allons donc ! m'écriai-je révolté ; votre thèse est absurde ! un homme de goût et de bonne compagnie, ce palefrenier qui suce à pleines lèvres, sous vos fenêtres, le goulot d'une bouteille vide, ah ! je n'en crois rien ; vous me la baillez trop belle, en vérité !

Le fantasque argumentateur éternua légèrement et reprit :

—..... Or, récapitulons, s'il vous plaît ! il est

propre, astiqué, fourbi, soigné dans sa misérable
enveloppe; il a des pieds d'aristocrate, et ses
mains, bien, que déformées au maniement quotidien du fouet et des guides, sont vraiment encore
fort délicates. A la manière dont il inspecte ses
chevaux éreintés, on sent qu'il les aime, et nous
voyons, en outre, comment il accueille la *diva bot-
tiglia*. Certain proverbe gascon dit : « Un vrai
baron pratique également le vin, les chevaux et les
dames ! » Eh ! eh ! qu'en pensez-vous ? Il serait,
pardieu ! complet, notre gaillard, si nous établis-
sions qu'il courtise aussi quelque demoiselle ; il
aurait, en ce cas, tous les appétits d'un vrai grand
seigneur... Car, en notre beau pays de France, il
est de tradition, n'est-ce pas ? que, depuis Sa Majesté le Roy jusqu'au moindre hobereau, tout gentilhomme digne de ce nom doit avoir une épouse
au dedans et force concubines au dehors... Oui,
mais procédons par ordre, et n'anticipons pas sur
nos inductions. Est-il ivre ? Il l'est. Attention ! *In
vino veritas*. Attention ! et mille particularités,
minuscules en apparence, mais on ne peut plus
importantes en réalité, vont concourir à nous dé-
voiler l'idiosyncrasie du monstre. Avez-vous parfois contemplé les loupeurs en goguette ? Ils sont
turbulents, obscènes, cyniques dans leur ivresse,
qu'ils étalent orgueilleusement aux yeux de la

foule. En quoi leur ressemble-t-il, lui, parlez, en
quoi ? Sauf son vif incarnat et sauf ces tremblements dont est agité son corps et qui proviennent
sans nul doute d'une affection chronique, enra-
cinée en lui depuis longtemps déjà, rien, absolument rien, ne dénonce ses habitudes d'intempé-
rance. Il se tord en silence, avec discrétion. On
dirait, ma foi, d'un gentleman qui, pris de boisson,
s'efforce à se contenir, ayant honte d'être vu tel
quel. Eh ! tenez, on vient de lui apporter une dame-
jeanne des plus respectables ; il boit, il boit, il boit
avec frénésie, en se dissimulant de son mieux au
sommet de son flacre. Ayez l'œil sur lui. Ne trouvez-vous point sa façon d'ingurgiter tout à fait insolite ? Un *soiffeur* du faubourg licherait-il ainsi ?
Non, certes. I! lamperait son vin par larges rasades
et ce serait, à coup sûr, dans un verre. Eh bien !
notre biberon, à nous, boit à même la bouteille
dont il serre, vous l'avez noté ! le goulot entre ses
dents ; il boit à la régalade, il boit de même que
boirait un fou, comme un homme du meilleur monde
hors de soi (Musset, Alfred de Musset, un fashio-
nable, un muscadin pourtant celui-là, s'humectait
ainsi), c'est-à-dire aveuglément, violemment, stu-
pidement, en furieux, en glouton, en martyr. Ou la
mort, ou l'oubli, voilà ce que, jurerait-on, il demande
à l'ivresse. Un individu qui s'abreuve de la sorte

est moins un être vicieux adonné bénévolement à l'ivrognerie qu'un malheureux honteux de sa propre turpitude et se gavant de boisson pour en finir plus vite avec lui-même et la vie. Ah! selon moi, je vous l'affirme, je vous le déclare, ce mâtin-là n'a pas été procréé dans l'abjection ni dans la crotte : il y est tombé. Bref, ce quelqu'un est bien né, mais déchu. M'avez-vous compris? Est-il utile, est-il nécessaire que j'insiste davantage sur la valeur absolue de ce mot : déchéance?

Ici, le dissertateur s'interrompit tout à coup; avait-il ou pensait-il avoir expliqué l'inexplicable? un ris sardonique errait sur ses lèvres éloquentes, à chaque instant un éclair zigzaguait ses brunes prunelles; son nez, expressif et narquois, triomphait. En dépit de mon application néanmoins, il m'était impossible, je le confesse, de comprendre où voulait en venir le plaisantin, et, d'autre part, bien que je le connusse à fond de longue date, il ne me paraissait point en ce cas s'exercer à de pures jongleries.

—Oh! je sais, ajouta-t-il après une longue pause, avec ses airs inimitables de moine galant; oui, je sais à merveille, mon cher ami, que vous êtes de la race des saint Thomas, et que vous ne vous rendez qu'à l'évidence; aussi vos objections sont-elles prévues, et, sans fatuité, je vais y répondre victorieusement sur-le-champ. « Obèse et bref, êtes-vous en train de vous dire *in petto*, Son Honneur l'équivoque cocher a toute la désinvolture d'un parfait truand et semble descendre de Clopin-Trouillefou plutôt que de l'empereur Charlemagne. » En effet, j'en conviens, ses manières sont loin d'être aristocratiques ; impossible de nier que son geste et son jargon ne dérivent plutôt de la cour des Miracles que de l'Œil-de-Bœuf. Il est patent, il est manifeste que le personnage n'a qu'une ressemblance fugitive avec les talons rouges de la Régence, et je vous accorde aussi que sa caboche pourrait, ornée d'un bonnet phrygien (excusez-moi, mon très cher jacobin, si je ne partage pas votre amour exagéré pour l'exécrable gent révolutionnaire de l'autre siècle), passer pour celle d'un sans-culotte de l'an III, de votre très grrrrrande Révolution ; il a, si vous le voulez, tout le galbe exquis d'un amant des immortels principes. Soit, je le concède ! Eh bien, après ? Son attitude, son style, ses allures, affaire de milieu que tout cela ! Mais ses traits, mais son facies ? Ah ! mon bon, ici je vous tiens, et morbleu ! je ne vous lâcherai point. « Ils sont irréguliers, objecterez-vous encore ; il est fort saboté... ! » Halte là ! téméraire, ratiocinons. Une figure très correctement distribuée et par conséquent aussi belle de lignes que celle de l'Antinoüs peut être supérieurement triviale, avouez-le. Exemple : les bellâtres présents et futurs, y compris les inévitables tambours-majors et les gigantesques cent-gardes horriblement beaux de ce temps-ci ; d'autre part, il vous serait très difficile de ne pas convenir, n'est-ce pas ? que la plus formelle des laideurs est souvent l'apanage du visage le plus *distingué* qui soit : témoin le grand Condé, témoin encore Mirabeau. Donc, ceci posé, considérons à la loupe notre épaisse image de roulier, en apparence si plébéienne. Elle manque d'harmonie, elle manque de délicatesse ; oui, c'est entendu, mais que de contours au plus haut point dignes de remarque j'y débrouille ! Otez de ce masque abominable l'hébétude qui le corrompt et l'abâtardit, débarbouillez-moi, je vous prie, cette peau pleine de bourgeons, saturée de sang et de vin, ensuite donnez aux traits la pâleur et la rigidité du marbre. Allons, allons, opérez de la sorte, et vous verrez, ami, quel coup de baguette magique ! En un clin d'œil, tout changera : l'homme sera transfiguré ; plus de truand, plus de Straparole, plus de Clopin-Trouillefou ! nous aurons devant nos yeux une face un peu camuse, il est vrai, mais typique, aux lignes fières et hardies : une féroce hure de sanglier des Ardennes avec je ne sais quel œil bleu clair farouche de condor ou de vautour. Attendez encore, attendez donc ! Cette trogne, ainsi métamor-

phosée, enlevez-la des épaules tombantes et vul-
gaires qui la déshonorent, et transportez-la sur le
buste de pierre mutilé d'un ferrailleur d'un autre
âge... Il suffira, mon cher, il suffira de ce simple
travail de notre esprit pour qu'apparaisse à nos
yeux émerveillés la hautaine et barbare figure de
quelque grand malandrin couché dans son sarco-
phage, au fond de son donjon ; nous ne serons plus
en présence de ce crapuleux et lourd cocher, roulant ivre mort sur l'impériale de son fiacre, mais
en face de l'un de ces superbes détrousseurs féo-
daux bardés de fer qui nichaient jadis en des aires
sourcilleuses à la crête de quelque mont accessible
aux aigles seuls !

Essoufflé, Pierre-Charles arrêta là sa fulgurante
tirade, et, passant du solennel au familier, il poursuivit, après avoir repris haleine :

— Un nécromant et moi, ça fait deux. Aussi vrai
que j'existe, Maugis n'est pas mon cousin, et le Diable
m'emporte ! si jamais je prétends à damer le pion
aux somnambules de Paris ou m'installer ailleurs,
comme le successeur tardif des sibylles et des py-
thonisses. Hé, pulsambleu ! si je me suis permis de
gloser sur ce pistolet-là, c'est qu'il m'intéresse un
brin, et vous m'étonnez beaucoup, *amice*, vous dont
la pénétration est d'ordinaire si prompte, en écar-
quillant les yeux ainsi qu'un rustre borné que la

stupeur pétrifie. On ne peut plus facile à résoudre
est pourtant le problème que je vous ai proposé; le
moindre cuistre de collège l'eût déjà débrouillé cent
fois en se jouant, et vous!... Sapristi, ne pâlissez
donc pas davantage devant ce rébus qui n'en est pas
un et sortez de votre léthargie, citoyen! Entre nous,
ah! cela me pèse et je m'en décharge! une anomalie
assez obscure, l'éclaircisse qui voudra! m'a toujours
confondu : vous autres, Méridionaux, ingénieux et
compréhensifs entre tous les Gallo-Romains du con-
glomérat français, si vous ne devinez pas du premier
coup que deux et deux font quatre, votre jugeotte en
défaut bat la campagne à l'instant, tout moniteur
vous déconcerte, et par là vous prêtez le flanc à
ceux qui, ma foi, proclament que personne au monde
n'est plus bête qu'un homme d'esprit. Or, pour en
revenir à nos moutons, il ne faut pas me croire plus
sorcier que je ne le suis en réalité. Le joli coco
que voilà, je le connais, et je connais sa vie aussi,
mais je vous donne ma parole qu'avant d'avoir
appris ce que je sais et vous dirai de lui, si vous
m'en priez tant soit peu, je l'avais absolument dia-
gnostiqué comme je l'ai fait aujourd'hui. Quelque
fruste qu'il soit à tous égards, en lui, pourtant le
type primitif s'est conservé pur; seule, la physionomie originelle a disparu. S'il n'a point l'air martial des batailleurs de sa race, il en a les traits. En

les analysant, on y retrouve ceux de l'aïeul. Le fils des grands oiseaux de proie est devenu simple moineau ; le petit des fauves carnivores, un lièvre ; l'enfant des hauts châtelains, voyou ; c'est une altesse tombée. Oui, ce roturier, ce gueux, ce croquant, je le répète encore, n'est qu'un noble déchu !...

Le malin discoureur suspendit sa péroraison : en bas, dans la rue, assoupi sur son siège, le cocher ronflait en sommeillant ; une chevalière en or et de style archaïque rutilait à l'annulaire de sa main gauche.

— En définitive, exclamai-je en rompant le silence, et de plus en plus intrigué ; d'où sort ce poussah ? quel est-il ?

Loin de calmer incontinent mon impatience, celui qui l'avait suscitée au moyen de tant d'artifices se complut à l'irriter par maints détours, et, s'étant approché d'une panoplie où mille armes exotiques, du tomahawk des sauvages d'Amérique au trident des Kamtchadales, s'entre-croisaient très agréablement, il en décrocha, non sans une foule de précautions, un menu sachet hindoustanique en velours, mi-parti rouge et bleu, semé de pierreries, et qui renfermait les photographies de la plupart des célébrités contemporaines ; ensuite, il détacha du tas de figurines un des portraits-cartes,

le posa sur un gracile pupitre d'ébène entre deux
stalactites, et l'applaudit des deux mains...

. — Est-elle moulée! soupira-t-il ensuite, rien de
plus lapidaire!

Un pareil coq-à-l'âne me fit à l'instant même
tomber des nues.

— Elle!... Qui? demandai-je, abasourdi; le cocher?

— Anton! mon ami! la ravissante duchesse
Anton?

— Hein, Anton?

— Eh! corbleu! certes oui, la divine Anton, la
seule Anton, qui soit en ce monde et peut-être
dans l'autre... où nous n'irons jamais si nous per-
sévérons dans le mal!

— Anton, cette perle parisienne que mylord Co-
chrane, le plus frais nabab des Grandes Indes
et le plus antique *Earl* du Royaume-Uni, essaya vainement d'acclimater dans la brumeuse
et froide Albion et qui, gagné par le spleen, abandonna Londres un laid matin et se pendit, le soir
du même jour, de ce côté-ci du Détroit, dans un
cabinet particulier, à la Maison-d'Or, entre un
baril de genièvre et je ne sais plus combien de bouteilles de Clicquot?

— *Yès!*

— Anton, cette infante intrépide qui, l'été passé,

damna le plus puritain des Yankees, Samuel Brack-
fort, en sauvant à la nage les trois *misses* virginales
qu'une lame entraînait loin des plages de Bou-
logne-sur-Mer?

— Re-*yès! sir.*

— Anton, cette patineuse aérienne qui, l'hiver
dernier, au Lac, conquit à jamais, par son ardeur
à rayer la glace, le cœur dur comme roc de cet ours
du Nord, chamarré de tous les ordres de l'Europe,
et dont le nom n'a pu jamais être prononcé que par
les riverains du Dniéper et les kakatoès, un certain Constantinowich Neowalpikhowinejelmabroff?

— *Obe, moussu,* comme vous dites si bien en
langue d'oc! ou, si vous préférez, dans l'idiome
des Russiens: *Da! milostivy gosoudar.*

— Anton, cette cruelle moqueuse qui, raconte-
t-on, obligea Von Krüche, le gros major transrhé-
nan, si féru d'elle, à lui tenir la chandelle au château d'If, près de Strasbourg?

— *Ia, mein herr.*

— Anton, cette friponne anticléricale que le
moins égrillard des nonces, Son Em. le cardinal Gia-
como Matteï?...

— *Si, signor.*

— Anton! cette amazone qui se signala naguère
par son duel à l'épée avec le fils aîné du général
marquis de Saint-Hilaire?

— Oui, monsieur, oui.

— Bref! la fleur, la rose ou plutôt le lis de la vallée... d'Antin?

— Eh! précisément.

— Une Gauloise à glorieuse performance, zézaient tous les sportsmen du high-life, et par-dessus le marché, duchesse!... de contrebande?

— Authentique, mon cher, on ne peut plus authentique. Oyez les douairières : il n'est pas, au foubourg Saint-Germain, de patricienne aussi titrée qu'elle l'est devenue, elle, par son alliance avec...

— Comment! elle est donc mariée, et selon les règles, Antonia, la belle Anton, comme l'appellent tous ses amants! Et ce n'est point un nom de guerre qu'elle porte?

— Un nom de guerre : Anton; non pas! Elle est de vieille roche, elle date des croisades, sinon elle, du moins l'époux qu'elle s'est procuré, un petit-fils des preux qui taillèrent si souvent en pièces les défenseurs de l'Islam et s'illustrèrent à côté des Godefroy de Bouillon, des Robert Guiscard, des Guy de Lusignan, à Constantinople, à Jérusalem, où la croix de Jésus renversa la bannière du Prophète, et surtout autour des remparts d'Antioche, en 1098, sous la conduite de Bohémond. Un nom historique tel que le sien, songez-y, ne s'emprunte point, et per-

sonne au monde n'oserait le voler. Elle est bel et
bien duchesse, et le duc, son mari... je vous en
toucherai trois mots tout à l'heure. Anton! oui, c'est
une fleur, je ne vous démentirai point. Où l'ai-je
respirée, avez-vous l'air de me demander, indiscret?
Eh! mon cher, en son boudoir, quelque temps avant
son incroyable affaire dont tout Paris a parlé. Quel
combat étourdissant et pour quel extraordinaire motif!... Une femme à la mode, une lionne reine, affu-
blée d'habits masculins, cravachant en public et
décousant sous bois, moins de vingt-quatre heures
après, un cocodès de la plus équestre prestance, et
cela, chose unique, inconcevable! parce qu'une
de ses amies, à elle, s'en était énamourée... On ne
saurait nier que par les gens qu'il fait et le siècle
qui règne, il y a là, certes, matière à gloser. A mon
avis, un cas semblable est rare et vaut qu'on s'en
occupe. En vérité, je ne pense pas que les Clorinde,
les Marphise, les Bradamante soient si communes
aujourd'hui! Régalez-vous, mon cher, régalez-vous
de cette miniature estampillée : Carjat! et de celle-ci
signée : Nadar. Elles furent dessinées toutes les deux
par le gai soleil. huit jours seulement après le duel.
La physionomie de notre guerrière respire à la fois
la douleur que cause une secrète et mortelle blessure et l'orgueil d'en avoir tiré vengeance en plein
midi. Dame! Avec les vêtements du sexe fort qui

la couvrent, sa svelte stature et sa mâle assurance, est-elle assez épique, l'enfant !... Il y a dans son œil insondable et courroucé comme un reflet du regard dévorant des grandes hétaïres samiennes... Saluez donc, saluez !.

— Oui, dis-je, après m'être empli les paupières des deux séduisantes photographies ; elle est assez anormale.

— Ah ! c'est exact, souffla le philogyne, qui lisait ma pensée en mes yeux, une satyresse ! une nixe !... Et se rembrunissant comme un ciel d'automne aux approches de l'orage, à voix très basse, il ajouta : Que voulez-vous ! c'est indépendant de moi ! l'on est ainsi fabriqué : J'aime les hydres et les tarasques !

Insister là-dessus eût été malséant de ma part, aussi me hâtai-je de me rabattre sur le sceau dont étaient embellies les cartes.

— Eh ! ce sont ses propres armes qui sont gravées là ! reprit avec empressement le sceptique attendri qui me sembla très aise d'échapper de la sorte à l'interrogatoire qu'il me supposait capable de lui faire subir ; et vous vous le remémorez cet écu séculaire, il est :

De gueules, à hure de sanglier arrachée d'or, au chef d'argent, surmonté du casque ducal, visière, œillère, nazal, ventail, bordure de clous d'or, taré de front et à neuf grilles, supporté par des dragons à lampas, avec cette devise :

ET PAR MONT ET PAR VAL.

Le blason me piqua vivement, et tandis que j'en déchiffrais avec un intérêt fort naturel les signes héraldiques, mon maître, vainqueur de sa mélancolie et redevenu caustique, m'interrogeait à la fois du geste et du regard.

— Oui, répondis-je enfin, j'ai déjà vu ça, mais où ?...

— Partout, à la Tournelle, au Louvre, à Saint-Étienne-du-Mont, à Saint-Germain-l'Auxerrois, au collège des Quatre-Nations, aux Tuileries, et, si je ne me trompe, on a démoli récemment, auprès de la tour Saint-Jacques-la-Boucherie, une vétuste maison sur toutes les pierres de laquelle il était sculpté. Ces emblèmes, ces armoiries ! sous Henri III, au temps des Caylus, des Montgiron et de tous les autres mignons royaux, de si licencieuse mémoire, il n'était pas dans toute la Cité un digne bourgeois de la bonne ville capitale de France qui ne les conspuât...

— Et ces armes appartiennent réellement à Mlle Anton ?

— Oui, conscrit, *réellement* à Mme la duchesse de Clôjâde.

— En vérité?

— Je le jure par la tignasse sacro-sainte du conducteur de char qui naguère, au vol de ses maigres hippogriffes, vous a transporté céans! affirma Pierre-Charles, plus impénétrable que jamais, en s'efforçant d'attirer mon attention vers la rue : examinez donc le... repoussoir?

—Au fait, dis-je, le cocher!... Est-ce que par hasard il serait, ce pauvre diable, pour quelque chose en tout ceci?

— Mais!

Et tandis que je me cassais la tête à comprendre pourquoi, sans raison aucune et d'un simple ricochet, mon hôte et moi, nous en étions, au sujet d'un infime desservant de l'administration des Petites-Voitures, arrivés à causer d'une semi-mondaine, adulée de tous et portant, à tort ou à raison, un des plus grands noms de France, le poète goguenard, s'écria :

— Décidément, on n'est pas aussi... subtil que vous et certes vous feriez un brillant Œdipe, en face de l'Oracle! Il est clair que tous les sphinx se riraient de votre naïveté. Vous, mon élève, et mon Benjamin! On enseignera tôt ou tard, dans l'avenir, quand je ne serai plus, ou que vous avez bien peu profité

de mes leçons, ou que je jouissais en mon vivant
d'une réputation fort usurpée ; et c'est vous, méchant, qui m'aurez attiré ce pénible traitement pos-
thume. Eh ! quoi ! Ne démêlerez-vous donc pas enfin
le rapport intime existant entre la chenille *parvenue* et l'aigle tombé dont nous nous entretenions
tout à l'heure ? « Un vrai grand seigneur pratique
également les chevaux, le vin et... les belles. » Sur-
geon de haute lignée et bon prince d'ailleurs, notre
voiturier n'a garde, le piètre sire, de faire mentir
le vieux proverbe gascon : né pour conduire des
hommes, s'il ne conduit que des chevaux, il n'en
est pas moins, en somme, toujours *Dux*. Allons,
allons, nous y voici : ne cherchez plus, mazette, de
qui je rougis... A moi, c'est à moi de vous révéler
enfin ce mystère...

Et l'amusant mystificateur qui me bernait et
m'enchantait en même temps ou tour à tour, ayant
adressé quelques œillades de commisération au
minable phaéton demi-cuit par le soleil vespéral,
entra nonchalamment en matière et, d'une voix
joviale, me servit ce myrobolant récit :

— Il y a quelques mois, je fis, vous le savez, une
édition nouvelle et clandestine de mes *Ilves Mau-
dites*, que, par jugement public et singulièrement
motivé, des juges sévères mais justes, et moraux,
ça va de soi, condamnèrent, comme immorales et

trop suggestives, à disparaître de mes *Roses*. (En parlant des *Roses noires*, 1 vol. de vers, in-16, Marri-Poussin, éd. 1859, Paris, rue des Fendants, 42, et passage de la Huppe, 3, leur auteur, que ce livre supérieurement ouvré, d'une acuité si neuve et si personnelle avait classé du jour au lende-main, ne disait jamais que « mes Roses ! » avec quelle infinie tendresse ? on ne pourrait s'en for-mer une idée ; il faut l'avoir entendu !) Plusieurs de mes amis, les seuls en qui j'ai foi, C..., L. de L..., A..., B..., M.., et vous-même, entre autres, vous m'aviez tous rendu si fier par vos éloges, de mes chères damnées, que je tenais à vous les représenter enrichies, expurgées, irréprochables. Or, avant de leur redonner le vol et la vie, je crus bon de visiter celle dont je vous entretiens et qui, se-lon moi, s'est trompée de date en venant au monde. Au lieu de pousser et de croître au milieu d'un faubourg de Paris en l'an 1848 de l'ère chrétienne, elle eût dû naître au temps des Héraclides, dans un temple, à Lesbos. Ignorant ma personne, mais con-naissant mon nom, elle me reçut à merveille, dans le sanctuaire dont elle est à la fois la prêtresse et la divi-nité. Grâce à sa confiance en moi, j'ai pu prêter à ma troublante Hippolyte l'accent si vif et si vrai qui m'a valu vos douces louanges ! Ah ! mon ami, quelle fille ou plutôt quel androgyne, l'Hermaphrodite même !

Elle n'a pas, à vrai dire, matériellement les deux sexes, non ; mais douée des qualités érotiques de l'un et de l'autre, elle a de celui-ci les brusques emportements, de celui-là la tendresse voluptueuse. O belle créature hybride! Imaginez-vous la tête d'Hector sur le torse d'Hélène. Avez-vous vu de ces inoubliables bas-reliefs ioniques, œuvres humaines conseillées par le ciel, et vous représentez-vous Diane chasseresse allant sous les ramures au milieu de sa meute, une lueur sidérale au front et le carquois à l'épaule? Elle phosphorait ainsi! Virile et suave, héroïque comme la statue de Milo, telle elle m'apparut, m'éblouissant de sa beauté non pareille, et quand elle eut dépouillé devant moi sa blanche tunique et qu'elle se fut offerte, imperturbable et sereine, à ma curiosité, rempli d'une religieuse admiration, je ne vis d'abord en elle que la déesse, et chaste, prosterné, je n'osai point aimer l'humaine. Il y fallut descendre, enfin. Elle m'ordonna de lui rendre hommage, et j'obéis. Ah! ce furent alors, dans la chaude atmosphère de cette nuit d'été, des ragoûts olympiens. Une immortelle avait daigné convier un mortel à goûter au breuvage des dieux, et ce mortel privilégié, béni, c'était moi, moi ! Frappé de respect en présence de ces ineffables beautés de chair aussi correctes, aussi magnifiques que celles des plus grands marbres et pourtant si vivantes, ô prodige ! j'étais baigné des flots de son ample chevelure blonde, imbue de nard et de benjoin, et c'est dans l'Attique, sous les cieux inviolés d'Hellas, chez la noble Laïs que je sentais rajeunir ma sève. Anton ! Anton ! Un hymne de bonheur me monte des entrailles aux lèvres, à ton souvenir. Il faudra que je la rime, cette heure véhémente, cette heure unique que tu me consacras, et que je t'honore aussi, femme des femmes ! A toi, le sceptre de l'amour, enchanteresse ; il est à toi ! Tantôt nonchalante et rhythmique comme Aphrodite, tantôt ardente et folle comme la Vénus qu'aux Lupercales on célébrait à Rome, au milieu des jardins, sous l'œil audacieux et badin des turgides Priapes, on trouve en toi, sylphide, ondine, houri, non pas une amante, mais toutes les amantes, celles qu'on a connues et celles qu'on a rêvées. En un instant, un seul, tu m'as fait vivre une année, mille soleils en une seule nuit, odalisque miraculeuse qui vaux tout un harem ! Avec tes docilités, et tes langueurs, et tes révoltes soudaines, et tes inspirations sans nombre, ô fille de Protée, ô caméléon, ô succube, c'est bien toi qu'avait pressentie le Vulcain qui forgea ces deux vers sonores ainsi que des buccins de métal :

Elle endort la douleur sur ses seins triomphants
Et fait rire les vieux du rire des enfants !

28

excusez, oh! de grâce, excusez, cher ami, ce
panégyrique apocalyptique et de nature, j'en conviens, à me procurer par vos soins une loge aux
Petites-Maisons; il m'est échappé. L'âme a parfois
besoin de crier, et vous avez entendu le cri de la
mienne. Ayez pitié d'elle, elle n'y reviendra pas de
sitôt, je vous le promets. Or, en style dépourvu de
panaches et pour parler à la bonne franquette, à
l'instar d'un brave père de famille, ex-viveur, racon-
tant ses fredaines à l'ami de la maison, Antonia,
cocotte aimable et fort chic, m'ayant absolument
paralysé d'admiration, les petits potins succédèrent
aux grands ébats, et nous causâmes, elle et moi, jusqu'au point du jour. Rien ne pourrait vous donner
une idée de son esprit. Elle en a, ma parole d'honneur! à revendre à M. de Chamfort, qui toutefois
en avait tant, témoin *Zéangir* et *Mustapha*, qui
lui valurent, outre un fauteuil à l'Académie et le
titre de secrétaire des commandements d'un prince
du sang, toutes les faveurs du public lettré! Curieuse de perversité jusqu'au crime et rouleuse en-
diablée, elle me prouva clair comme son œil qu'elle
était de Paris autant que de Rome et d'Athènes.
Une verve, un entrain, un brio!... Quelle païenne!
Amoureuse des poètes et des cascadeurs, elle aime
et cultive Eschyle et l'Agora non moins qu'Offen-
bach et les boulevards. Il fallait l'entendre : Une

Muse!... à la fois Melpomène et grande-duchesse de Gérolstein. Échevelée, son énorme crinière touffue se précipitant en ondes splendides au long de ses hanches superbes, si dignes du ciseau des Phidias, les cils encore humides et tièdes des ardeurs de mon culte, la bouche éclatante et toute pleine de nacre et de corail, elle me disait et me faisait, l'exquise enfant, des chatteries telles que Zeus lui-même, oui, le morose, le céleste Zeus (oh! ne vous épouvantez point; cette fois-ci, vrai, la tirade est courte), en eût ri de bon cœur et joui comme un simple terraqué. La dépeindre! Il faut que j'y renonce. En vérité, je suis encore tout ravi, mon garçon, rien qu'en songeant à son gentil babil. Hé! que ne la connaissez-vous et que ne l'avez-vous vue, entendue et pratiquée! Après m'avoir entretenu de quelques foudres de guerre contemporains et très lestement parlé, ma foi! des avocasseaux de la Chambre, ainsi que de plusieurs autres incorruptibles de cet acabit, elle revint tout à coup à tire-d'aile vers sa chère antiquité. Pythagore le sage s'étala, ne sais à quel propos, sur le tapis. En trillant le nom du philosophe, elle fit une adorable grimace, et, me réchauffant de ses grands yeux irrisés, ayant aux lèvres un sourire gai comme un arc-en-ciel : « Y croyez-vous, à la métempsycose? » me demanda-t-elle, candide et charmante à cro-

quer. Un hum! fut ma seule réponse. « Ah! c'est
que, moi, j'y crois! s'écria-t-elle; écoutez donc! »
Et la voilà repartie, en train de m'apprendre comment elle, mignonne, née coiffée à Milet, la première année de la cent vingt-unième olympiade,
était morte par accident en cette même ville,
230 ans avant Jésus-Christ, à l'âge fort respectable
de trois siècles révolus. Après que son corps eut été
brûlé, selon la coutume milésienne, son âme avait
passé dans celui d'une lionne et, plus tard, en celui
d'une chèvre ou plutôt d'un bouc; métamorphoses
sur métamorphoses, avatars sur avatars : immortelle et toujours errante, elle avait pérégriné, pendant trente ou quarante mille lustres, en toutes sortes
de pays, aujourd'hui prisonnière dans la peau squa-
meuse d'un python, demain animant les ailes d'un
oiseau souverain, ou poussant les griffes de quelque
royal félin des jungles, etc., sans interruption jusqu'à nos jours. Il fallait la voir, cette mâtine, me
débiter toutes ces chatouillantes folies! il fallait la
voir! On eût dit vraiment qu'un génie invisible et
familier lui soufflât à l'oreille les paroles insidieuses
et capiteuses qu'elle même musiquait. En Turquie,
elle avait été, je crois, almée d'abord et puis sul-
tane; impératrice en Chine, czarine à Moscou,
prima donna en Italie, institutrice en Angleterre
et en Écosse, ensuite marchande de sourires à

Naples, actrice en Allemagne, amiral en Hollande, toréador en Espagne, et sous la Révolution, en 93, général en chef des armées de la République française; enfin *fusillé* plus tard comme conspirateur, sous le premier Empire, elle avait été garde du corps sous la Restauration, orateur parlementaire sous le roi-citoyen, et s'était retrouvée, en 1848, grisette. au faubourg Saint-Marceau. Bref, elle était à présent bel et bien duchesse, aussi grande dame que possible, et ne désespérait nullement de devenir, un jour ou l'autre, poète lyrique aussi remarquable et non moins fou que moi... » Son merveilleux ramage fut ici brusquement interrompu. Des sanglots et des cris surhumains retentissaient, déchirants, à la porte du temple, qui, fortement ébranlée, céda soudain. A l'invasion brutale du jour, les flambeaux, épars autour de l'alcôve, pâlirent, et nos yeux se fermèrent offusqués. En dessillant les miens, ô Dieu? que vis-je? Un cocher, mon enfant, et quel cocher! Effaré, poussiéreux, échevelé, drapé en son carrick élimé, debout au beau milieu du boudoir, il secouait un fouet à longue lanière de cuir et vomissait, quoique très désolé, fort convenablement l'argot. Ah! mesdames et messieurs, cet intrus tombé du ciel ou surgi de je ne sais où, c'était lui! lui, lui!... »

Pierre-Charles, sur cette exclamation désordonnée, eut un geste absolument extravagant et se tut illico.

— Qui, lui? murmurai-je abasourdi de ce conte de fée; qui?

— Monsieur le duc! oui, lui-même en personne, le duc!

— Quel duc?

— Eh! Dieu d'Israël! le duc! celui que voilà dans la rue, au-dessous de nous, juché sur cette crasseuse patache et se rôtissant comme un vignoble au soleil!

— Allons donc!... ce n'est pas possible, ce n'est pas vrai!

— J'ai l'honneur de vous affirmer pour la troisième et dernière fois, cher ami, que la désagréable apparition qui vint nous troubler, Anton et moi, si malencontreusement, n'était autre que S. A. Mᵍʳ Eudes-Auguste-Édouard-Anatole-Henri, chevalier de la Combe-Hâ; vicomte de Montpezat, en Quercy; comte de Palumbò, vidame de Bazous, seigneur de Saint-Remy-sur-Æglar; haut baron de Sainte-Organte-d'Arbelu, de Saint-Pòl-d'Iry, de Saint-Antonin-le-Borgne et de Saint-Œil-le-Bossu; captal des Trois-Tours Sarrasines de la Comté-Forestière, castellan d'Urpinhia, Neuf-Clocher, Rondes-Garennes, Zubrignol, les Yxams et autres lieux en Rouergue, enfin sire de Quadrales-la-Jolie et de

Çaldé-Xémaldé, marquis de Villerfanche d'Aveyron, duc de Clôjâde et prince de Cahuxac d'Estrêtefonds, en Gascogne !

Un violent éclat de rire que je ne sus réprimer répondit à cette minutieuse énumération de titres que mon ensorceleur avait faite sur le ton d'un héraut d'armes ; mais lui, loin de partager mon hilarité, lui, le pince-sans-rire, sérieux et mathématique comme un augure, s'approcha de l'embrasure où nous avions tant discuté, puis indiquant la rue :

— Il est toujours là, dit-il, il est là ! le fastueux, le nobilissime !

Oh ! pour le coup, je bondis d'un seul élan à la fenêtre et lorgnai vivement la voie publique : il était, en effet, toujours là, perché sur son quadrige, le déplorable ci-devant. Tubleu, quel aristo ! Vagabondes et frémissantes, ses mains tâtonnaient autour de lui, les yeux lui sortaient de la tête ; il penchait à droite, à gauche, en avant, en arrière, en haut, en bas, stupide et machinal. Un bruit quelconque ayant attiré son attention vers les toits, il nous aperçut tout à coup à la fenêtre. Aussitôt tout son corps, agité de spasmes cloniques, se redressa d'emblée et sa face apoplectique passa sur-le-champ du rouge à l'écarlate, de l'écarlate au cramoisi et du cramoisi au noir bleu.

— La danse de Saint-Guy recommence, mais le danseur halète et tire la langue comme un fourmilier... ouais ! qu'est-ce donc ?

— Chut ! il se ranime, il bourdonne... Entendez-vous ?

— Aucunement.

— Tendez l'oreille.

— Ah !... bien.

Il ne bourdonnait point ; il hoquetait, il râlait, l'ex-pair de France.

— Eh ! des litres, gloussa-t-il difficilement, des litres... des litres !

On le servit et, lui, le dernier des Clôjâde, il but avec avidité, de même que nous l'avions vu faire une heure auparavant, et tandis qu'il s'inondait ainsi, ses yeux, attachés sur les nôtres, eurent un regard navrant et désespéré.

— Je crois qu'il m'a reconnu, dit l'auteur des Roses un peu remué, retirons-nous d'ici ; ma vue, doit lui faire beaucoup de mal, et je ne veux pas le supplicier. Où donc en étions-nous, de notre historiette ?

— A ceci : Les barrières forcées du gynécée s'abattirent avec fracas, et Son Altesse le cocher-duc apparut aussitôt en votre présence tout en larmes et sanglotant :

— Très bien ; c'est cela même, parfaitement !...

« Or, nous trouvant brusquement en face l'un
de l'autre, il pâlit à mon aspect, et son œil rond
aux paupières bridées s'injecta : « Que désirez-
» vous, monsieur ? » Au lieu de me répondre avec
la politesse des civilisés, il tira de l'une des poches
de son habit à boutons de cuivre dédoré je ne sais
quelle sorte de couteau qu'il brandit, comme un
Mohican, au-dessus de ma tête. Entre nous, j'eusse
aimé tout autant un autre jeu. « Ne craignez rien,
me dit Cypris ou plutôt Kupris à la sourdine, il est, je
vous jure, aussi doux qu'un agneau ; chut ! ajouta-
t-elle, autoritaire et d'une voix brève, en se tournant
vers lui : voyons, faune, la paix ! » Obéissant à
l'ordre, il jeta docilement son arme sur le parquet en
mosaïque, et s'étant mis à quatre pattes, il appuya
ses mains calleuses et gourdes de palefrenier au
bord du... vénérable lit à l'antique, sur les boiseries
duquel, incrusté, régnait l'écusson ducal des Clôjâde.
Hautaine et peut-être trop tranquille, Anton, souriait. « Toinette ! Toinette ! Toinette ! » s'écria-t-il,
agenouillé, d'un accent lamentable. « Il va nous régaler d'un petit discours, modula-t-elle à mon oreille ;
écoutons-le avec résignation et sans nous émouvoir ;
il sera souple comme un gant tout à l'heure après
avoir péroré ; patience ! » En vérité, la duchesse
savait tout son duc par cœur. Il parla. Quelle
langue que celle de ce gentilhomme ! Elle eût fait

les délices des zélateurs mal embouchés d'une certaine école flatulante, mais non pas inodore, qui voudrait remplacer Homère par Jean Hiroux, le cistre d'Amphion par l'orgue de Crépitus, l'idéal par un pot de chambre... *aoh! shoking!* et de laquelle ni vous, ni moi, nous ne serons jamais, fort heureusement, à moins qu'une funeste aberration n'oblitère en nous les dons que la Providence nous répartit si libéralement... Ha! je ne suis pas athée, ainsi que la plupart de vos insociables coreligionnaires, et je crois, moi, spiritualiste endurci, qu'il y a là quelque part, en bas, sinon en haut, un suprême dispensateur... oui, mais pardon! il s'agit ici de toute autre chose et ne nous égarons pas, s'il vous plaît. Témoin donc, oculaire et même auriculaire, hélas! des faits et gestes de l'infortuné patricien, il est de mon devoir de vous rapporter textuellement l'étonnante harangue qu'il prononça. Fermez les paupières, bouchez-vous le nez, dilatez vos ouïes, contraignez vos nerfs, et dégustez-moi ce succulent morceau d'éloquence digne des Démosthène, des Gracques, des Cicéron... et de mesdames de la Halle : « — O mon ange! ô bichette, ô mon chou, criait-il en s'étirant; tu me feras crever, oh! vois-tu, crever, crever! Réponds-moi, qu'est-ce que je t'ai fait pour que tu me fasses tant de mal? O mon Dieu! Je t'aime de trop... de trop,

oui, voilà! Quand je te vois, espèce de daim que je
suis! il me semble que le ciel s'ouvre à deux battants et que je vas y entrer enfin! Ah ben, ouitche!
Y a plus personne! On est parti. Finalement, enfin!
il faut que ça finisse. Ah! ça, femelle, suis-je après
tout ton mâle, oui ou non?... Halte! je t'en conjure,
ne fronce pas le sourcil, on n'est pas, dans la colère,
toujours maître de soi, tu comprends! Ecoute un
brin; Hier, on m'annonça que tu restais ici, j'y suis
venu, me voilà! Ne me gronde *pouen* si j'ai forcé la
consigne! On te veut, on te cherche et l'on te
trouve! Amour, on te repêche enfin! Il y a si longtemps que je te poursuis, si longtemps! On ne voit
que moi dans les endroits où l'on rigole, où l'on
chahute, où l'on fait la noce, où l'on casse tout!
T'es donc fatiguée, dis, qu'on ne te rencontre plus
nulle part? Il y a déjà deux ans, sais-tu, que nous
sommes mariés, nous autres! Saint bon Dieu! Que
t'es mauvaise, fillette! Ah! je n'aurais jamais cru
ça de ta part. Tu roules et tu dors, madame, avec
tous les manants de la ville et des faubourgs, à ce
qu'on tambourine. Ils t'entretiennent peut-être à tant
par tête, et je dois, sans m'en être avisé, vous avoir
carriolés plus de quatre fois dans mon tombereau,
toi, puis tes lécheurs. Si ça ne fait pas frémir que
de se dire comme ça : celle à qui tu donnerais le
sang de tes veines et la moelle de tes os, elle se

fait manger de baisers par ses amants dans ta voiture!... I, fouette, cocher! ravage-toi l'esprit dans la
solitude, animal, lancier de la belle étoile, espèce
de propre à rien, abonné du casino, sacré cocu,
gros cornichon! Ah! va, l'on s'arrosera... j'englou-
tirai tant de canons que, quelque beau jour, à ta
porte, on me ramassera tout enflé sur le pavé,
Mlle Folichonnette de mon cœur! En pintant, tu
conçois, on oublie, et quand ça revient, on pinte
encore. Il faut bien que je me mouille ou... sans ça!
ma cervelle que, sans t'en douter, tu chauffes sans
cesse, prendrait feu, se calcinerait comme de l'ama-
dou. Moi, c'est pas ma faute, je cours au vin de
tous les bouchons, comme d'autres vont à l'eau des
rivières... Une, deux, trois, allez-y, ça réussira sans
doute à m'étouffer, le liquide. On pompe, on avale,
oh! j'en prends autant que j'en peux tenir! et j'en
soûle aussi mes chevaux. Un setier de blanc ou de
bleu dans le ventre et les voilà partis à bride abattue! Ils sont alors fous comme moi. V'lan, ils brûlent
le pavé. Faut les voir ces cocos, ces poussifs, ils tri-
cotent joliment; ils font les cent coups : ils valsent,
ils polkent, ils volent... » Un geste de la Phryné,
geste de dégoût ou de pitié, peut-être de pitié et
de dégoût à la fois, intimida ce paladin et lui
huma la parole. Il s'arrêta net, pleurant et riant,
idiot. A vrai dire, il avait été très éloquent, très

persuasif, très empoignant et je confesse même
qu'en dépit de la trivialité de sa langue et de ses
allures, il m'avait attendri ; ce qui prouve, par parenthèse, qu'il est très possible d'être un remarquable saint Jean Bouche-d'Or sans art, et même aussi
que l'art, chez tout lettré, consiste d'abord à phraser selon les règles ; ensuite, sans jamais l'offenser
ni l'amoindrir, à corriger la nature. Ah ! ce fichu
rabat-joie, il m'avait réellement touché la fibre,
attaqué les entrailles et si j'avais pu !... Mais que
pouvais-je pour lui, moi ? « Ne vous alarmez pas
outre mesure et surtout, mon bel ami, me dit la
donzelle en minaudant, un peu d'indulgence ! n'allez pas me prendre en grippe à cause de lui ! j'en
blanchirais... » Artificieuse créature ! elle sut rester alléchante et me plaire encore en ce moment-là ;
mais quelle cruauté ! L'inconsolable ramier l'appelait en roucoulant, l'aspergeait de pleurs (il y en
avait de rouges) ; elle ne le voyait pas, elle ne l'écoutait pas, elle ne l'entendait pas. « ... Oui, oui, oui,
poursuivit-il éperdu, t'as fait de moi, rigolette, le
malheureux des malheureux, un vrai martyr. Avant
le conjungo, finaude, il valait mieux me dégoiser le
truc. Eh ! mon Dieu ! tu m'aurais pondu cela, seule
à seul, entre quatre yeux : « Henri, je ne veux pas
de toi, mais ça me ferait plaisir d'être de la haute,
épouse-moi pour la frime ; après la noce on s'en ira

chacun de son côté... » que moi, te désirant si fort,
tant et tant, j'eusse tout de même adhéré tout
bêtement à ça ; mais, au lieu de mettre ton cœur sur
ta main et de me dire : « Voilà ! » Comment t'y es-tu
prise, hé ! la duchesse ? A la manière des jésuites et
des cafards. Oui, t'as fait celle qui se sent une
flamme sous le teton de gauche et tu m'as enjôlé. Fin
jeu que ton jeu ! Moi qui me figurais que tu me go-
bais un brin, moi, qui suis franc de collier comme
un cheval : « Ohé ! me suis-je dit, ohé ! bibi, voilà
ton affaire ! Une margoton de cette étoffe est tout ce
qu'il te faut, muscadin. » Nom de Dieu ! le beau
travail que j'entrepris ce jour-là ! Depuis lors, je me
fais vieux, vois-tu ? chaque jour d'un mois. Eh ! lève
la tête et confronte donc un peu. Qui croirait, blon-
dine, qui croirait que je n'ai pas encore quarante
ans ? On me prend pour un caduc ; on m'appelle
déjà le vieux père Clôjàde. Aie pitié de moi, bel-
lote ! Est-ce donc bien difficile à toi de ne pas me
faire du chagrin ? On ne te demande pas grand'-
chose, après tout. Aime-les tous, les hommes ; aime
les femmes si tu veux, aime le diable, aime Dieu ;
bref, qui tu voudras, tout le monde, ça ne m'est pas
égal, oh ! non ; mais j'y consens, à la condition que
tu ne seras pas mauvaise rien que pour moi, moi
qui t'aime autant et même plus que tes trente-six
mille flagorneurs tous ensemble. Oh ! si tu me con-

naissais! A moi seul, j'ai plus de cœur pour toi que
toute cette ribambelle de freluquets sortis on ne sait
d'où qui te font de l'œil. O chrétienne, je suis bien à
plaindre! Ah! fleur des fleurs, ah! ma perle, si tu
savais!... » Hors de lui, le triste neveu du mignon
royal, ainsi qu'un basset sous les verges de qui le
gourme et le fouaille, rampait et se lamentait aux
pieds de son épouse dont, par moments, il con-
voitait le buste opulent avec idolâtrie. Abject,
gonflé d'admiration et d'amour, il me rappelait tel
quel le reptile couvert de pustules que le Grand
Homme Ailé, notre chef surhumain à qui la Nature
et Dieu dictent, prose ou vers, tout ce qu'il écrit en
caractères indélébiles, et pour nous et pour la pos-
térité, rehausse ainsi dans sa LÉGENDE DES SIÈCLES,
en une forme homérique si parfaite et, phénomène
entre tous prodigieux! quasi spontanée:

Un crapaud regardait le ciel, bête éblouie;
Grave, il songeait; l'horreur contemplait la splendeur!
. . . .
Peut-être le maudit se sentait-il béni;
Pas de bête qui n'ait un reflet d'infini;
Pas de prunelle abjecte et vile que ne touche
L'éclair d'en haut, parfois tendre et parfois farouche;
Pas de monstre chétif, louche, impur, chassieux,
Qui n'ait l'immensité des astres dans les yeux!
. . . .

Elle, cependant, la plus belle des stryges moder-

nes, impertinente jusqu'à la férocité, passait d'une main sous ses narines un flacon de sels et répandait de l'autre, afin d'assainir les airs sans doute, de la myrrhe et de l'encens dans le foyer d'une grande lampe ichthyphallique allumée, appendue au ciel du gynécée. « Hé ! susurra-t-elle en me caressant du velours fluide de ses prunelles, ai-je pas raison? » Navré, je hochai la tête, et pendant quelques courts instants qui me durèrent, un profond silence régna dans la chambre à coucher de Mᵐᵉ la duchesse de Clôjâde, où se traînait, n'ayant plus rien d'humain, un de nos frères en J.-C. notre Seigneur...
« Écoute, reprit tout à coup en se cognant aux murs ce pitoyable amant, écoute-moi, mon astre, encore un petit peu. Toi, vois-tu, j'ai besoin de te voir pour vivre. Oh! j'en ai besoin comme de l'air pour respirer et d'un os, de temps en temps, pour ne pas mourir affamé. Sois aimable, accorde-moi la permission de venir quelquefois ici. Qu'est-ce que ça te fait? On sera sage, sage comme une image. Entrer et sortir seulement, voilà tout! et ne crains rien, je ne serai pas gênant. Une supposition... Il y a quelqu'un qui jaspine avec toi, crac, demi-tour à gauche ou bien à droite, et, bonsoir, ni vu ni connu, je t'embrouille, on s'en va sur la pointe des semelles, comme l'on est venu. Que ça t'arrange par hasard, aussitôt moi, pour t'être agréable, je

me comporte à l'instar de l'autre, le fameux major
prussien, tu sais, Von Krüche, une huître, il peut
s'en flatter, par exemple, celui-là, qui, là-bas, en Alsace, te *la* tint si bien! Non, tu peux me croire, je ne
serai pas sciant, ni tannant, va. Dis, la rousse, y
souscris-tu? Pour raisonnable, on l'est : à moi la
cocarde et le pompon!... Non, as-tu l'air de dire?
Ah! par exemple! il n'y en a pas un dans l'univers
entier qui soit aussi bon enfant que moi. Voyons,
acceptes-tu? Tope-là, finette, tope. On se moquera
de moi, tant pis! et, d'ailleurs, j'y suis habitué.
Les camaraux! Il me semble que je les ois. Écoute
un peu comme ils piaulent, et cancanent et jabo-
tent de concert : « Hé! Clôjâde, est-ce qu'elles te
poussent? Ta compagnonne a-t-elle des chalands?
On dit qu'elle te force à rincer la porcelaine, est-ce
vrai, Clôjâde? » Autorise-moi, princesse, à venir
ici quelquefois. Sois gentille! Ils auront beau me
flanquer au bec, ces butors-là qui sont méchants
comme la gale, des choses capables de rendre imbécile un âne, et carnassier un mouton, ils auront
beau me faire passer pour un as de pique ou de
trèfle, moi, pourvu que tu me supportes seulement
cinq minutes par semaine ou par an, moi, chérie,
au lieu de leur répondre et de leur sauter dessus
et de les mettre en morceaux, comme ce serait
bientôt réglé, si tu m'engageais à leur river leur

clou! j'imiterai celui qui n'entend rien, ne saisit rien et me contenterai de regarder tranquillement en mon cœur, où tu serais comme dans une niche, toi, mon trésor!... Ah! petite, tu ris, et tes yeux ne sont plus du tout en colère, à présent. Tu t'amadoues, tu désarmes!... attends, j'ai fini. Sans parents, sans amis, sans chien ni chat, j'ai toujours vécu seul, avec mes saintes rosses que je roue de coups si souvent, en pleurant comme un veau, sans savoir jamais pourquoi je les bats ainsi, puisqu'elles me sont très attachées et qu'elles font positivement tout ce qu'elles peuvent afin de me réjouir, les pauvres vieilles... Ah! ce que c'est que de moi, pourtant; ce que c'est que de nous! Hormis toi, personne n'a jamais eu l'air de s'apercevoir que j'existais. Un jour, tu me reluquas et je fus pincé. Personne ne m'avait toisé jamais ainsi. Si je t'aime..., imagine-le-toi! Depuis que t'as filé, je couche tous les soirs avec un de tes chaussons d'autrefois, et je le cajole comme on te cajolerait si t'étais là. Buse, double buse et gueux n° 1, je n'existe que pour toi, toi seule au monde, rien que toi, j'en dépose ici! Parole d'honneur! Ah! quel tintouin! et j'ai soif de toi qu'on encense et révère, de toi qui fis un jour semblant de me trouver à ta convenance, et bon gré, mal gré nous ne pouvons aimer que toi sur terre. Est-ce pas une

calamité? nous sommes bien loti!... Pas de
chance!... on t'assure que je ne suis pas en paradis! » Au paroxysme du désespoir, ce marmiteux,
ayant perdu tout à coup le souffle et le fil de sa
litanie en même temps, s'abîma dans ses tourments indicibles et tomba, lourd comme un plomb,
sur le carreau. Je m'empressai de lui prêter assistance, et, grâce à mes soins, il se remit bientôt. En
rouvrant ses paupières, son premier mot fut : « Toinette! » Elle, toujours altière et paisible, jouait de
l'éventail. Aussi vert qu'un pestiféré, et tout accroupi
devant sa merveilleuse idole de chair, il la contempla, pieusement extatique, ainsi qu'un bonze aux
pieds des magots de pierre ou d'airain. « N'abusez
pas, je vous prie, ordonna-t-elle; achevez donc, s'il
vous plaît!... » Il joignit les mains et marmonna je
ne sais quelles oraisons. « Enfin, est-ce bien tout?
interrogea nonchalamment la belle inhumaine;
avez-vous fini, tout à fait fini, monsieur du Cram-
pon? » Il répondit oui. « C'est très heureux, ajouta-
t-elle avec un soupir insolent; eh bien! je vous
promets de vous instruire prochainement de ma
volonté; maintenant, laissez-nous, laissez-moi. » —
« Ta main, ma femme, ta main ; ne me refuse pas
cette petite consolation, applique un brin dans la
mienne ta douce patte si blanche, pour l'amour de
Dieu! » — « Voilà... dépêchez-vous! » Et, lasse de le

souffrir et de se contraindre, elle lui fourra dédaigneusement le bout des ongles sous le nez. Affolé, le sire mangea de baisers ces griffes roses et parfumées, pour lui seul inclémentes, et, chancelant, ivre de passion et de douleur, il recula. Le pauvre diable! il eut l'air de me remercier, en partant, de la compassion qu'il m'avait inspirée, et pourtant, c'était visible, un seul mot, une seule œillade, un seul signe de la lorette, un seul! il m'eût aussitôt écharpé... Dès qu'il se fut éclipsé sous les portiques, je voulus à mon tour prendre congé de sa moitié. « Je le vois, dit-elle avec mélancolie, il est très clair que vous ne me saviez pas ce... duc! que voulez-vous, ô cher ami, c'est mon unique défaut. » « Où, madame, l'avez-vous cueilli, grands dieux? » Anton courba son front humilié, puis, câline, féline, langoureuse, se pelotonnant entre mes jambes, elle ronronna : « Je n'ai pas toujours été ce que je suis et ne date que de quelques années. Hier, hier encore, il y aura tout au plus quatre ans aux prochaines courses de Longchamps! le tout Paris m'ignorait et je m'ignorais moi-même, enfouie que j'étais alors au fond d'une guinguette, oui, mon Phébus, au fond d'une ténébreuse taverne où venaient se désaltérer et s'ébattre une foule de boueux marauds dont sort à l'instant même d'ici le moins insupportable; jugez des autres! On me menait à la baguette dans cette maison-là. Ceux qu'on disait et qui se disaient mes père et mère, hideux couple bien assorti, ma foi! fâchés que ma ressemblance avec eux fut aussi peu sensible que celle de la colombe de la fable avec les corbeaux qui prétendaient l'avoir enfantée, m'en voulaient terriblement. Honnie et battue, durant seize ans et quelques mois, je vécus dans l'ordure, au noir faubourg Saint-Marceau. Le premier être humain dont pendant ce laps de temps je n'eus pas à essuyer de rebuffades était une manière de philosophe, helléniste et chirognome, habitant sous les zincs de notre maison une mansarde à peine aussi large que la tabatière de la mère Michel. Il est décédé, paraît-il, l'autre été, cet excellent père Agathe, et d'après les journaux où j'ai lu les détails de ses obsèques, on prononça de filandreux discours sur sa tombe, et cela parce qu'il avait, se mourant, exprimé le désir d'être enterré sans ophicléide ni serpent. Très charitable, quoique indigent, il se proposa, ce bon païen, de m'élever gratis, ce qu'il entreprit avec un zèle inénarrable et le succès que vous voyez. Aussitôt que je lui parus suffisamment dégrossie, il s'ingéra de me lire un fatras de livres indigestes écrits à la plus grande gloire des Jupin, des Bacchus et des Vesta. Que Jésus lui pardonne et le Père Éternel aussi! Disciple fervent de

M. de Samos, il croyait si bien à la métempsycose,
qu'il en infusait partout. Toutes les vicissitudes
qu'il avait subies, il me les dépeignit, et c'est de lui
que je tiens les surprenants détails que je vous ai
contés de ma vie à travers les âges, car, s'il n'avait
eu soin de me les révéler, il y a trente Hortense
Schneider à parier contre une seule Silly que je
n'aurais jamais rien su de mes innombrables et
fantastiques transmigrations ici-bas. « O déesse !
enfant des dieux ! » s'écriait-il parfois, en détaillant
mes charmes, nargue les rigueurs du destin ; il n'est
pas éloigné le jour où les hommes reconnaîtront ta
céleste origine et t'élèveront des autels, ô sœur
de Cythérée ! » Et le vieux fou, très badin, ma foi !
non content de me dresser un si bel horoscope et de
me pincer de temps en temps les joues avec tout le
respect dû par un mortel aimant et craignant les
déités protectrices de l'innocence à l'un des plus
frais tendrons de leur auguste race, étudiait
attentivement mes mains et découvrait en elles les
signes prophétiques de ma grandeur future. Hélas !
au fond de l'infâme bouge où j'étais née, il me fallut attendre, dix-huit ans et plusieurs mois, que
s'accomplissent mes radieuses destinées. Souvent,
assise au coin du feu, la tête dans les nuages et
les pieds dans la cendre, ainsi que Cendrillon, j'im-
plorai de tout mon cœur quelque propice et toute-

puissante marraine et pas la moindre bonne fée
n'arrivait, hélas! pour me tirer de là. Tout à coup,
ô miracle! au moment même où je me désespérais,
les Ouraniens, est-ce vrai que ceux qui trônèrent
jadis dans les étoiles s'appelaient ainsi? se manifestèrent en ma faveur, et vous allez voir comment,
mon ami; c'est inconcevable, en vérité! Par un beau
jour de soleil, au début du printemps, en plein midi,
m'apparut toute ronde la grossière et sotte figure de
cet hébété qui nous a tympanisés si fort. On le sur-
nommait tantôt Canari, tantôt Tambour et tantôt
Baluchon, je me demande encore pourquoi... »—« Le
duc? » — « Oui. » — « Canari! Baluchon! Tambour!
lui, le fils des croisés?... » Si vous aviez ouï, très
cher, la longue roulade joyeuse qui, sur mon exclamation, s'échappa comme une série de fusées de
la gorge de cette fille exquise dont nos modernes
Praxitèles devraient, pour l'éternelle éjouissance de
nos successeurs, mouler le corps du sinciput aux
orteils, il est très probable que, de même que moi,
vous vous seriez cru sous des ramures printanières, et vous auriez cherché tout autour de vous
le nid d'où sortait ce gazouillis plus doux que celui
des fauvettes et des rossignols en avril. La Frezzo-
lini, la Pasta, la Grisi, la Persiani, la comtesse Pe-
poli, la Malibran, autrefois, et, de nos jours,
Mᵐᵒ Viardot, la Patti, Mˡˡᵒ Nilsson, Mᵐᵒ Miolan-Car=

valho, n'ont jamais eu de vocalises aussi pures,
aussi cristallines que celles de ce démon femelle au
gosier d'oiseau : « ...Fils des croisés ou simple enfant
de la balle, reprit-elle après sa gamme chromatique
et dans un trille final, ce qu'était le Canari, le Tambour ou le Baluchon que le ciel avait daigné m'offrir, peu m'en chalait vraiment; toujours est-il qu'il
me parut très débonnaire, ennuyé non moins qu'en-
nuyeux et, ne mâchons pas le mot, assez serin.
Harcelé sans cesse par ses camarades de coche, il
servait de cible à leurs barbares jocrisseries et
remplissait à merveille le rôle de souffre-douleur. On
avait beau le turlupiner de l'aube à la brune, il ne
soufflait mot. Une fois, comment s'y prit-il pour cela?
je l'ignore! il m'apitoya presque et je maltraitai
même quelque peu ses bourreaux. A dater de cette
heure-là, ce pâtiras s'amouracha de mam'zelle Toi-
non et la traqua follement. Toujours à mes trous-
ses, il se pâmait à mon abord, et bien qu'il eût
une furieuse envie de formuler ses déclarations, il
restait invariablement coi. Ne sachant trop alors
où me prendre afin de me distraire, il me vint l'idée
assez biscornue, n'est-ce pas? de coqueter avec ce
vilain joufflu, plus bête que ses pieds, et si je réussis
vite à l'enflammer comme un tison, il n'y a pas là,
je l'avoue, matière à s'enorgueillir. « Ah! que ne
possédé-je l'apanage de mes pères... excusez! au

lieu de s'exprimer de la sorte, un soir que nous étions seuls, il glapit ainsi, tout en embrassant mes genoux : ah ! que n'ai-je, que n'ai-je le sac comme mes anciens, on te couvrirait d'or et de dentelles, ô ma chatte, ô ma rate ! » Et ce meurt-de-faim en dégorgeant cela soufflait comme un phoque. « Or çà ! lui demandai-je, ils furent donc bien riches, tes ancêtres ? » « Autant que le Roy. » « Pesto ! eh ! que vendaient-ils jadis, ces argentiers-là ; du sucre ou du sel ? » « Eux, marchands, ah ben oui ! Le toquet orné de plumes sur le front, ils rouaient auprès des gentes dames palatines, ou, la cuirasse au poitrail, le casque en tête, ils travaillaient sans merci les côtes au More, à l'Espagnol et pourfendaient l'Allemand aussi bien que l'Anglais. » « Sapristi ! raconte-moi donc tous leurs faits et gestes de fil en aiguille ? » « Oh ! nenni ! nenni, que nenni ! » Tant de réserve à mon égard de la part de ce trop piteux courtisan m'agaça plus que de raison, et je m'obstinai. « Ne puis, répétait-il sans cesse en s'agrippant à mon cotillon, ne puis. » «Oh ! si, tu pourras ; essaye, ou gare ! » Il se rendit à la fin et me déroula toute son Odyssée. Histoire, en somme, assez banale, et qui ressemble fort à la plupart de celles que l'on trouve déduites en vingt ou trente volumes, dans les méchants romans à la mode. En deux mots, la voici : gueux, fils de noble, il en était réduit, pour vivre,

à carrosser le bourgeois que ses aïeux avaient jadis
tant crossé. Son père, Edme-Adalbert, avant-dernier
duc de Clôjâde, originaire du midi de la France et
veuf de la dernière héritière de Nègrepelisse, après
avoir dévoré prestement une fortune colossale, huit
ou dix châteaux héréditaires, était venu tenter l'a-
venture à Paris, refuge des pêcheurs. Successivement arquebusier, rat de cave, agent d'affaires, commis voyageur en librairie, recors, maître d'armes,
maquignon, gymnaste, vendeur de contre-marques,
pion, chiffonnier, il s'était acoquiné vingt fois
avec d'inavouables guenons, et l'une d'elles, ancienne étoile de la Chaumière et du Prado, sur ses
vieux jours liquoriste à la barrière d'Enfer, après
l'avoir grugé, rongé jusqu'aux os l'avait, en agonisant, embelli d'un coup de couteau pour suprême
adieu. Défiguré, vidé, rhumatisant, usé avant
l'âge, aux abois, il foula le pavé fort longtemps et
ce fut lui qui, sous le nom de l'Homme à la Balafre,
s'acquit, en dressant des chiens et des chats à la
danse, une sorte de famosité dans les murs de la
capitale. Enfin, parvenu non sans peine à gagner
quelques sous, il s'était renipé tant bien que mal et
s'était fait coulissier le jour et professeur de billard
le soir. Haut seigneur ravalé dans la basse industrie,
il opéra de telle façon qu'il se fit d'abord exécuter
à la Bourse, puis incarcérer à Clichy. Là, le typhus

acheva ce prince ruiné, que l'on trouva mort
dans sa geôle un beau matin de décembre, à la Noël.
Ainsi finit ce feudataire suzerain, à ce point misérable qu'avant d'entrer en prison il avait dû confier
son unique fils légitime, en bas âge, à je ne sais
quel cocher de fiacre, ancien domestique des Clôjâde et, comme eux, natif du Midi. Ce drôle, le gentilhomme enterré, s'appropria l'orphelin qu'il gardait non seulement en dépôt, mais pour garantie des
sommes à lui dues par le besogneux auteur du moutard; et celui-ci, devenu duc, comme son père con-
sanguin, demeura tout aussi manant que son
père adoptif... et cœtera, voilà, *grosso-modo*, toute
la charade. Infortuné métis! En me l'expliquant, il
me sembla si naïf, qu'il me fit pitié. Des anciennes
splendeurs seigneuriales de ceux de sa race, il ne
lui restait rien, rien, hormis quelques vieux
titres dont il ne savait que faire et qu'il m'exhiba.
Dame! ils étaient sérieux et dûment parafés d'une
foule de majestés impériales et royales, ces par-
chemins!...

Agaceur invétéré (ce néologisme est de lui), le
patron me voyant suspendu tout bouillonnant d'impatience à ses lèvres, se leva, marcha, se rassit
et fixa ses yeux au plafond...

— Et la suite, maître?

— Au prochain numéro!

— Quand paraît-il?

— Le voici.

— Voyons!

Ayant allumé lentement, très lentement, un volumineux cigare de La Havane et lancé de tous côtés d'aromatiques bouffées de tabac, il reprit enfin, entouré d'un nuage épais de fumée, le cours de sa mirifique narration :

« — En me parlant des si précieuses paperasses en question, notre satanique aventurière eut une sorte de moue enjouée, absolument intraduisible. Il décelait bien des choses à la fois, cet infernal, ce divin sourire, et moi, prompt analyste, moi, scrutateur, habitué à lire dans les yeux voilés et sur le masque impassible des femmes ce qui se dissimule au fond de leurs âmes si retorses et si criminelles, je découvris assez facilement toutes les scélératesses dont l'ambitieuse et sournoise plébéienne du faubourg Saint-Marceau s'était rendue coupable envers le dernier des Clôjâde; oui, je supputai, dénombrai les mille et un manèges que l'élève du barbon helléniste avait dû mettre en jeu pour emboiser le jouvenceau recueilli par le cocher de fiacre, et, m'apitoyant à mon insu sur ce boniface si lestement spolié, j'infligeai sur-le-champ un blâme très sévère à l'astucieuse et dure spoliatrice qui, toujours séduisante et souverainement gracieuse dans son cynisme, me montrait du coin de l'œil aux quatre angles de son riche boudoir aux lourdes tentures de pourpre rehaussée d'or, l'orgueilleux écusson ducal qu'elle s'était arrogé. « Mon Dieu, s'écria-t-elle en pénétrant ma pensée, avouez, austère censeur, avouez que j'eusse agi bien naïvement en refusant, à dix-huit ans, ce que l'imbécile hasard ne m'avait point octroyé dès ma naissance. Un arbre généalogique !... Avec un tel passeport et ma beauté, le monde était à moi !... Le vieil extravagant défunt à qui je dois tout ce que je sais de la Grèce et d'ailleurs avait prophétisé juste : les hommes s'emploieraient bientôt à m'élever des autels ! Oui ; mais il fallait épouser le duc. Ce cloporte ! il fut d'une crédulité !... Bonnement, tout bonnement, il crut comme cela que je raffolais de sa frimousse et que je ne demandais pas mieux que de passer toute mon existence à laver la vaisselle et tremper la soupe auprès de lui. Collée à ce... ragot-là, moi ? Sincèrement, une telle association ne vous semblerait-elle pas, ô mon rimeur ! aussi monstrueuse que le mariage d'un opulent alexandrin et de quelque pauvre onze pieds sans rime ni raison ? Il voulait, disait-il, l'impudent, l'effronté, le rustre, aller me chercher la lune avec les dents. Séraphique chanson, mais quel oiseau ! Je le laissai pépier quelque

temps à l'entour de mes branches, et vous devinez le
reste, n'est-ce pas? Un matin, nous entrâmes ensemble à la mairie de je ne sais plus trop quel arrondissement, sa grandesse et moi, puis encore ensemble
à l'église. Après la messe nuptiale, il monta dans
une berline et moi dans une autre. Or, monsieur, il
arriva que celle-ci tirant vers le nord et celle-là vers
le sud, elles ne se rencontrèrent point au débridé...
Quand la nuit advint, honorable ami, j'étais fort
loin du faubourg natal et de la gargote paternelle;
un *galantuomo* que vous prônez, un peintre romantique et chevelu, froissait très délicatement entre ses
doigts, dans un wagon, sur la route d'Italie, ma couronne virginale. « Eh quoi! eh quoi! m'écriai-je ébahi,
Monseigneur?... » — « Ah! fi donc... Comment pouvez-
vous avoir une telle pensée! Il n'a jamais été mon
mari plus que cela; le ciel m'en préserve!... » Et
scandalisée, outragée, révoltée, pudique, la courtisane devint rouge comme le feu. C'était la première
fois sans doute qu'elle rougissait ainsi. « Je vous
crois, madame la duchesse, m'empressai-je de
répondre en me confondant en cérémonies, oh! je
vous crois; seulement, qu'il me soit permis d'esti-
mer ici que votre époux, en ce cas, fut bien à plaindre! » Elle s'ébaudit et, rassérénée, elle me débita
dare dare, de sa voix d'ange étonné des choses
humaines, tout ce qui se rapportait encore au

sérénissime engeigné, son conjoint, hélas! char-
retier par malheur, ivrogne par amour. « Ayez pitié
de lui, chère Anton, lui dis-je au moment de me
séparer d'elle, il finira mal!... » — « Les dieux vous
entendent, et qu'il soit heureux dans les vignes du
Seigneur! c'est tout ce que je lui souhaite! » Elle
me mit, sur ces mots, doucement à la porte,
et, depuis lors, à peine l'ai-je revue une ou deux
fois par hasard. Il paraît, je le tiens de très sûre
source, qu'elle abhorre toujours son consort et
choie, ainsi que par le passé, les satrapes qui la
comblent et les cabotins qui l'épuisent. »

Ayant ainsi terminé ce pharamineux pot-pourri,
Pierre-Charles s'approcha d'une clepsydre garnie
d'un sable fin qui fluait comme de l'eau dans l'une
des deux ampoulettes presque pleine, et m'attira de
nouveau vers la fenêtre, à l'appui de laquelle nous
nous accoudâmes silencieux. En bas, au bord de la
rue, plus hantée alors, à la porte de l'hôtel d'Arteveld,
le duc, cause de tant de paroles singulières, accroupi
toujours sur son siège, à la cime du véhicule, sali-
vait, gorgé de boisson. Immonde et douloureux, il
me répugnait sinon plus, du moins autant qu'il me
poignait, et je tâchai de l'oublier en considérant le
spectacle forain... On touchait à la mi-novembre, et
depuis quelques jours déjà le terminal été de la Saint-
Martin, qui ne projette nulle part au monde une si

splendide allégresse que dans ce magnifique paral-
lélogramme rectangle formé par la Seine, la Marne,
l'Ourcq, l'Aisne, l'Oise, et si bien dénommé l'Ile-de-
France, avait arboré parmi les nues ses immenses
gazes versicolores. Il faisait, ce vendredi-là, dont éternellement je me souviendrai, tant à cause des confidences héroï-comiques que je reçus et qui me lièrent
d'un nœud plus étroit à la vie intime de mon parrain
littéraire, qu'en raison de l'événement fortuit qui
les suivit de si près et leur donna comme un cachet
de réalité qu'elles n'avaient peut-être pas eu dans la
bouche de cet hyperbolique descripteur, apte entre
tous les génies de son époque, aurais-je oublié de
le dire? à convertir le laid en beau, car, selon un
proverbe ancien, Orphée a la lyre, et la lyre divi-
nise ! témoin Honoré de Balzac qui, sans altérer en
rien le naturel des principaux personnages de sa
Comédie humaine : Eugène de Rastignac, Carlos
Herrera, Rubempré, Théodore, la Torpille, Grandet,
le père Goriot, de Marçay, Sarrasine, Hulot, Mme de
Langeais, Ferragus XXIV, Lady Dudley, la Fille aux
Yeux d'or, etc., etc., sut si bien les doter d'une
grandeur épique, qu'on n'aperçoit plus la fange
dont ils sont tirés et pétris ; il faisait une de ces
après-midi superbes et chatoyantes où les frai-
cheurs automnales sont sensibles même en plein
soleil. Limpide et bleu, parfois il est en certains

climats septentrionaux de ces embrasements éphé-
mères comparables aux incandescences perma-
nentes du pôle méridional, le ciel inondait de lumière les deux avenues rectilignes aboutissant de
la rue Flamande à l'arc de triomphe de l'Étoile,
et tandis que, par-dessus les toits ardoisés des
colossales maisons de pierre alignées au cordeau,
s'étageaient dans la clarté des airs, ici, là, partout, les sveltes flèches et les tours massives des
basiliques, une rumeur énorme et confuse, parfois dominée par des hennissements et des cris
émanait des vastes voies nouvelles où se pressait
la foule compacte dont, tout à l'extrémité d'une
large trouée horizontale et verticale, sous les arbres
couleur de rouille à demi dépouillés d'un jardin
public, surgissaient les mille et mille têtes mou-
tonnantes, autrement vivaces que celles de l'hydre
de Lerne, et que nul Alcide, eût-il à son service
toutes les massues et tous les glaives sacro-saints
de l'Olympe, n'abattra jamais! Si donc le grand
disque d'or déclinait, empourpré comme un orbe
de fonte, au milieu des vapeurs fuligineuses de quelque gigantesque forge, on avait encore devant soi,
néanmoins, un bon bout de jour; aussi, sollicité
par cette saison vraiment invitante et ce soir si
pur, le tout Paris oisif et ganté se hâtait-il vers les
Champs-Élysées et le Bois. Équipages roulant et

cavaliers cavalcadant, un tourbillon de faquins, stick aux ongles, monocle à l'œil, londrès ou panatellas aux lèvres, sortait torrentiel des rues opulentes, et se perdait, flot humain sans cesse accru, dans les artères spacieuses où, comme les vagues au sein de la mer, ondulait à perte de vue, insoucieux flaneurs, une lente théorie d'artisans et de bourgeois. On musait, cependant que les horloges monumentales annonçaient l'heure active de leurs voix de bronze, et la multitude augmentant, augmentant encore, étroits, trop étroits étaient les boulevards et les rues pour la contenir. Allants ou venants, cavaliers, piétons et chars affluaient ou refluaient en masse, pêle-mêle, et de temps en temps, soudain, au milieu de la population agglomérée, un trou se creusait, profond, et mièvres, dolentes, pointaient, à demi couchées sur les moelleux coussins de leurs calèches, quelques favorites parisiennes, jetant, emportées au trot long et rhythmé des pur sang, un sourire harassé sur le peuple qu'elles adulent, mais dont elles ont horreur (est-ce à cause qu'elles en sont?) et qui, lui, quoique ou parce que, les trouve adorables et les adore. « Eugénie ! Athénaïs ! Sylvia ! Lucie ! Irma ! Xavière ! Éléonore ! Yolande ! Ursule ! Alexandrine ! Isabelle ! Henriette ! Olga ! Carlotta ! Zélie ! Aglaé ! Cora ! Pauline ! » On s'écarte en les nommant;

tout le pavé gronde sous les roues de leurs carrosses; il naît du feu sous les fers de leurs anda-
lous ou de leurs anglais; il en jaillit sous elles de
chaque caillou; Démos, maigre lion affamé, le
brûlant Démos les couve de l'œil; elles passent, les
dompteuses! elles sont passées!

— O ville! exclama le Maître en m'étreignant
avec une fougue bien extraordinaire chez lui, qui
se tuait toujours et partout à paraître très froid;
ô ville! ô ville!

Et, dans sa sincère émotion, il regardait émer-
veillé.

— C'est à la fois Athènes et Rome; un enfer et
le paradis!

— Oh! plus que cela...

Fils de cette Babel, en qui germent ou mûrissent
toutes les idées généreuses, et que ceux qui combattent pour le bien et pour le beau, poètes, tribuns, artistes, historiens, savants, penseurs, en un
mot tous les champions du progrès national et des
franchises sociales, chérissent, si fervente que soit
leur piété pour la terre qui les a portés, autant, si ce
n'est plus encore! que le sol maternel, et considèrent
à bon droit comme la patrie élective des vaillants du
monde entier, arrachés de leur patrie naturelle par
l'amour sacré de la lutte et l'impérieux besoin de
vaincre, il affectionnait, lui, cet excessif esthéticien,

hélas ! trop désintéressé des questions utilitaires, et qui, dans ses très fréquentes mélancolies, se plaignit souvent devant moi « de ne pouvoir être qu'un pittoresque ! » il affectionnait sa « Babylone » entre toutes les Babylones et les paysages urbains entre tous les paysages. Il lui fallait, à lui, les ciels changeants de la Seine et les rues vivantes de la capitale, du fond sombre desquelles s'élancent jusqu'aux nues des échafaudages savants et compliqués. A lui les foules bigarrées et bruyantes se ruant au plaisir, à lui les fêtes populaires, où mugissent et se déferlent comme les lames en furie, au milieu de la fumée des fritures et parmi les senteurs du rogomme et du vin, les cohues humaines s'esclafant de rire aux boniments insensés du pitre ou se tordant de terreur aux tours périlleux de l'hercule, du clown et du funambule. Enfin, il lui fallait à lui, boulevard ou faubourg, un forum aristocratique ou plébéien, avec sa grasse atmosphère et sa grande voix et son tumulte. Amoureux passionné de la Cité-Monstre, il s'efforçait en vain à comprendre que je fusse épris, moi (j'étais alors quelque peu misanthrope et très *ours*, je le confesse avec humilité), de mes salubres campagnes natales où l'homme vit solitaire avec les arbres et les blés pour seuls interlocuteurs, et la lune pour unique lampion. Nonobstant ces divergences, comme tous deux nous aimions également la nature, lui, peuplée et raffinée, moi, déserte et sauvage, nous finissions toujours par nous entendre, et c'était alors à qui la chanterait le mieux. En chantant, on s'exaltait l'un l'autre, et, de son côté du moins, la poésie coulait à pleins bords.

— ... S'il n'y a qu'un Himalaya, s'écria-t-il encore ; il n'y a qu'un Paris !

Et ses bras, étendus circulairement, semblaient vouloir embrasser la titanique métropole irradiée comme l'astre qui planait au-dessus d'elle en la couvrant de feux.

— Il brille moins là-haut qu'elle n'étincelle en bas.

— Oui ; c'est un concours de splendeur, ou plutôt un duo de gloires !

Et le voilà parti... Quels incisifs et neufs poèmes en prose il troussa, tout en me faisant remarquer les jeux singuliers de la lumière à travers la presse et l'ondulation des cavales bondissant, échevelées et cabrées, dans la poussière et la brise ! Ivre d'admiration, il s'extasiait. Était-il joli, le coup d'œil, était-il beau ! C'était ceci, c'était cela qui l'inspirait tour à tour ; et son enthousiasme sans frein allait toujours croissant. Tè ! tè ! les superbes chiens : ces braques, ces griffons, ces pointers, ces épagneuls, ces danois ! et quels chevaux : ces alezans, ces bais, ces pies, ces rouans, ces aubères, ces zains! Ah! voici des soldats! Sont-ils bêtes, sont-ils gentils, ces militaires?... On les croquerait, on en mangerait, si l'on était leurs payses et leurs chacunes. Ici, vers notre gauche, guignez un peu ces grenadiers en bonnets à poil, impassibles et raides sous leurs buffleteries, et là, sur notre droite, ces turcos en turban, nerveux, trapus, alertes et bronzés, évoluant au pas gymnastique et secouant d'un air belliqueux fusils et baïonnettes qui se heurtent et luisent au soleil. Oh! oh! Là-bas, au loin, ne serait-ce pas un escadron qui se précipite au galop? Eh! si. Pa ta pin! pa ta pan! ils viennent, ils chargent, les pourfendeurs épiques, ils sont là, la terre tremble sous les pieds chaussés de fer de leurs Bucéphales et de leurs Bayards : ils arrivent! on dirait des Centaures. Entendez-vous les trompettes qui sonnent, et voyez-vous serpenter au dos des cavaliers sur l'acier poli des cuirasses la chevelure éparse des grands casques d'airain? Attention! Hé! tournez donc le bec! Un peloton de pantalons rouges s'émeut au seuil d'un corps de garde et présente les mousquets à la cavalerie. Ah! Dieu soit loué! vive la ligne et los au tourlourou! Eux seuls ont le secret de coller ainsi sur l'occiput le glorieux shako français, seuls ils savent se f..tre au port d'armes ainsi : les mains le long de la couture

du pantalon et l'œil à quinze pas. « Sapristi ! grenadiers et voltigeurs, fantassins du centre et des
ailes, garde à vos ! Par demi-files, alignement ! »
Ils sont alpestres, ils sont pyramidaux, ils sont
chicocandards, ils ne se mouchent pas du pied, ces
futurs maréchaux de France à qui nul pékin n'ira
jamais à la cheville, est-ce pas? Et, vrai gamin,
le sobre Aristarque débridé s'en donnait tout son
soûl... Il n'avait pas fini de rire ! Un âne de maraî-
cher retardataire, qui rentrait sans doute au logis,
un âne gris perle, assez pelé, mais ayant sur
l'échine une croix pour blason, que nous aperçûmes se traînant indolent sous son bât chargé de
légumes invendus, au milieu des fiers étalons, har-
nachés de cuir damasquiné et de rondelles de métal,
un maigre vieil âne morose et patient, tombé d'on ne
sait où dans ce fourmillement de gens et de bêtes de
luxe, un âne, enfin, invraisemblable avec ses longues
oreilles « philosophiques » encore velues, se tenant
toutes droites « et sa triste queue épilée, plaintive
comme une élégie, » faillit faire mourir d'hilarité le.
grave troubadour en joie. « Oh ! l'étourdissant qua-
drupède ! Ah! per Bacco ! quel type ! hein ! comme
il va ! tudieu, le vénérable grison ! » Et mille gogos,
dans la foule, en pensaient tout autant et criaient :
« Bravo ! la bourrique ! Vive Aliboron ! » Appré-
ciant, savourant la louange universelle et désireux

de montrer qu'il en était digne, le roussin marchait
à pas comptés, rengorgé comme s'il eût porté des
reliques... Soudain, hélas! adieu, pauvre Artaban!
Il s'avisa de braire à pleins poumons et croupe ten-
due, haut la queue, pétulant et cynique, il... perdit
toute pudeur et toute majesté : débandade, sauve
qui peut! Éclaboussé, maint loustic alla s'essuyer
à l'écart, et messieurs de rire à gorge déployée et
mesdames aux larmes, cependant que Martin en-
gagé parmi les rangs ouverts et rompus des cuiras-
siers impériaux s'éclipsait triomphal dans la fan-
fare et le soleil. Une dernière fois salué de mille
acclamations, il disparut, fastueux comme un paon,
et Pierre-Charles, que ce grondant et fulgurant mé-
téore à quatre pattes avait ébloui non moins qu'interloqué, recouvra brusquement la parole et la vue :

— Oh! que d'émaux et de camées, ami, que de
chefs-d'œuvre!

Et, charmés, ses yeux, à la fois humides et pé-
tillants, se posaient un instant sur l'une ou l'autre
des dames ou damoiselles qui, gravissant ou déva-
lant la rue Flamande, défilaient d'un pas souple et
cadencé sous les fenêtres de l'hôtel d'Arteveld, où,
tout endormi sur sa guimbarde à quatre roues,
M. de Clôjàde, son chapeau de toile cirée ballant
sur la nuque et son fouet de cocher aux doigts,
ronflait comme un canon.

— Ah ça! mais qu'a-t-il donc, qu'il renifle ainsi?
demandai-je, après quelques instants de silence, à
l'artiste enivré de la magnificence et de l'attrait
infinis des choses externes; écoutez-le, ce musi-
cien! on jurerait qu'il a des tuyaux d'orgue en
l'estomac!...

— Comment diable pouvez-vous vous occuper
d'une telle ordure, quand vous avez tant de dia-
mants sous le museau? me répondit, d'un ton presque indigné, le contemplateur, en désignant la rue
ensanglantée aux pourpres du couchant! Eh! mon
ami, laissez de côté ce vil pochard qui vous obsède,
et jouissez comme moi de ces fugitives passantes
qui damneraient un saint... Tenez, tenez, en voici
toute une troupe, d'éclatantes et des mieux ser-
ties, sacrebleu!

Je portai ma vue sur les trottoirs, et, bon gré,
mal gré, mes pensées s'éjouirent à l'aspect d'une
quantité de promeneuses, plus piquantes les unes
que les autres...

— Il y en a des myriades! une nuée! un tourbillon! repartit impétueusement mon enflammé,
non moins lyrique que le vieux Pindare. Anges de
tous les paradis, orgueil de toutes les terres, salut!
Toi, rousse ardente aux sombres prunelles et qui
vagues d'un pas rapide et bref, on te reconnaît! tu
sors toute fraîche, n'est-ce pas? de la palette du

Giorgion ou de celle du Titien! Et vous, brune à l'œil de feu, vous qui ne marchez point, mais flottez, au caprice de l'air, êtes-vous par hasard du Transtevère et procédez-vous de Raphaël? Hé! quadragénaire au teint pâle, à la lèvre amère, au regard aigu, mais voilé, tu nourris en toi, charnelle encore, en dépit des ans, le regret des heures vécues et le souci des heures futures; avec les fils argentés qui courent dans les masses noires de ta chevelure et ton front inquiet où les rides se creusent, amaigrie, arrogante et blême, telle que te voilà, Ribera te signerait, oui! Quant à vous, miss incorporelle et diaphane, vous avez une autre origine; vous, Lawrence est votre père. Et toi, chérubin de quinze ans, espiègle et frisé, joufflu, rose, flave et mièvre, à qui serais-tu, mademoiselle, si ce n'était à Watteau? Mais holà! Voici, voici venir celle que jamais peintre n'a rêvée et jamais statuaire conçue! Explorez-la; palpez-la! Chimère réelle, elle n'a pas atteint la trentaine et paraît mûre, elle est petite et semble grande; aussi malléable qu'énergique, on la dirait faite pour aimer et combattre, et son seul talisman est sa volonté. D'où vient-elle et quelle est donc cette énigme en camail? Oh! mon cher, oh! celle-là, c'est la chasseresse sans nom! Apte à tout endurer, elle ne reculera devant rien. Obscure aujourd'hui, demain

elle rayonnera. Sa destinée? Illustre, quoi qu'il
advienne ! Oh ! regardez-la bien, cette étoile erra-
tique ! Ignorée jusqu'ici, cent télescopes la découvriront tôt ou tard, et dès lors, en vue, elle mènera,
coquette, par le bout du nez tous les dignitaires
de vieille ou de fraîche date qui se pavanent actuellement dans les cours impériales de bon ou de mauvais aloi, c'est-à-dire aussi bien chez les héritiers
légitimes de quelque dynastie que chez les simples
bâtards hissés sur le pavois, ou, qui sait ? tranchante, bonnet phrygien en tête et pique en main,
elle lancera, comme Théroigne, au retentissement
des clairons et des tambours, au chant de la *Marseillaise* et du *Ça ira*, le peuple à l'assaut du Louvre
et des Tuileries, et la première plantera le drapeau
rouge sur les bastilles royales en cendres. Orateur ou folliculaire, intrigante ou puritaine, mar-
tiale ou pacifique, serve ou suzeraine, assassin
ou héros, elle est propre à tous les premiers
rôles tragiques ou comiques et, de la gloire, elle
en récoltera ! quoi qu'elle dise ou fasse, en haut,
sinon en bas, ailleurs, sinon ici. Qu'importe l'échafaud ! il lui en faut un; on le lui dressera. Française, et du bon coin, puisque ce bourg de deux
millions d'âmes où nous avons l'honneur de guer-
royer pour l'art, vous ainsi que moi, la vit naître,
elle est trois fois élue ! Un jour ou l'autre, rap-

portez-vous en au prophète qui vous le prédit, elle aura son heure de royauté. Quel que soit le déluge ou l'incendie futur et quels qu'en soient les lendemains, elle aura, tout en elle le crie, une couronne à ceindre, un sceptre à tenir, un trône où monter ; elle régnera !... »

L'hymne interrompu s'acheva dans l'âme de l'augure, qui s'ébahit tout à coup, et, bouche ouverte, bras en l'air, resta plus d'une minute absolument immobile au milieu de la baie.

— Il en est une, ajouta-t-il, encore tout ému, que nous ne comptions pas ; en parlant des victorieuses de demain, nous aurions dû la citer... indignée, elle proteste, elle accourt et la voilà, la présomptive, la voilà !

Gagné par la fièvre contagieuse du fertile divagateur qui m'avait mis la cervelle en ébullition, je suivis machinalement des yeux la direction de son index et, dans la rue Flamande, à l'intersection de la rue du Zuyderzée et du boulevard de la Moskowa, j'aperçus aussitôt la déesse.

— Eh bien ? interrogea, tout en se guindant auprès de moi, celui dont la mordacité proverbiale ne se démentit guère ce jour-là, l'ai-je trop exaltée, cette donzelle, et dois-je me repentir d'avoir incongrûment entassé pour elle l'ithos sur le pathos ? suis-je un visionnaire, qu'en pensez-vous ?

— Un instant! répondis-je, en m'emparant de l'excellent binocle dont je m'étais déjà servi, nous allons en juger.

On ne l'avait pas trop vantée!... Elle et moi, nous nous étions parfois rencontrés aux Français, où sa loge était la cible visée par toutes les œillades incendiaires des Brummel de l'époque, et mon camarade d'alors, A. Legros, le mâle aquafortiste que London nous a ravi, me l'avait signalée au Palais de l'Industrie un soir qu'elle y louait avec transport, au bras d'un ambassadeur oriental, la *Remise des Chevreuils*, cette étonnante idéalisation du prétendu réaliste d'Ornans, qui, tout en le niant, sacrifia comme tant d'autres au *faux Dieu* de Shakspeare et d'Hugo; mais je la reconnus dans sa calèche, au beau milieu de la chaussée, au portrait parlé que venait de me tracer d'elle son amant d'un jour. Astrale, en vérité; stellaire entre toutes! S'avançant, à l'amble court et vif de ses quatre poneys d'Écosse qu'elle conduisait elle-même, avec quelle aristocratique maestria! l'air faisait moutonner sous ses brodequins, semblables à des cothurnes, les crinières hérissées d'un amas de peaux de bêtes fauves, sommé du mufle sauvage d'un noir bison, et tourmentait à son chaperon de velours incarnat une blanche plume d'aigle spizaëte. On ne m'avait pas menti! Courtisane, oui,

mais comme une patricienne doublée d'une grisette peut l'être, et réellement achevée jusqu'au
bout des ongles, elle justifiait en ce point-là du
moins, le fétichisme de son infatigable panégyriste,
qui tout à coup entonna cette ode délirante :

— Anton ! Anton ! nul ne sait se soustraire à
son empire, et, mieux encore que de l'épouse honnête et sage qu'Arvers a sanctifiée en un sonnet très
touchant, on pourrait dire, en ce moment, de cette
vierge folle :

. . . .

Elle va son chemin, distraite et sans entendre
Le murmure d'amour soulevé sous ses pas.

Soyez témoin de son apothéose et de son assomp-
tion, ami ; malgré soi, chacun s'arrête pour la
voir passer radieuse, éphèbes et macrobiens s'in-
clinent à son approche, et sous ces fenêtres, ici,
comme ailleurs, bien des hommes à qui la souveraine beauté n'inspire ni le désir de la possession,
ni le goût des voluptés grossières, se découvrent
devant elle ainsi qu'on met chapeau bas dans un
musée, à l'aspect d'un grand marbre. *Incessu
patuit Dea !* Qu'elle eût paru jadis au milieu
d'eux, les vieillards troyens assemblés entre les
tours, sous les remparts d'Ilion, aux portes Scées,
se fussent tous levés spontanément et l'eussent
accueillie et saluée avec cette admiration naïve et

quasi religieuse que suscitaient en l'âme même du
plus austère les charmes splendides et rhythmiques
d'Hélène. Aussi prestigieuse et non moins imposante et correcte que son aînée, à qui la Grèce et
Troie, idolâtres, vouèrent l'une et l'autre un culte
également brûlant, et pour lequel coula le sang de
tant de héros, la sublime conquérante qui me pas-
sionne et dont tous les prêtres du beau briguent à
l'envi les faveurs, a, en outre, ce que ni la sœur de
Castor et de Pollux, ni même aucune tentatrice
de ce cycle reculé, n'eurent jamais en partage et qui
me semble, à moi, l'apanage exclusif des Marion
et des Ninon de l'âge moderne : une invincible ala-
crité ; de l'initiative et du liant. Autant d'élégance
que de majesté, la suprême noblesse unie à la
grâce suprême, elle possède, notre superlative
vicieuse, au moins une ver⁴ .! cet air exempt de
morgue, si libre et si dégagé, qui corrigerait si
bien la solennité par trop inexpressive et lourde
des sompteuses épicuriennes d'autrefois et ferait
penser d'elles ce qu'on ne saurait en concevoir nullement, et qui se dit à si juste escient, de nos Aphro-
dites contemporaines, hélas ! trop rares : « Après
tout, elles sont bons garçons ! et quoique, par occa-
sion, magistrales comme des Sémiramis ou des Kly-
temnestre, elles ont tant d'esprit ! » Oui, l'esprit :
toute la supériorité de la femme sur la déesse est

là. Vénus subjugue, mais ne séduit guère ; Ève
triomphe moins, mais plaît davantage : Anton est
à la fois Ève et Vénus. Eh, nenni, je ne la considère pas à travers le prisme des désirs !... Surnatu-
relle et naturelle, elle s'offre aux regards qui la
cherchent et les affronte avec une sérénité d'autant plus charmante et ravissante qu'elle n'a rien
en soi de factice. « Admirez-moi de face et de profil,
et pour peu qu'un obstacle gêne votre coup d'œil,
l'obstacle disparaîtra. » Telle est sa pensée, si
nous en croyons son insinuant sourire et, vraiment
généreuse, adorable d'impertinence, ivre de sève
et pétillante de malice, elle se déshabille de pied
en cap sans relâcher pourtant un seul cordon de son
corset. Tous les yeux, les féminins comme les masculins, se glissent sous son péplum, enchantés et
curieux, et la parcourent à l'envi. Jamais, au grand
jamais, Paris n'eut ni n'aura dans ses murs pareille
impératrice. Aimable et facile, quoique aussi fière
au fond qu'une vestale, elle reçoit tous les feux à
bout portant, sans sourciller le moins du monde,
ét cependant quels éclairs, quelles flammes s'élancent en même temps des innombrables prunelles
de la foule ! une vieille comédienne cuite et recuite
aux girandoles de la rampe en serait brûlée et
même intimidée ; elle, Mimi-Junon, les laves qui
doivent l'atteindre ne sont pas encore fondues ! Se

sentant étudiée et voulant au reste qu'on l'étudie, imperturbable, au lieu de se dissimuler, elle s'expose, au contraire, avec complaisance. Ah! si j'étais photographe et que j'eusse ici quelque objectif!... est-elle assez auréolée, et décidément la vois-tu, myope, mon ami? Fines et blanches, ses mains et sa gorge d'immortelle émergent d'un flot mordoré de satin, aussi bien ouvrées et non moins pures que des chairs de statue, et, divine, elle a, de même que les simulacres marmoréens des déités de l'Attique, l'œil très ouvert et relevé, l'arc double des lèvres tendu, le front un peu bas et plat, un nez droit et puissant, une luxuriante chevelure crespelée, où le croissant de Phœbé la Blonde est visible aux yeux de l'initié qui vous parle. A cette académie sculpturale digne du Parthénon, ajoutez l'éclat et la mobilité surprenants et multiples de la vie, et quelque antique poliade de pierre vivra. Qu'elle se meuve, qu'elle agisse, qu'elle marche, et nous aurons devant nous cette merveille, ce Paros ambulant, cette créature accomplie, ange ou démon, et de plus Parisienne, cette fille unique qui, sourde en apparence aux cantiques d'amour jaillissant à la fois de tant de cœurs et pleuvant sur elle de toutes parts, hume, jalouse de son ombre, et l'air et l'encens... Anton! Antonia! Tout rime et tout chante en elle; Eurythmie! Euryth...

— Une chopine, une !... Ohé! l'empoisonneur;
ohé, l'écorcheur, apporte ici ton jus et des pipes,
sacré nom de Dieu!

Cette apostrophe ordurière, montée de l'abîme
vers nous, scinda le vol en même temps que le
chant du cygne, et Pierre-Charles comme moi, rap-
pelés ainsi brusquement à la réalité, nous penchâ-
mes la tête et, fort ébaubis, revîmes en bas, sur le
pavé, l'imbriaque mal éveillé qui se frottait les paupières avec... ses coudes.

— Ha! nous l'avions, par ma foi, totalement
oublié; cristi! c'est lui, c'est Clôjâde, dit Canari, dit
Baluchon, dit Tambour... Aïe! la duchesse! aïou!
quel contretemps!

Entendit-elle le cri du poète anxieux ou leva-
t-elle instinctivement la tête vers les étages supérieurs de l'hôtel d'Arteveld? A tout prendre, s'il
avait été possible que l'éclat d'une voix familière
eût attiré son attention vers nous, il était aussi permis de croire que, sur le point de passer devant la
demeure de l'homme d'élite à qui naguère elle avait
ouvert si volontiers sa porte où tant d'autres se
morfondaient en vain, et qui, certes, entré chez
elle sans le moindre appétit sensuel, mais avec
une simple préoccupation artistique, en était sorti
le plus émoulu comme le plus fervent de ses ado-
rateurs, elle eût songé cordialement à lui; toujours

est-il qu'elle sourit tout épanouie en le reconnaissant... Hélas! sa lumineuse gaieté s'éteignit aussitôt qu'elle eut abaissé ses regards, et la limpidité
de son front s'altéra. Là, près d'elle, à la portée de
ses mains, elle avait vu, elle voyait l'ivrogne, l'ar-
souille, le voyou, le paria, psalmodiant toujours,
juché sur son fiacre, on ne sait quelles obscènes
paroles à peu près inintelligibles et pourtant menaçantes... O ciel! juste ciel!... le duc! c'était le
duc!

— Elle a frémi, murmurai-je, elle hésite, elle
pâlit!

— Ayez pour certain, me riposta-t-on, qu'elle
est aux cent coups de ne pouvoir s'esquiver à travers l'affluence de carrosses obstruant la rue Flamande; ah! la voilà prise comme dans une souri-
cière; il lui est défendu de bouger, impossible
d'avancer, impossible de rebrousser chemin; nul
passage! oh! quel spectacle!

En effet, tableau singulier et saisissant, s'il
en fut! ils étaient là, tous les deux, côte à côte:
elle, la basse gouge du faubourg Saint-Marceau,
devenue altesse, dans une mignonne calèche ar-
moriée, portant la couronne tridentée et l'écu des
Clôjâde; lui, le châtelain déchu, le prince consort
tombé cocher, sur le siège d'une banale voiture de
place, marquée du cachet de l'administration, nu-

méro 3131 ! Ah ! la mauvaise rencontre ! c'était écrit... ils se touchaient presque, ces époux inoffensifs : lui ne l'ayant pas encore aperçue ; elle le distinguant très bien par-dessus le timon d'un tombereau chargé de gravats, et ne le perdant pas de l'œil. Les divers équipages entassés sur la voie, immobiles autour du couple illusoire, s'ébranlèrent tout à coup ; un jour se fit alors entre deux lourds omnibus... Aussitôt, rendant les rênes à ses poneys, qui grattaient l'asphalte en s'ébrouant, elle s'apprêta vivement à déguerpir ; elle filait, il la vit...

— Toinette ! implora-t-il en sursaut, Toinette de mon cœur !

Et frissonnant, ébloui, blême, affolé, debout et les bras au ciel, il la contempla. Vis-à-vis grotesque et navrant : Thersite en extase devant la fille de Dioné ! n'eût pas manqué de s'écrier mon maître, si le vif intérêt qu'il prenait à cette scène imprévue ne lui eût interdit toute plaisanterie.

. — Enfin, je te ramasse ! soupira Clôjàde avec des larmes dans la voix ; on a soif de toi plus que jamais !...

Et se dressant sur la pointe des orteils, il apparut au-dessus de la croupe de ses haridelles poussives, simiesque dans le bleu ; mais Madame avait déjà retrouvé toute sa hardiesse et ne semblait pas se douter que Monsieur l'interpellât. Impé-

rieuse et calme, elle darda soudain sur lui je ne
sais quels regards fascinateurs et pesants qui le
clouèrent sur la plate-forme du char et le firent
geindre de douleur; ayant essayé de s'affermir, il
chancela, ses yeux écarquillés se fermèrent à demi,
la parole expira sur ses lèvres épaisses qu'un sang
noir engorgeait, et bientôt il s'affaissa sur lui-
même, écrasé, dompté, rompu, réduit, tout pan-
telant. Tandis qu'il rampait à quatre pattes sur
son siège de cuir, en montrant à tous sa face écarlate et chassieuse :

— Hep, hep !

Obéissant au commandement, les deux poneys
s'accroupirent en même temps sur leurs jarrets,
afin de mieux s'élancer vers les boulevards voisins,
et le léger phaéton se mut; Titania fuyait, elle
s'évadait...

— Halte, vipère ! cria le fils dégénéré des preux,
subitement ranimé; bernique ! on ne fout pas le
camp ainsi !

D'un bond, il s'était précipité du haut du fiacre
dans la rue, et la fureur éclatait dans ses yeux étin-
celants. Sublimisé, transfiguré par la passion et le
désespoir, il était là, debout. Tête-à-tète désormais
inévitable : il fallait le subir. *Regina reginarum*,
impassible, attendit; obligée de combattre, elle
tâcherait de vaincre, elle vaincrait... Hélas! il n'é-

tait déjà plus courroucé, le duc! Ainsi qu'un mou-
jik sous le knout, il courba la tête sous les yeux
de la dominatrice et s'agenouilla, mains jointes sur
le pavé. Grands dieux! Une scène pathétique et
bouffonne en pleine rue, en plein soleil, avec le
public pour témoin et pour juge, la princesse, ne
redoutant peut-être au monde rien tant que cela,
tremblait, déconcertée. Ah! des supplications! des
soupirs! des bassesses, des sanglots! une attaque
de nerfs, un torrent de larmes à subir de la part
d'un esclave si veule, elle eût, c'était clair, cent
fois mieux aimé braver d'un front d'airain l'insulte
et triompher, royale dans sa vénusté, des outrages
d'un manant.

— On languit! hurla-t-il d'une voix longue et
plaintive, assez semblable à celle d'un chien
aboyant à la mort; on te veut! Antoinette Bon-
gaillard, écoute un peu, c'est moi qui te parle ici,
moi, ton fidèle, ton légitime; écoute-moi donc,
je t'en supplie; écoute-moi!

La foule, attentive et muette, n'en revenait point
et se demandait ce que signifiait une telle prière
adressée ainsi par un gueux abject à la plus éthérée
viveuse de Paris; icelle, qui n'avait pas la berlue,
comprit fort bien qu'elle devait en finir au plus
vite, payer d'audace et se tirer de là coûte que
coûte.

— Est-ce à moi qu'en a ce pataud? dit-elle,
effrontée comme un page, et de telle sorte que
tout le monde pût l'entendre en même temps sur
l'un et l'autre trottoir de chaque côté de la rue; il
plaisante sans doute ou me prend pour autrui, je
ne le connais pas!

Ainsi renié devant tous, il se releva farouche,
écumant, hagard, décomposé, venteux, tout bour-
souflé de sang et de vin, les poings fermés, les
joues verdies, les lèvres tordues et les prunelles
hors du front.

— Tonnerre! grommela-t-il d'une bouche rauque et grasse en attrapant les fins trotteurs par les
naseaux, ah! c'est comme ça! tu me craches
dessus après m'avoir baisotté! je me révolte à la
fin, moi! Sacré chameau! Double dromadaire! elle
ne m'a jamais vu! jamais, jamais, jamais! oh! c'est
joli, c'est trop joli!

Des flots de salive embarrassaient sa langue, et
des pleurs rouges sortaient un à un de ses yeux
désorbités.

— Il est fou, ce drôle!

— Ah! voilà! maintenant que l'agneau mord la
louve, elle dit que je suis fou, la malheureuse!
ô la gaupe! ô la Rouchie!

Il s'enleva tout fumant et parvint, terrible et monstrueux, à s'accrocher des deux mains aux harnais

des poneys, qui, tous les deux, se cabrèrent hennissant.

— Tant pis pour toi! Ce sera! Tu l'as voulu, gourgandine!

Il râlait; un eustache, espèce de serpe à manche de corne, luisait dans l'une de ses mains; elle, inexorable et transsudant du dédain, haussa les épaules de pitié :

— Quelle horreur!...

— Soumets-toi! balbutia-t-il hors de lui, garce, rends-toi!

Tout le dégoût que peut inspirer un reptile verruqueux et gonflé de venin transparut dans le regard égaré de la perfide.

— Oh! cria-t-elle avec encore plus de répulsion que d'épouvante, et toute crispée, oh! je vous en prie, ôtez-moi ça de là!

Ça!... Suffoqué de rage et l'âme déchirée, empli de cette fausse haine qui n'est que le paroxysme de l'amour, haletant, éperdu, l'odieux et ridicule martyr escalada les croupes des chevaux nains et, d'un saut de bête sauvage, ayant bondi dans la calèche, il saisit à pleines poignées l'énorme chevelure blonde de l'infante, et brandissant son couteau :

— Crève donc, chienne! achève ici de régner, en cette rue où tu bats ton quart! tiens, carcan! ah! tiens!...

— Sus à lui! clamèrent parmi la foule stupide quelques braves; sus, sus!

Il était bien tard! Aveugle et sourd, le sacrilège, avait levé sa main armée. Un éclair d'acier rutila. Perdue! elle était perdue pour le ragoût, pour la volupté, pour l'art, cette chaude Galatée de pierre, animée et possédée par tant de Pygmalions... Heureusement les dieux dont elle procédait s'en mêlèrent à l'envi. Détournée à temps, par miracle, la lame courbe de l'eustache n'éroda qu'à peine les chairs blanches et roses de l'exquise créature, providentiellement secourue, et le meurtrier, effaré, recula. Mille malédictions l'assaillirent à l'instant même et mille poings irrités menacèrent sa tête coupable. Eut-il conscience de la réprobation publique qu'il avait encourue? Avant d'être appréhendé par les mains innombrables et vengeresses de la foule, il pirouetta sur lui-même et s'abattit, comme un bœuf assommé, sur la chaussée.

— Empoignez-le! vociférait-t-on : garrottez-le, cet assassin!

On le prit; accourus on ne sait d'où, force sergents de ville s'étant tous rués sur lui pêle-mêle et l'ayant relevé, sa face congestionnée et noire apparut, hideuse, au-dessus du peuple, qui cria de toutes parts :

— Il étouffe, il se meurt !

En effet, il agonisait, il rendait l'âme, tué, fou-droyé par l'apoplexie.

— O Toinette ! dit-il avant d'exhaler le dernier souffle, ô ma femme !

Après quoi, tout de suite, il blêmit, tressaillit, et raide, affreux, se dressa d'un mouvement convulsif par-dessus les tricornes des agents dominant toute la foule épouvantée, il resta là, bouche béante, yeux fixes et vitreux, expiré... Les bras entre lesquels il raidissait déjà le lâchèrent et son corps sans vie retomba d'une seule pièce à plat sur le sol...

— Eh bien ! mon cher ami, conclut tout à coup le satirique en me montrant au loin Anton, la belle Anton, qui s'en allait, comme elle était venue, in-dolente et sereine, on peut dire envers et contre tous que Mme la duchesse est aujourd'hui sans dé-faut, puisqu'elle est veuve !

Un instant après, tandis que deux commission-naires médaillés suivis d'un policier amenaient à la fourrière le fiacre du défunt, il ajouta d'une voix qu'il ne voulait pas émue et qui l'était pourtant et beaucoup :

— A mon humble avis, elle manquerait de bon sens, cette auguste dépravée et parfaite Callipyge, si, contrairement à toutes les convenances mondaines, elle ne s'empressait point de faire ériger au Père-Lachaise un riche mausolée à feu S. A. Monseigneur Eudes-Auguste-Édouard-Anatole-Henri, chevalier de la Combe-Hà, vicomte de Montpezat, en Quercy; comte de Palumbô, vidame de Bazous, seigneur de Saint-Remy-sur-Æglar, haut baron de Sainte-Organte-d'Arbelu, de Saint-Pôl-d'Iry, de Saint-Antonin-le-Borgne et de Saint-Œil-le-Bossu; captal des Trois-Tours-Sarrasines de là Comté-Forestière et de Sambreveline en Armagnac; castellan d'Urpinhia, Neuf-Clocher, Rondes-Garennes, Zubrignol, les Yxams et autres lieux en Rouergue; enfin, sire de Quadrales-la-Jolie et de Çaldé-Xémaldé, marquis de Villefranche-d'Aveyron, duc de Clôjàde, archiprince de Cahuxac d'Estrètefonds, en Gascogne; ex-pair héréditaire de France, ce pignouf! et... cocher de fiacre à Paris!

— Oui, Dux!

Et, sur cette épigramme synthétique, ayant pris congé de mon trop cruel maître Pierre-Charles, dont les derniers lazzi m'avaient profondément affligé, je m'en retournai vers la Rotonde du Temple, sans le misérable homme de marque avec qui j'en étais parti.

Paris, 1868.

Mère-blanche

Aux Citoyens

Arthur Arnould & Hector France

mes amis proscrits

L. Cl.

MÈRE-BLANCHE

Tels, jadis, regrettant leur patrie, mais ne désespérant pas de sa liberté, parlaient entre eux de Rome, sur les rives sauvages de l'Afrique, les plébéiens proscrits par Sylla, tel s'exprima devant moi, sur le sol hospitalier de l'Helvétie, au pied de la Jungfrau, ce rude urbain épris de Paris, sa ville natale, et, comme par miracle, échappé au poteau de Satory :

« Mon grand-père maternel se nommait Marcel, comte de Rybâs. Envoyé par le tiers état de Cahors aux états généraux, il appuya le premier la proposition de Sieyès : Réunion des trois ordres pour la vérification en commun, et le second, c'est-à-dire après Bailly, prêta le serment du Jeu de Paume. Un an plus tard, le 14 juin 1790, il demanda à l'Assemblée nationale l'abolition des titres. Elle fut décrétée, et les Montmorency redevinrent purement et simplement Bouchard, les Richelieu Vignerot, les Saint-Priest Guignard, les de La Rochefoucauld Vert, La Fayette Motié, Mirabeau Riquetti ; le marquis abbé de Barmont ne fut plus que l'abbé Perrotin, le comte de Montlosier que M. Raymond, Louis XVI que Capet, et mon aïeul de Rybâs s'appela désormais le citoyen Le Toll. Avec Camille Desmoulins, Danton, Marat, Fabre d'Églantine, Hébert, Chaumette et quelques autres, il fonda le club des Cordeliers, puis, du 21 messidor an II au 9 thermidor, fit partie du comité de Salut public et sombra avec Couthon, Saint-Just et Robespierre. Une heure ou deux avant de monter sur l'échafaud, il avait écrit à sa femme, dans ce style pompeusement sec de l'époque, une lettre laconique qui se terminait ainsi : « Le glaive des lois est devenu le couteau des scélérats ; ils m'ont condamné sans jugement et les geôliers m'entraînent au greffe où me prendra le bourreau ; viens me voir mourir, je mourrai bien. » Obéissante à ce vœu, ma grand'mère suivit les fatales charrettes, depuis la Conciergerie jusqu'à la place de la Révolution, et là, salua la vaillance de son mari, qui fut exécuté l'avant-dernier du groupe incorrúptible vaincu. La citoyenne Le Toll, ci-devant vicomtesse de Rybâs, née baronne de

Roullœ, avait du montagnard défunt deux enfants :
un mâle, Horace, mon oncle ; une mignonne, Lucrèce, ma mère. Après la mort du chef de la famille,
qui les laissa sans fortune, ils vinrent se loger tous
les trois sur la place du Chevalier-du-Guet, au cin-
quième étage d'une obscure et humide maison, dont
le rez-de-chaussée était occupé par la coutellerie
d'Aurélien Tinesse, père de ce Benjamin Tinesse
qui fut plus tard, sous la Restauration, banquier
du duc d'Orléans et député doctrinaire sous Louis-
Philippe, de 1834 à 1841. Le coutelier prit dans sa
boutique le marmot et l'employa à tourner la meule
à repasser de compte à demi avec deux vieux boule-
dogues. On lui donnait pour sa peine treize sous
par jour. En face de la fabrique, de l'autre côté de
la place, il y avait une lingerie, tenue par la nommée Françonnette Dubourg, grand'tante de celui
qui, lors des Trois-Jours, s'improvisa général. La
lingère, très bonne âme, offrit des travaux de couture à mon aïeule, qui, aidée de sa fille, gagna, à
ce métier-là, onze livres dix sous par semaine. On
subsistait ainsi avec septante livres par mois, quelquefois moins. Plus la misère était profonde, plus
la veuve du conventionnel déployait de l'énergie.
Elle travaillait des bras, des pieds, des mains. Le
soir, à la veillée, sans feu, sans chandelle, elle
louait à ses enfants les vertus de feu leur père et les

grandes actions de ceux qui périrent avec lui ; c'est ainsi que la sobre républicaine faisait l'éducation de ses petits. Cependant, ils poussaient ! L'apprentif était soucieux ; sa journée achevée, il courait les rues, lisant sur les murs les proclamations de la République et, plusieurs fois, la nuit, les siens l'entendirent, rêvant combats : il récitait les bulletins des victoires de Montenotte, d'Arcole et de Lodi. Un jour, il annonça crûment à sa mère qu'il voulait aller à l'armée. L'ardente patriote l'embrassa et lui dit : « Pars, mais souviens-toi que ton père défendit la liberté et s'immola pour elle. » Horace partit : il ne devait point revenir ; un biscaïen anglais lui creva la poitrine : il finit lieutenant de grenadiers à Saint-Jean-d'Acre. Celle qui l'avait élevé apprit sa mort en femme spartiate ; elle n'avait pas le droit de s'abandonner d'ailleurs : il lui restait une fille à conduire. Elles vécurent pauvres, courageuses et seules jusqu'en 1843. Lucrèce avait alors près de dix-huit ans. Fort belle, c'était tout le portrait de son père, le cordelier ; un artisan la vit et l'aima. Quoiqu'il fût encore jeune, il était grave et concentré comme un vieillard. Il habitait dans la même maison que nous, sous le comble, une sorte de soupente ; il vivait de ses mains, il était tourneur d'ivoire, et très âpre au travail. Appliqué, certain soir, en son réduit dont la porte était large ouverte, à copier une gravure clouée au mur, et représentant Jean-Jacques aux Charmettes, il ouït comme une palpitation d'ailes sur le carré et détourna la tête. Ses yeux alors rencontrèrent ceux de l'exquise enfant du seigneur de Rybås, il se leva presque involontairement et la salua. Celle-ci tressaillit : elle trouvait beau cet hercule laborieux et doux. Deux mois après ce jour, mon aïeule dit à celle qui me conçut et qui m'a trop tôt été ravie, hélas ! « Ma fille, tu as une pensée que tu me caches. » « C'est très vrai, ma mère ! répondit la vierge, j'aime; je n'osais pas vous en instruire. » « Quel est le loyal garçon qui t'a plu, mon enfant? » « Je ne sais pas son nom, il demeure au-dessus, c'est un pauvre. » Le lendemain, sa jeunette étant sortie, la veuve du régicide alla heurter à la porte du tourneur. Il lisait à ce moment le *Contrat social*. S'étant incliné devant la conventionnelle, il lui offrit galamment l'unique siège qu'il avait. Ma grand'mère s'assit et le regardant en face, elle s'exprima ainsi : « Je suis la citoyenne Le Toll, femme du conventionnel mort pour la Liberté, le 9 thermidor; suis-je ici chez un honnête homme? » « Vous êtes chez un affilié qui verserait son sang pour la cause à laquelle se sacrifia celui qui fut votre époux. » Il y eut un instant de silence, la patricienne tenait ses prunelles fixées sur le plébéien. « Ma fille vous aime, interrogea-t-elle enfin, l'aimez-

vous? Peut-elle vous aimer? Avez-vous le droit de l'aimer? » L'ouvrier répliqua d'une voix nette et franche
comme la sincérité : « Rien ne m'empêche, si vous
m'en jugez digne, de vous appeler ma mère. » Quel
que fût son empire sur elle-même, la visiteuse
pâlit ; elle posa le front dans la paume de sa main
et songea. « Qui êtes-vous? Comment vous nom-
mez-vous? demanda-t-elle en se redressant. » Il
répondit aussitôt : « Je me nomme Lazare Vaillant. » « Lazare Vaillant! s'écria sourdement mon
aïeule, moins haut, parlez moins haut !... les murs
ont des oreilles aujourd'hui... Êtes-vous parent de
Savinien Vaillant, fusillé de l'autre côté des ponts,
il y a un an, avec les généraux Malet, Guidal, La-
horie et consorts? » « Savinien-Ory Vaillant était
mon frère. » « Les vôtres ont détesté la tyrannie,
nous sommes de la même famille! » Et la puritaine
tendit sa droite à cet idéologue en sarrau, qui la
porta pieusement à ses lèvres. « A présent, reprit-il
après quelques instants de silence, permettez-moi
de vous apprendre qui furent mon père et ses devanciers : Mon aïeul, Mathias Vaillant, était l'unique fils
d'un pâtre des Cévennes ; pendant la guerre des
Conversions, il commandait une bande de camisards ; il sauva la vie à Jean Cavalier et fut sabré
par les dragons du roi. Son fils, Isaïe Vaillant, compagnon tailleur de pierre, fut roué en Grève ; voici

pourquoi : Il avait arquebusé près du Louvre deux
estafiers de la Pompadour qui traînaient une fille
de douze ans au Parc-aux-Cerfs. Des deux enfants
d'Isaïe, Lin et Clet, le premier, qui avait suivi La
Fayette en Amérique, fut emporté par un boulet, devant Rhode-Island ; le second, volontaire de la République, fut achevé à Saumur, dans une ambu-
lance, par les chouans de Lescure : c'était mon
père ; lorsqu'il succomba, j'avais quatorze ans, mon
frère aîné en avait seize ; le vingt-neuf octobre dernier, j'ai vu tomber cet intrépide sous les balles,
dans la plaine de Grenelle... » « Ah ! dit la veuve du
supplicié de l'an II, nul mieux que vous ne guide-
rait mon enfant ; elle est à *toi !* dès aujourd'hui, je
te la donne. » Ainsi fut décidé le mariage des deux
fidèles de qui je sors ; mais il n'était pas possible,
un an après la conspiration du général Malet, que le
cadet de Savinien Vaillant, compromis dans plusieurs séditions antérieures et recherché par la police, se présentât à l'état civil et y décelât son nom ;
il eût été immédiatement arrêté. Que faire ? Jeanne
Le Toll, ayant l'âme trop haute pour subordonner
le bonheur de Lucrèce à l'exécution de formalités
que les circonstances actuelles rendaient trop périlleuse, n'hésita point. On touchait à la fin de l'automne. Elle invita Lazare à les accompagner à la
campagne, elle et sa fille, voulant, dit-elle, s'accor-

dor, avant les froids, une dernière heure de soleil.
Au petit jour, ils sortirent, tous les trois, de la ville,
et gagnèrent, après quelques heures de marche, les
coteaux boisés de Sèvres. Une brise rapide courait
de haut en bas et caressait en passant le brin d'herbe
et l'arbuste. A plusieurs reprises, les fiancés surprirent un sourire étrange sur les lèvres de mon
aïeule; ils se regardaient alors doucement agités :
une pensée naissait en eux, délicieuse; ils pressen-
taient, ils devinaient, ils *voyaient* que cette excursion
aux champs avait un but. Lequel? ils l'ignoraient
encore, mais une espérance nuptiale bouillonnait en
leurs veines. Sévère à la fois et riante, la conventionnelle marchait derrière eux. On déjeuna sur les bords
du fleuve, et dès que le repas fut terminé : « Mes
enfants, dit-elle à voix basse, remontons le coteau;
on est plus près du ciel là-haut, et l'on y discerne
mieux la terre. » Ils se levèrent, et pensifs, émus,
troublés, ils suivirent cette Minerve, dont le front
semblait illuminé. Quand ils eurent gravi les pentes
voisines de Bellevue, elle s'assit sur la mousse d'un
tertre; ses yeux errèrent à l'horizon, et, recueillie,
elle contempla les bois, les plaines, les lignes on-
dulantes des collines, les bandes d'or que le soleil,
à son déclin, jetait sur les eaux de la Seine, où se
réfléchissaient de lourdes masses d'arbres encore
garnis d'un feuillage couleur de rouille! Immobile

et sereine, la femme du montagnard, la veuve du
vaincu de Thermidor méditait. Trois fois, les chastes
amants virent son front et ses bras se lever au firmament; ses lèvres remuaient; on eût dit que, scru-
tant l'avenir, elle en lisait les secrets dans les pro-
fondeurs de l'infini. « Venez, reprit la prêtresse,
approchez-vous de moi. » Tous les deux, se tenant
par les mains, s'avancèrent. « Lucrèce, ma fille,
mon enfant, aimes-tu de tout ton cœur, de toute
ton âme Lazare Vaillant? » « Oui, mère, » déclara
fermement la promise; à tout jamais! « Et toi, Lazare, aimes-tu de toute ton âme, de tout ton cœur
ma fille Lucrèce Le Toll? » « Oui, mère, autant
qu'il m'est permis! et j'éprouve pour vous les sentiments d'un fils. » « Eh bien! ici, soyez bénis, je
consacre votre union. » *Mère-blanche!...* ainsi
nommai-je dès mon bas âge l'héroïque aïeule qui
me berça, moi, l'unique fils des deux nobles cœurs
qu'elle avait unis, et auxquels elle était condamnée
à survivre... ah! devant moi vivra toujours ce funèbre tableau!... J'avais à cette époque un peu plus
de cinq ans, et Paris grondait ce jour-là comme une
mer en tempête. Un implacable soleil brûlait les pavés, on eût dit que la ville était environnée d'éclairs
et de tonnerres. Il me souvient que, dans notre mansarde, monté sur un escabeau, derrière les vitres du
châssis, je regardais défiler sur la place du Chevalier-

du-Guet, où nous restions encore, une foule de forcenés habillés de rouge et de bleu, qui brandissaient des fusils, tandis qu'aux roulements des tambours, aux chocs des cymbales, aux appels des trompettes et des clairons, la terre, le ciel, tout vibrait. Oh! ces baïonnettes! Au-dessus d'elles planait un drapeau blanc comme un linceul, semé de taches d'or qui, je m'en rendis compte plus tard, étaient des fleurs de lis; et le porte-étendard avait à la main droite une épée dont il menaçait avec jactance on ne sait quel invisible ennemi. « Qui sont ces gens-là? » demandai-je à mère grand. « Des soldats! » répliqua-t-elle. Cette horde passa; bientôt il n'y eut plus personne sur la place du Chevalier-du-Guet et le silence y régnait. Tout à coup un énorme bruit de fer résonna! je remontai sur ma chaise; des chevaux, des hommes se précipitaient : ceux-ci criaient, amorçant leurs mousquets, haussant leurs glaives; ceux-là ruaient, se cabraient, traînant des canons! Au loin, on entendait des détonations formidables. « Maman, quelle est cette nouvelle bande? » « Des soldats! » répéta l'ancienne, et il me sembla que sa voix avait tremblé. La nuit vint, je m'assoupis; une nombreuse et lointaine rumeur pareille à celle d'une armée en marche m'éveilla. Mère-blanche, à la fenêtre, écoutait. La cohue, grossissant, emplissait la place et les environs. Soudain un coup de feu retentit, mon ascendante se rejeta promptement en arrière, me saisit, et m'ayant pressé contre sa poitrine, s'en retourna vers la croisée. Les carreaux avaient volé tous en éclats et l'air s'engouffrait en sifflant sous notre toit. Enfin ce vacarme cessa; le forum redevint encore silencieux et désert. Autour de moi, l'aïeule virait à grands pas dans la chambre, les sourcils froncés, l'œil en feu, sa tête touffue et tout argentée renversée dans ses mains. Entre deux et trois heures de la nuit, on frappa vivement à notre porte. J'ouvris; un misérable parut; sa blouse en loques était couverte de sang et de boue; sa barbe, noire de poudre. « Eh bien? lui dit ma mère, eh bien ?... » « Nous sommes bons là, mais nos meilleurs sont morts. » « Elle et lui, peut-être ? » « Venez. » « Réponds d'abord ! sont-ils blessés ou ?... » « Suivez-moi. » Je ne compris pas absolument la signification des paroles brèves qui furent encore échangées entre eux; mais, sentant bien qu'il s'agissait d'une chose grave, très grave, je courus à ma gardienne et me cramponnant à sa robe, grognon et câlin comme les bébés qui veulent être obéis : « Tout seul ici, mérotte, j'aurais peur; emmène-moi, m'écriais-je, oh ! non, non, tu ne me quitteras pas! » Sans me répondre, elle me prit dans ses bras et sortit à la hâte avec celui qui était venu. Nous errâmes longtemps, faisant des détours, re-

broussant chemin, arpentant des trottoirs, évitant
des carrefours où des cavaliers, casqués et cuiras-
sés, bivouaquaient en plein air. « Les soldats, les
soldats ! » m'exclamai-je. « Oui, les soldats ! » dit
amèrement ma troublante compagne en me tirant
en arrière. A deux reprises, la première, à la tête
d'un pont, la seconde, sous le porche d'une église,
nous aperçûmes des prolétaires, la plupart en bras
de chemise ; ils avaient des carabines, des bancals,
des pistolets, des lances, des piques, des barres de
fer, des engins de toutes sortes. « Holà ! Qui vive ? »
héla-t-on. « Montagne ! » répondit celle qui me
menait. On nous fraya passage ; la foule saluait
ma *vétérane*, mille voix crièrent : « Vive la citoyenne Le Toll ! » Mère-blanche s'inclina... L'on
nous offrit une escorte, elle la refusa, m'entraîna
d'un pas rapide, et nous débouchâmes bientôt
dans une venelle tortueuse, gardée par des ouvriers en armes, groupés autour d'un châle rouge
flottant au bout d'une pique fichée en terre ; l'un
d'eux vint à notre rencontre, se découvrit devant
l'imposante femme, et l'entretint à voix basse.
Après l'avoir entendue, il ordonna qu'on nous con-
duisît à la barricade n° 3, ligne 1. Nous enfilâmes
une étroite chaussée et la longeâmes avec la plus
extrême difficulté, tant elle était encombrée de pavés, de meubles, de choses inextricables et dif-

formes ; une charrette limonière culbutée la bar-
rait presque entièrement ; de chaque côté de la
voie, les maisons avaient leurs fenêtres blindées
par des bahuts, des divans, des sacs remplis de
terre et de moellons, des matelas amoncelés. Tout
à coup je trébuchai, baissai la tête et vis un troupier étendu de tout son long contre la borne d'une
porte cochère : il était revêtu d'un uniforme à
boutons métalliques, semblable à celui des militaires qui, le matin, avaient, en hurlant, traversé la
place du Chevalier-du-Guet. La ruelle offrait quelques mètres plus loin un brusque saillant ; quand
nous l'eûmes tourné, l'aïeule halta : devant nous, à
droite, à gauche, tantôt isolés, tantôt en monceaux,
grimaçaient des fantassins expirants ou expirés, et
l'on percevait des gémissements et des souffles em-
barrassés : cela ressemblait assez au ronflement
que font les ivrognes qui dorment. On avait dû se
battre là avec acharnement ; les murs des maisons,
les linteaux des portes gardaient çà et là des em-
preintes de doigts encore fumantes ; partout le sang
fluait ou croupissait, barbouillant de flaques noirâtres le terrain ; force larmes rouges ruisselaient au
long des façades à partir des toits, et, à la lueur
de torches qu'élevaient des sentinelles dissémi-
nées, une mare couleur de pourpre miroitait et
réfléchissait de vagues images ; puis, au fond de la

rue, tout au fond, se profilait une masse confuse sur laquelle se mouvaient quelques ombres; des feux follets semblaient voltiger à sa crête; c'étaient des falots, des lanternes qu'on agitait. Au fur et à mesure que nous avancions, les obstacles étaient plus nombreux et plus difficiles à franchir, les victimes de plus en plus pressées et les blessures qui les défiguraient de plus en plus horribles et béantes. Je me pelotonnai contre grand'maman, dont la main glacée se contractait autour de la mienne : « Regarde, petit, dit-elle par deux fois, et n'oublie point! » En deçà de la redoute que nous distinguions enfin, plus de deux cents légionnaires s'empilaient autour d'un canon encloué, ceux-ci toisant le ciel d'un œil à jamais invariable, ceux-là, mordant le sol jonché de fusils, écarlate et bourbeux; quelques-uns, debout, talons et reins calés, la lame au poing et la crosse à l'épaule, s'exhortaient toujours de leurs voix abolies et perpétuaient leur geste éternellement suspendu... Ma grand'mère considéra longuement deux chefs fracassés presque à bout portant par la même décharge : inégalement gradés; le premier, grognard en épaulettes d'or, dégainait, adossé contre un auvent; le second, blanc-bec galonné d'argent et chargé de buffleteries, déchirait la cartouche en couvrant de son mieux la moustache grise : ce dernier résigné, l'autre farouche. « Le père et le fils foudroyés ensemble comme *Eux* peut-être ! » observa mon guide, et m'ayant envisagé tristement, elle s'élança. Pauvre vieille ! elle ne marchait pas, non, vraiment ; elle volait, bondissant par-dessus les armes, les décombres et les chairs ; elle ne s'arrêta qu'au pied des créneaux. Oh ! quel bastion ! un enchevêtrement monstrueux de madriers, de futailles, de meubles, de poutres, de tombereaux bondés de cailloux et de sable ; à travers les pavés disjoints on voyait les rayons et les jantes d'une roue énorme ; à gauche, les grès éboulés s'étageaient en marches branlantes, que nombre de citoyens descendaient et montaient les pieds dans le sang ; c'était là qu'avait tapé le canon ; obus et boulets y ayant ouvert une brèche, elle avait été bouchée en guise de pierres avec des hommes ; ces stoïques avaient reçu directement la mitraille, et, remparts vivants, toujours détruits et toujours renouvelés, ils étaient restés inexpugnables sur leur barricade éventrée. On nous aida à la gravir et, là-haut, ma cervelle obscure d'enfançon s'illumina ! je compris tout et condamnai sans rémission les despotes et leurs prétoriens. Ah ! ce massacre ! ah ! ce carnage ! ah ! cette boucherie est constamment devant mes prunelles : sur le versant saignaient plus de cent porte-blouses, adultes, grisons, vieillards, enfants, effroyable amas de corps tombés pêle-mêle les uns sur les autres, culbutés, ravagés par la bombe et la balle, et que la main brutale de la mort avait cyniquement agglomérés Pour la troisième fois, j'entendis Jeanne Le Toll qui disait : « Regarde, Joseph ! » Et moi, blondin, pensif et frémissant au milieu de ce champ d'extermination, je m'emplissais les paupières d'épouvante et d'horreur... A ce moment s'approcha de nous un déterminé carbonaro qui, le jour de leur décapitation, avait tenté d'arracher à Sanson, sur le quai de Gèvres, Bories, Raoulx, Pommier et Goubin, les quatre sergents de La Rochelle. Ardent à l'œuvre et le plus sûr des amis de mon père, nous le chérissions fort ; atteint, pendant l'action, d'un coup de briquet à la tempe droite, il avait le front bandé d'un mouchoir d'indienne et portait le bras gauche en écharpe. « Vous ! s'écria-t-il en nous reconnaissant, vous ici ! » Puis, ayant tendu sa main valide à Mère-blanche, il prononça quelques paroles qui ne m'arrivèrent point. L'héroïque ancêtre tressaillit de fond en comble et s'appuya comme épuisée au balcon de fer d'une maison de plain-pied avec le couronnement de la jetée et qui la flanquait comme un redan. « Ah ! Marrial ; est-ce possible? est-ce vrai ? » Le valeureux partisan se précipita vers celle qui chancelait sous le coup fatal dont il l'avait innocemment frappée ; mais elle, déjà remise, m'enlevant de terre et po-

sant sa bouche sur la mienne : « O petit, mon petit ! » et dans sa voix il y avait je ne sais quelle douleur immense et quel orgueil plus immense encore ; « camarade, ajouta-t-elle brusquement, où
sont-ils ? je veux les voir. » « Eh bien, obliquons par
là ! » Nous dévalâmes à la suite de l'honorable émeu-
tier une pente raboteuse qui nous conduisit à une
porte basse dont les ais envermillonnés, suintaient ;
grand'maman était plus blême qu'un linge ; elle faillit tomber, mais, faisant visiblement effort sur elle-
même, elle passa le seuil de cette masure, et nous
entrâmes dans une vaste pièce carrelée en brique,
où des braves hors de combat pantelaient étendus
sur des bottes de paille et de foin ; non moins mé-
thodiques qu'à l'école, huit à dix chirurgiens. autant d'infirmières, parmi lesquelles une sœur de
charité portant une cocarde tricolore à sa cornette,
y pansaient des blessés, fort meurtris la plupart et
quelques-uns récemment amputés ; et cette ambu-
lance improvisée dégageant une odeur âcre et fade
à la fois, lourde, accablante, avait l'air d'un char-
nier ou plutôt de la salle à dissection de quelque
amphithéâtre !... Ayant examiné tous les patients.
Jeanne Le Toll cria : « La citoyenne et le citoyen
Vaillant ? » « Ici, répondit une voix inconnue, au
bout du couloir. » Enfiévrée, l'aïeule m'empoigna ;
puis, s'étant enfoncée avec moi dans ses bras à tra-

vers un long corridor tant bien que mal éclairé par
des chandelles plantées çà et là parmi des rigoles
de suif, elle s'abattit soudain au pied d'un matelas
saturé de sang et qui, sous le choc, rendit le son
visqueux d'une éponge imbibée d'eau. Grand Dieu !
mon père gisait là ! « Je vous attendais tous les
deux, souffla-t-il ; enfin, vous voilà ; soyez heureuse, mère ; et toi, sois fier, garçon, nous sommes
vainqueurs ; la République triomphe ! » « Et ta
femme?... » hasarda mon ancienne aussi pâle que
le soldat du Droit, expirant. « Ainsi que moi victime
du Devoir !... elle est là, tenez... » Et de sa main
défaillante, celui qui m'avait engendré souleva péniblement une grossière housse de laine, sous laquelle saillait une forme inerte que la conventionnelle ne quittait pas des yeux et qu'elle n'avait
osé découvrir, retenue par un secret instinct ; aussitôt la sœur d'Horace apparut, livide, sanglante,
éteinte, devant la veuve du guillotiné de l'an II, laquelle poussa deux gros soupirs et s'affaissa ; mais
cet écrasement ne dura point. Tout à coup rallumée,
elle se redressa virilement et, considérant sans sourciller le masque déjà rigide de sa fille, elle dit avec
une impassibilité plus émouvante encore que les
sanglots qu'elle avait exhalés : « *Ils* me l'ont tuée,
elle aussi ? morte, elle est morte !... » A ces paroles
déchirantes, le moribond essaya de se mettre sur

son séant : « Oh ! je ne puis ; soutiens-moi, compagnon, je veux embrasser une dernière fois tous les
miens et toi-même... hâtons-nous, vite, vite ! » Aussitôt, l'inébranlable Marrial, pleurant alors comme
une Madeleine, m'ôta d'entre les genoux d'une faubourienne en haillons à laquelle il m'avait confié
pour quelques instants, et qui, taciturne, machinale, faisait de la charpie à côté de son mari troué
de part en part... « Tu te souviendras toujours, ad-
jura l'aïeule, n'est-ce pas, petit ? » « Oh ! oui, bal-
butiai-je terrifié, toujours ! toujours, grand'mère ! »
et je nouai mes faibles bras autour de son cou gonflé comme une outre. « Vite, répéta mon père, allons... » A partir de ce moment, tout ce qui se
passa là, je me le rappelle à peine ; seul le souvenir précis d'une sensation en moi surnage, la voici
telle quelle : il me sembla que couché sur une plaque
de marbre, j'étais parcouru par des mains brûlantes
et des lèvres de feu. Depuis j'ai su, car les témoins
de cette tragédie, entre autres notre probe commensal décédé plein d'ans et d'honneur au Mont-
Saint-Michel, sous l'Empire, en ont causé très souvent avec moi ; j'ai su que grand'maman et papa,
se baisant, se consolant, arrosant de pleurs le sein
inanimé, le sein mitraillé de ma pauvre maman sur
lequel on m'avait posé, demeurèrent un grand moment entrelacés, et quand ce quadruple embrasse-

ment cessa, lorsque l'étreinte de l'aïeule et du petit-
fils et de l'agonisant et du cadavre eut été rompue,
le successeur de tant de martyrs de la liberté, le frère
du fusillé de Grenelle, l'indomptable lutteur des Trois-
Glorieuses, l'insurgé sans peur et sans reproche,
l'opiniâtre révolté, mon père, n'était plus. Accrou-
pie sur le grabat banal où raidissaient ceux qu'elle
avait perdus, ses grands cheveux blancs roulant
épars sur ses épaules et ses prunelles dardant des
flammes, la conventionnelle tint longtemps, paraît-
il, ses mains sur mon front, et l'intègre barricadier,
notre intime confident, qui veillait sur nous avec
le dévouement d'un chien, l'entendit plusieurs fois
s'écrier d'une voix profonde : « Un fils me reste ! Et
je vivrai pour lui ! Tyrans, tremblez ! il est encore
un Le Toll !... » Lucrèce et Lazare ensevelis, com-
père Louis-Philippe siégeant enfin sur le trône
d'Henri IV, grâce aux dupes de Juillet, à qui une
colonne de bronze pour les défunts et pour les sur-
vivants un bout de ruban mi-parti rouge et bleu
payèrent les dettes du duc issu de Mgr Égalité,
ma vénérable ascendante, encore robuste et plus
courageuse que jamais, reprit l'aiguille, et travailla
comme elle l'avait fait jadis, après la mort du vicomte Marcel ! Quelle activité ! quelle verdeur ! Oh !
la vieille lionne voulait que son lionceau vécût. Aussitôt donc que mes forces le permirent, elle me com-

mit aux soins du meilleur être de la terre, un certain Pinlô, forgeron renommé, lequel m'apprit tout de suite à limer et plus tard à marteler le fer. Rude de corps et l'esprit assez ouvert pour un gamin encore illettré, je fis en peu de temps des progrès si sensibles, qu'à neuf ans j'étais déjà salarié. Vingt-cinq sous par jour et la soupe le matin ! Avec ce très mince gain joint à celui presque aussi médiocre qu'obtenait grand'mère en cousant tout le jour et la majeure partie de la nuit, tout marchait à peu près bien : nous mangions. On se levait dès l'aube et j'allais à l'atelier, que je ne quittais qu'à la tombée du soleil. Le fils ainé du patron, Noé-Sem, me reconduisait chaque soir du faubourg Antoine à la place du Chevalier-du-Guet, où j'étais toujours impatiemment attendu. Là, dans cette mansarde où l'irréprochable républicaine qui me donna le jour et son frère le volontaire avaient germé; sous ce toit où le tourneur parisien et l'héritière des châtelains cadurques s'aimèrent et que j'ai vu démolir en 56 ou 57 par les maçons du sieur Haussmann, on m'enseigna ce que tous mes compatriotes devraient savoir à leur majorité : l'histoire de l'Europe ou plutôt celle de France, dans les temps modernes surtout ! Toute jeune, Mère-blanche avait bénéficié d'une éducation très soignée et que seule, une caste privilégiée, la noblesse, recevait alors. Son père,

Optat de Boulloc, ami de tous les encyclopédistes en
général et de Diderot en particulier, était un philosophe fort érudit à qui ses œuvres, éditées su-
brepticement, valurent deux lettres de cachet et
trois ans de Bastille. Outre sa langue natale, qu'elle
écrivait à merveille, ma docte institutrice comprenait et parlait agréablement l'anglais, l'allemand
et l'espagnol. Les sciences, au surplus, lui étaient
familières et ses études sociales l'auraient rendue
propre à tout, si, par un sot préjugé toujours en
vigueur chez nous, l'on n'eût exclu des fonctions
publiques les personnes du sexe. Éprise des Romains et des Grecs, estimant peu la gloire des
capitaines, mais révérant les actes et les paroles
des sages, elle eût donné vingt Léonidas pour un
Aristide et tous les César ainsi que tous les Pom-
pée pour la moitié d'un Gracque ou d'un Cincinna-
tus. Si, volontiers, elle aimait à s'entretenir des ré-
publiques antiques où florissaient les Socrate et les
Caton, elle réservait ses plus chauds enthousias-
mes aux sévères rebelles de la Renaissance, et
quand elle magnifiait la Révolution française, il fallait voir son œil s'étoiler et se redresser sa haute
taille ; on eût dit que pour parler de cette grandeur,
la montagnarde s'efforçait de paraître plus grande
elle-même, et d'égaler la taille des géants afin de les
mieux juger ; ah ! sa mémoire ne lui faisait point dé-

faut !... Tous les fastes révolutionnaires, sans exception, à jamais gravés dans sa pensée, revivaient en
ses inoubliables paroles. Oh ! comme elle dépeignait
en traits de flamme la marche triomphale du peuple
sur Versailles, et le piteux retour de l'Autrichienne
et de Capet à Paris, et la prise de la Bastille, et les
égorgements du Champ-de-Mars, et l'assaut suprême donné par les sectionnaires aux Tuileries !
et puis la colère sacrée des sans-culottes se ruant
vers la frontière aux chants de la *Marseillaise* et
du *Ça ira* pour sauver la patrie en danger, et les
clubs où s'allumaient tant de foudres, et le forum,
où plus retentissant encore que la mousquetade et
le canon, rugissait sans cesse le verbe terrible du
lion populaire, enfin démuselé. Vraiment, à la voir,
à l'entendre, on assistait aux journées grandioses
qui furent ; toute la légende immortelle ressuscitait
orageuse, mouvante, tangible, et les morts, évo-
qués, sortaient en foule de leurs tombeaux. « On
fut témoin de ces travaux, disait mon âpre aïeule,
et j'en ai connu les Hercules ! » Hier, oui, c'était
hier qu'elle avait crié du haut des tribunes publiques de la Convention aux tièdes et veules giron-
dins, qui trahirent à la fois la nation et la cour :
« Il n'y a pas de milieu : liberticides ou tyrannici-
des, choisissez ! » A Camille : « Assez ; tu n'es qu'un
enfant ! » A Danton : « On te croyait plus d'au-

dace ! » A Robespierre aîné : « Tu dors ! Éveille-toi
donc ! » A Marat : « Agis en plein soleil et renonce
à ta cave ! » A Saint-Just : « Tranche, tranche toujours, et délivre-nous du mal ! » Il est clair que l'a-
dolescent que j'étais alors devait fatalement devenir,
sous les auspices d'une telle préceptrice, l'homme
que je suis; aussi dès que la France, fatiguée de
ce gouvernement bâtard qu'elle s'était laissé imposer en 1830 par les courtisans libérâtres du Palais-
Royal, eut signifié carrément au père Guizot, ce
huguenot papiste et réactionnaire dont on faisait si
grand cas au Château, qu'elle n'entendait pas subir
sous les d'Orléans le joug qu'elle avait secoué sous
les Bourbons, suivis-je avec toute l'ardeur infatigable de mes vingt ans Mère-blanche dans les clubs
clandestins où déjà s'élaborait entre les jeunes gens
des écoles et ceux des ateliers la prochaine prise
d'armes, et là, je haranguai ! comme je combattis,
quand dans la généreuse métropole se fut engagée
cette lutte inévitable où le trône imbécile de la
branche cadette s'abîma plus facilement encore que
ne s'était effondré quelques lustres auparavant celui de la branche aînée ! O soleil de Février, il me
souvient encore de tes rayons obliques, alors que
sur nos boulevards se déployait la bannière nationale sous les plis de qui tant de traîtres masqués
acclamaient la chute d'un roi ! « Soyez prudents,

amis, écoutez vos anciens; oh! ne désarmez pas! »
s'écriait l'inflexible jacobine de l'an III, qui, de l'âme
comme du corps, avait participé, malgré ses quatre-
vingt-dix hivers, à la victoire. Hélas! on vit comme
toujours les cafards sortir de l'ombre au fond de
laquelle ils s'étaient tapis pendant la bataille, et,
par eux savamment fomenté, le tonnerre de juin
éclata. Cavaignac! Cavaignac! Que ceux qui te por-
tent au pinacle songent bien qu'en lâchant tes loups,
tes chacals d'Afrique sur Paris et qu'en écrasant
les prolétaires de 48, tu préparas à ton insu, toi,
républicain, fils et frère de républicains, la ruine de
la jeune République et l'avènement du futur hôte
de Wilhelmshöhe, ce joli prince à qui, près d'un
quart de siècle durant, d'un commun accord, Basile
et Ratapoil brûlèrent de l'encens sous le nez, en lui
donnant à renfort de l'Altesse impériale et de la
Majesté Très Chrétienne en veux-tu en voilà!... De
même qu'en juillet 1830, les inséparables époux,
mes auteurs, avaient, en guerroyant, succombé
dans la rue, de même je tombai, dix-huit ans plus
tard, la poitrine percée d'un coup de feu, sur une
barricade de la rive gauche, aux environs du
Luxembourg, non loin de la maison où la conventionnelle et moi nous demeurions depuis peu. Qui
me ramassa tiraillant encore au milieu de mes
frères d'armes détruits, sur les pavés teints de sang

et me garantit du coup de grâce dont un caporal des chasseurs de Vincennes allait m'achever? Elle, l'invulnérable nonagénaire, Jeanne Le Toll! et quand, après huit jours et huit nuits de délire, mes yeux se rouvrirent à la lumière! je l'aperçus courbée sur mon lit de souffrance, épiant, la sainte femme, mon retour à la vie. « Enfin, enfin, soupira-t-elle, il me voit, il m'entend, il est sauvé. » Je lui tendis les bras en souriant, et comme elle s'y précipitait, un sanglot de bonheur retentit à mon chevet, où Mère-blanche n'avait pas veillé seule. Une jeune fille que j'aimais et dont j'étais aimé se trouvait là! « Denise! m'écriai-je, est-ce bien toi? » « Jacques Rivens, son père, et Michel Dulac, son frère utérin, intervint mon sauveur, eux, ces rouges cramoisis si purs de tout mélange, exempts de toute souillure, sont tous deux prisonniers des blancs, des bleus, des tricolores, voire des incolores, honteusement associés! et je l'ai recueillie, elle; ai-je eu tort? » « Tort! oh non! maman! et comme les yeux de l'aïeule m'interrogeaient avec instance d'une façon significative; oui, certes, ajoutai-je, aujourd'hui si vous le souhaitez, et que ma fiancée y consente! » Une main douce et caressante pressa la mienne, et Denise, empourprée comme une aurore, murmura: « Demain! » Il n'eut lieu ce mariage (civil, bien entendu!) qu'à la fin de l'été, mais ce ne fut qu'en mars 1850, sous la présidence de Louis Verhuell-Beauharnais-Bonaparte, ce crocheteur intronisé que les dynastes antédiluviens du continent traitèrent de cousin ou de frère ou de bon ami pendant dix-huit ans et que nos bourgeois asservis, rampants, encensèrent, après l'avoir mis hors la loi, comme une authentique déité! ce ne fut qu'alors, Stanislas-Jules Dufaure étant en ce temps-là ministre du sire, ainsi qu'il l'est aujourd'hui de l'inepte pandour, successeur d'Adolphe Thiers, monsieur Thiers, comme affectent de l'appeler nos démocrates de paille, Thiers, ce renard toujours dupé, cet exécrable homoncule sanguinaire à tête de chouette dont les cendres triomphales seront tôt ou tard dispersées aux quatre vents du ciel par les fils de Paris saccagé; ce ne fut qu'alors, dis-je, que le vœu le plus ardent de ma si douce grand'mère fut satisfait par la naissance de mes bessons Harmodius et Brutus.... Eh! j'aime ces noms-là, qui, contrairement à mon prénom que je déteste, bien qu'il me soit commun avec Garibaldi, cet astre du ciel républicain, n'ont rien de biblique ni de catholique, et rappellent aux persécutés comme aux persécuteurs d'aujourd'hui que, s'il y eut dans le passé des oppresseurs et des opprimés, il y eut aussi des libérateurs! Oh! l'arrivée au monde de ces jumeaux voués doublement, par leur origine et par leur baptême où les

cloches d'aucune église n'eurent que faire, à l'immolation des autocrates, faillit nous coûter bien cher,
et, même, le premier danger conjuré, nous craigni-
mes fort longtemps pour ma bonne Denise. Heureusement, elle finit par se remettre, et grâce au noble
et vieil ange du foyer, les poupons, privés de lait maternel et nourris au biberon, cette triste ressource
du pauvre, se tirèrent assez bien d'affaire. « Encore
un peu de patience, répétait sans cesse leur bisaïeule
en les berçant dans son giron, ne craignez rien, ils
ne demandent qu'à vivre, ayez confiance en moi, je
réponds d'eux ! » Ah ! quand je me rappelle cette
lente croissance semée d'embûches et de périls !...
Enfin, ils poussèrent leurs dents, ces mignards ; de
petites bourres blondes ombrèrent leurs tempes, et
bientôt ils eurent de vrais frisons, ces agnelets, qui
firent en trébuchant leurs premiers pas. « Eh bien,
que vous avais-je dit ! s'écria Mère-blanche, quand
on leur passa les premières culottes, ils sont hommes à présent, et je veux aujourd'hui même les voir
courir en jaquette et pantalon sur le pavé des faubourgs... En route ! » On n'oubliera pas de sitôt cette
promenade, qui nous entraîna jusqu'à la barrière
de Neuilly... Criblée de soleil ce jour-là, la Ville s'é-
panouissait comme une énorme architecture chimérique sous la baguette d'une fée; ici, là, partout des dômes rayant le bleu de lignes noirâtres

se perdaient en plein ciel où montaient aussi
d'immenses échafaudages; et le regard étudiait,
sans pouvoir s'en défendre, ces machines de bois,
de cordes et de fer, pareilles à des monstres
à cent vertèbres, qui projetaient dans l'air des
bras, des pieds, des mains, des doigts inextricables. O Paris, Paris!... Un million d'hommes errait
à travers la prodigieuse cité dont les vibrations se
répercutaient à l'infini : c'étaient des grincements
de chars sur les chaussées, des cloches branlées et
tintant toutes ensemble, des roulements de tambour, des chants de clairon, on ne sait quelles musiques lointaines, des sifflets stridents de locomo-
tives, des chocs de wagons écrasant le rail, des
enclumes martelées, de longues cheminées d'usine
exhalant fumées et flammes, et tous ces bruits divers venaient se fondre dans cette rumeur troublante
et profonde qui est le souffle de la capitale de l'u-
nivers... « Eh bien! que fais-tu donc, Joseph? dit
Jeanne Le Toll, pendant qu'immobile et comme enivré j'écoutais respirer la ville géante ; dégrise-toi !
redescendons-nous par les Champs-Élysées? » « A
votre gré, mère. » « Oui, je veux... allons! » Et lon-
geant l'avenue de la Grande-Armée, nous arrivâmes
bientôt, Denise, la quasi-centenaire, les garçonnets
et moi-même en face de l'arc de triomphe de l'Étoile,
qui rutilait environné d'azur. « Ah! voilà qui pal-

pite et vit, s'écria la conventionnelle en extase devant le bas-relief surhumain de Rude; enfants, regardez tous la vierge républicaine qui, telle que je l'ai connue, se tord sous la cuirasse et se hérisse sous le casque. Elle est là pétrifiée et pourtant active comme autrefois, alors qu'elle abattait de son glaive irrésistible les citadelles de la tyrannie et faisait trembler les despotes, de l'Escurial au Kremlin. » Et tandis que l'aïeule, s'exaltant au souvenir de la grande épopée révolutionnaire, montrait à ses petits-fils le génie ailé de la Marianne, ceux-ci, chétifs, ouvraient leurs bras débiles et semblaient vouloir y étreindre la colossale statue de pierre... « Oh! ces temps reviendront, affirma d'une voix prophétique la rayonnante inspirée qui s'offrait à moi comme l'incarnation de la République idéale tant poursuivie par nos pères, et vous autres, petits, vous les verrez! » Un tremblement inouï lui coupa la parole, et je remarquai que, toute transie, toute défaite, elle cherchait à côté d'elle un appui. « Souffres-tu, maman? » « Non, non! ce n'est rien, un éblouissement, voilà tout! c'est ma faute aussi, pourquoi suis-je si fringante! On n'a guère moins d'un siècle et l'on s'imagine toujours que l'on vient de naître. » Pauvre ancienne! hélas! près du sépulcre, elle parlait de son berceau. Le grand frisson si connu des foules en ces jours héroïques qu'elle

avait vécus la visitait pour la dernière fois. « Écoute,
me dit-elle, aussitôt que nous fûmes rentrés chez
nous, si je ne m'abuse encore, car je me trompai
tantôt, le mal que j'endure est mauvais ! Si résis-
tante jusqu'ici, ma guenille craque de toutes parts ;
un froid me monte des jambes au cœur et ce
froid-là n'est point ordinaire, je n'ai jamais rien
éprouvé de pareil depuis le soir du 9 thermidor,
quand avant celle de Maximilien Robespierre,
après celle de Saint-Just, tomba sur la place de
la Révolution aux hurlements des hyènes et des
tigres royalistes, la tête de Le Toll, mon lion ; as-
sieds-toi là, fils, dans ce fauteuil et passes-y la nuit,
à côté de moi ; tu seras témoin !... » Haletante, elle
s'assoupit. Tourmenté plus que je ne saurais le tra-
duire ici, j'envoyai ma femme quérir un médecin. Il
était à peu près minuit, lorsqu'elle revint avec un
professeur de la Faculté ; celui-ci, réputé pour très
fort sur le diagnostic, examina dogmatiquement le
sujet toujours endormi, puis, après examen, branlant la tête, il dit : « On verra demain. » Ensuite,
ayant prescrit quelques remèdes anodins, il se retira. Demain, qui l'ignore ? c'est le mot des savants
et des rois ; demain, c'est toujours trop tard. A l'aube,
Mère-blanche, endolorie et glacée, s'éveilla tout en
sueur. « Es-tu là, le mien ? » « Oui. » « J'étouffe !
ouvre les fenêtres et relève un peu mes courtines. »

Ayant rempli cet office, je me rassis auprès de mon aïeule, dont l'auguste visage était envahi d'une subite et mortelle pâleur. « Enfant, reprit-elle avec un calme effrayant, je déserte... Apprends un jour à tes petits ce que je t'appris moi-même, et va ton chemin. En partant, je prévois pour vous autres qui restez des jours difficiles. On vous leurrera comme on vous a déjà leurrés. Il y aura des crises désastreuses, mais je ne doute pas un instant du succès final de notre cause. Aujourd'hui, de même que l'heure du chauvinisme est passée (car qui, natif de France, ne se sent bien plus le frère d'un Russe ou d'un Anglais, ou d'un Turc, ou d'un Allemand qui veut s'affranchir, que d'un Français qui baise ses chaînes?), de même la politique sentimentale, ou plutôt pharisaïque et charlatanesque, a vécu. Personne désormais ne se contentera d'un changement d'étiquette, et ce sera vraiment justice ! Une République régie par un ou plusieurs dictateurs n'est qu'une monarchie déguisée. Il faut se souvenir de cela. Que la République soit de nom et de fait, ou guerre à mort ! Être ou ne pas être, voilà le problème ! On sera ! mais de la vigilance ! Il y a des questions sociales sous la question politique, on n'y pense pas assez, et ces questions nouvelles, tes poussins, Joseph, et les hardis de leur génération, sinon toi-même, enfant, avec nos coreligionnaires de ton âge, les résoudront. Tu me jures, n'est-ce pas? de confesser la vérité jusqu'au dernier soupir et de périr pour elle, s'il le faut, ainsi que Marcel, mon mari, comme ton oncle Martin, de même que Lazare, ton père, et que ta mère, Lucrèce... Adieu! Denise, votre nichée et toi, pensez quelquefois à Mère-blanche... Adieu! » Sublime créature! Après m'avoir dit adieu comme on se dit au revoir, elle reposa sa tête paisible sur l'oreiller et se rendormit, hélas! à jamais. Entre quatre ou cinq heures du matin, aux premiers rais du levant, je l'entendis murmurer entre ses lèvres demi-closes ceci : « LI-BERTÉ, ÉGALITÉ, FRATERNITÉ! » Puis ce fut fini d'elle; ce juste, ce héros, ce preux, cet *homme* n'était plus! Si j'ai tenu le serment que je fis sur ses dépouilles encore chaudes, on le sait. En 70, avec mes deux beaux gars résidant aujourd'hui l'un et l'autre avec moi sur cette terre d'exil, je guettais à l'orée du pont de la Concorde, et, mar-chant au premier rang de la garde nationale ou plutôt de l'armée urbaine, nous étions prêts à tout, si Baraguey d'Hilliers avait donné l'ordre à ses gendarmes de charger le peuple, enfin tiré d'un trop long sommeil. Et quant à ce que j'entrepris en cette année terrible, au cours du siège contre nos couards et perfides gouvernants, prévarica-teurs avérés et peut-être concussionnaires, qui, complices des trois scélérates monarchies déchues, se ravalèrent par leurs apostasies manifestes et tentèrent de nous avilir par leur sournoise capitulation, nous, les soldats de la patrie et de la liberté; quant à ce que j'exécutai trois mois plus tard contre les ruraux, pendant la *semaine sanglante* en qualité de général et de membre de la Commune..... »

Au moment où le petit-fils roturier du haut seigneur de Rybâs et de la très noble demoiselle de Roulloc prononçait ces paroles, une corne vachère sonna dans la montagne, et presque aussitôt le pâtre suisse qui m'avait conduit le matin à la demeure rustique du proscrit et qui se proposait de me ramener aux abords du chef-lieu cantonal, apparut non loin de nous, derrière un nombreux troupeau; Joseph Vaillant et moi, nous nous donnâmes alors, sans ajouter le moindre mot, une fraternelle accolade, puis, tandis que je m'éloignais sous les claires étoiles lui, debout entre deux cimes, blanches comme les neiges éternelles de la Jungfrau perdue dans les nues, agitait d'une main son chapeau de feutre, cependant que de l'autre il me montrait à l'horizon, avec un geste fatidique, la France, immense et glorieuse arène prédestinée, où, selon lui, vaincu, rejeton de tant de vaincus, le peuple, enfin vainqueur des oisifs et des jouisseurs qui l'opprimèrent si longtemps afin d'éterniser dans on ne sait quel far-niente leur domination et leur monopole, arborerait sur tous les clochers, sur toutes les tours, sur tous les remparts, devenus inutiles, sur les ruines de toutes les bastilles liberticides, au faîte de tous les palais municipaux, à jamais radieuse et triomphante, l'oriflamme internationale des travailleurs !

Paris, 1863-78.

Paris. — Imp. Vᵛᵉ P. LAROUSSE et Cᶦᵉ, rue Montparnasse, 19.

M DCCC LXXIX

Extrait du Catalogue de la BIBLIOTHEQUE-CHARPENTIER
13, RUE DE GRENELLE-SAINT-GERMAIN, 13, PARIS

PETITE BIBLIOTHÈQUE-CHARPENTIER

FORMAT PETIT IN-32 DE POCHE
Chaque volume est orné d'eaux-fortes par les premiers artistes

ALFRED DE MUSSET

PREMIÈRES POÉSIES, avec un portrait de l'auteur gravé à l'eau-forte par M. Walt.. d'après le médaillon de David d'Angers, et une eau-forte d'après Bida, M. Lalauze..........

LA CONFESSION D'UN ENFANT DU SIÈCLE, avec un portrait de l'auteur d.... à la sanguine par Eugène Lami, fac-similé par M. Legenisel, et une eau-forte Bida, par M. Lalauze..........

POÉSIES NOUVELLES, avec un portrait de l'auteur, réduction de l'eau-forte de .. Flameng, d'après le tableau de Landelle, et une eau-forte de M. Lalauze, d.. Bida..........

COMÉDIES ET PROVERBES, tome I, avec un portrait de l'auteur gravé par M... Leroy, d'après la lithographie de Gavarni, et une eau-forte de M. Lalauze Bida..........

— Tome II, avec un portrait de l'auteur gravé par M. Alphonse Lamothe, d'après le b... Mezzara, une eau-forte de M. Lalauze, d'après Bida et une eau-forte de M. Abot, ré... sentant le tombeau d'Alfred de Musset..........

— Tome III, avec un portrait de l'auteur gravé par M. Monziès, copie d'une photograph.. d'après nature, et une eau-forte de M. Lalauze, d'après Bida..........

CONTES ET NOUVELLES, avec un portrait de l'auteur gravé par M. Walt.er, ... une aquarelle d'Eugène Lami, faite spécialement pour ce volume, et deux eaux-forte.. M. Lalauze, d'après Bida..........

PROSPER MÉRIMÉE

COLOMBA, avec deux dessins de M. J. Worms, gravés à l'eau-forte par M. . pollion..........

ALPHONSE DAUDET

CONTES CHOISIS, avec deux eaux-fortes de M. Edmond Morin..........

JULES SANDEAU

LE DOCTEUR HERBEAU, avec deux dessins de M. Bastien-Lepage, gravés à l'eau-fort. par M. Champollion..........

THÉOPHILE GAUTIER

MADEMOISELLE DE MAUPIN, avec quatre dessins de M. Eugène Giraud, gravés à l'eau-forte par M. Champollion..........

FORTUNIO, avec deux dessins de Théophile Gautier, reproduits en fac-similé..........

PAUL DE MUSSET

LUI ET ELLE, avec deux dessins de M. G. Rochegrosse, gravés à l'eau-forte..........

www.ingramcontent.com/pod-product-compliance
Lightning Source LLC
Chambersburg PA
CBHW050736030726
47505CB00002B/287